おぼろ迷宮

月村了衛
Ryoue
Tsukimura

角川書店

おぼろ迷宮

目次

装画　jyari
装丁　岡本歌織
（next door design）

第一話　最初の事件

夕暮れの暗い雲は、こぬか雨となって夏芽《なつめ》の髪をしっとりと濡《ぬ》らしていった。

お店までは保《も》つと思ったのに——

バス停前のコンビニでビニール傘を買うべきだったと後悔するがもう遅い。夏芽は雨の中を懸命に走った。この上バイトに遅刻では目も当てられない。大学の教科書が背中のリュックの中で揺れている。

薄暗い路地の先に、ぼんやりと店の明かりが見えてきた。走りながら反射的に腕時計を見る。間に合った。午後五時まであと五分ある。

『甘味処　甘吟堂《かんぎんどう》』と染め抜かれた暖簾《のれん》を潜り、夏芽は勢いよく店の引き戸を開ける。客は一人もいなかった。

「すみません、講義が長引いて遅れました」

ハンカチ代わりのハンドタオルを取り出して、ベリーショートにした髪を拭《ふ》きながら声をかける。

奥から出てきた男が夏芽を見て愛想よく応じた。

「いらっしゃいませ」

え——？

厨房《ちゅうぼう》白衣を着て調理帽を被《かぶ》っているが、四十前後のまるで知らない男だった。

「あたし、ここでバイトやってる三輪《みわ》夏芽と申します」

とりあえず挨拶《あいさつ》する。

「新しい職人さんですか」

すると男は不審そうに夏芽を見て、

「なに言ってんの、あんた。お客じゃないんですか」

「はあ？　いえ、だってあたしこのお店のバイトなんですけど……」

「バイトならちゃんといるけど」

奥を振り返った男の視線に応じるかのように、丸刈りの若い男が顔を出した。やはり見たこともない顔だ。

「あの、店主の雛本《ひなもと》さんはどちらに……」

困惑しながら尋ねると、予想だにせぬ答えが返ってきた。

「店主は私ですけど」

「どういうことですか。あなた、誰なんですか」

「だからここの店主だって言ってるでしょ。ウチはね、代々ここで暖簾を守ってきたんだから。変なこと言ってないで早く出てってくれ」

抵抗する間もなく店の外に押し出された。厳密に言うと抵抗しようとしたのだが、それを許さぬほど強い力であり、また恐いくらいの怒りが伝わってきたのであった。

音を立てて閉められた出入口を振り返り、暖簾の店名を確認する。間違いない、甘吟堂だ。

もう一度中に入って抗議しようかとも思ったが、店主と名乗った男の力と怒りを思い出すと、恐ろしくてとてもそんな気にはなれない。

すっかり暗くなった路地で、夏芽は雨に打たれて呆然《ぼうぜん》と立ち尽くした。

アパートに帰り着く頃には、雨はすっかり本降りになっていた。

もうわけが分からない――

ずぶ濡れになった衣服を脱いで洗濯機に放り込み、浴室のシャワーで凍えた体を温めながら、夏芽は体験したばかりの出来事をずっと思い返していた。

自分は半年近くもあの店でバイトをしている。昨日だって、あの店でいつものように、いつもの店主と一緒に働いた。店頭には団子や饅頭《まんじゆう》、餅《もち》菓子等が並べられ、客席として四人がけのテーブルが全部で五つ。全体に煤《すす》けた店内に飾られた扁額《へんがく》も、棚に置かれた招き猫も、内装だってまったく同じであり、何も変わっていなかった。

夏芽はC大学社会学部の二年である。半年前、新しいバイト先を探していたところ、甘吟堂の店先にあった「アルバイト募集中」の貼紙を偶然目にした。飛び込みで応募すると、その場で採用された。店主は雛本泰次《たいじ》という三十代半ばくらいの独身男性で、創業者を祖父に持つ三代目である。二代目はだいぶ前に逝去しており、店は雛本の自宅を兼ねている。店主とバイトの二人きりという小さな店だが、昨日までうまくやってきた……はずであった。

雨に追われ、焦ったせいで違う店に飛び込んだなんてことはあり得ない。いくら自分でもそこまでそそっかしくはない。自分は漫画の登場人物なんかではないのだ。第一、暖簾で店名を何度も確認している。間違えたはずはない。

なのにあの店主と名乗った男は――それにバイトまでいるなんて――

もしかしたら、店主に何かあって悪い相手に店を乗っ取られたのかもしれない。そう考えるといよいよ恐くなって、夏芽は早々にベッドに潜り込んだ。本当は課題のレポートをやる予定だったのだが、気持ちがすっかり動転してもうそれどころではなかった。

翌日、大学の講義を終えた夏芽は、散々迷った末、甘吟堂へ行ってみることにした。本来ならば今日もバイトなのだ。

しかし昨日の出来事を思い出すと、不可解な恐ろしさの方が先に立った。また仮に昨日の男が反社とかの関係者だったとしたら、これは完全に警察案件だ。

同時に「あれはなんだったのか？」という好奇心もある。小心者である自分と、好奇心旺盛《おうせい》な自分とが胸の内でせめぎ合い、「とにかく行ってみよう」という結論で合意に至ったのである。

行く前に電話しようかとも考えたが、あの見知らぬ男が出るかもしれないと思うと、とてもそんな気にはなれなかった。

大学から店まではバスで一本だ。昨日の出来事はやっぱり夢だったのかも――バスに揺られつつそんなことを何度も思った。

甘吟堂の前に立つ。どこにも変わったところはない。慣れ親しんだいつもの平凡な店構えだ。おそるおそる引き戸を開ける。厨房白衣を着た男がこちらに背中を向けてテーブルを拭いていた。

もしかしてまたあの男かも――

そう思うとすぐには声をかけられなかった。

「あれ、夏芽ちゃん」盆を手にテーブルを離れた男が振り返ってこちらに気づき、「そんなところで何やってんの」

いつもの店主――雛本泰次であった。

「雛本さん、昨日は一体……知らない人がここにいて、自分が店主だって……」

混乱のあまり、どうにもうまく説明できないのが我ながらもどかしい。

「なに言ってんの。昨夜は私一人きりで大変だったんだから。休むんなら連絡くらいしてよ」

「えっ」

すると店主は昨夜もちゃんと店にいたというのか。

こんなことって――

そこへ主婦らしい二人連れの女性が入ってきた。客である。

「いらっしゃいませ」

店主は愛想よく対応してから、夏芽に向かって小声で言う。

「もういいから早く入って」

「あっ、はい」

さっぱり分からないまま厨房に向かい、左手にある二畳ばかりの納戸に入った。そこは従業員室兼用となっていて、手早くジャケットを脱いでエプロンと三角巾《きん》を着ける。

着替えを終えて厨房に出たとき、作業台の隅に餡《あん》の入った鉢が置かれていることに気づいた。普段は使っていない鉢に、ほんの少しだけ餡が残っている。さらに夏芽の興味を惹《ひ》いたのは、それがこし餡であったことだった。店主の泰次はつぶ餡が得意で、こし餡を作ったことは少なくとも夏芽がバイトを始めてから一度もない。

客席の方を見ると、泰次は主婦達の注文を聞いている。夏芽は意を決して洗ってある小さじを取り、残っていたこし餡を取って口に運んだ。頰を動かさないように留意してすばやく味わう。

上品で滑らかな舌触り。泰次の作るつぶ餡も絶品だが、これもまた極上の味わいだった。

けれど――少なくとも泰次の味ではない。

「夏芽ちゃん、早くお茶をお出しして」

注文を受けた泰次が戻ってくる。

「はあい」

咄嗟《とっさ》に平静を装って返事をする。

急須《きゅうす》に湯を注ぎながら、夏芽はいよいよ混乱した。

一体何がどうなってんの――


その夜のバイトを終えた夏芽は、まるで誰かに追われているような心地がして、何度も後ろを振り返りながらアパートに戻った。C県の小さな町にある築五十年だか六十年だかの老朽物件で、〈ザ・昭和〉といった佇《たたず》まいを見せている。物件名は『朧荘《おぼろ》』だが、『おんぼろ荘』の間違いじゃないかと同じ大学の友人である紬《つむぎ》に笑われたくらいである。

夏芽だって別に好きこのんでこんなアパートを選んだわけではない。周囲には小ぎれいな新築マンションがいくらでもある。ありていに言うと、奨学生である夏芽にはそうしたマンションに入居するだけの資金がなかったのだ。

一応は風呂《ふろ》付きだし、ぜいたく言ってられる身分じゃないし――そう考えて二階の部屋に入ったのだが、これが実に浅はかだったとすぐに後悔する羽目になった。

まず建物全体が黴《かび》臭い。壁が薄いので話し声は筒抜け。夏は暑いし冬は寒い。引っ越そうにも手持ちがない。それでやむなく住み続けているという次第である。

やたらと蒸し暑い夜で、中古の扇風機だけではとてもしのげそうになかった。窓を開けて遮光カーテンを閉める。早く金を貯めてエアコンを買おう、いいや、いっそエアコン付きの物件に越そうと改めて決意する。

冷蔵庫からペットボトルの麦茶を出してコップに注いだ夏芽は、早速スマホを取り出して紬に電話する。

「……あ、紬、今ちょっといい？　実はさ、昨日から変なことがあって……ううん、違う違う、そんなんじゃなくて……そう、なんて言うか、気味の悪い話……あたしもう恐くなっちゃって……」

昨日からの体験を一通り話す。社会学部の夏芽に対し、紬は文学部だが、学年は同じなので話しやすい。ことに紬は怪談や超常現象の話が大好きで、その手の話にはすぐに乗ってくる。その夜も二人して「コワイよね、あり得ないよね」と盛り上がった。紬は「マルチバースって言うか、異次元にでも迷い込んだんじゃないの。黄昏時《たそがれ》には異世界の入口が開きやすいカンジするし」とまで言っていた。

夏芽はオカルトや心霊現象は信じないタチであると自認している。そんな非科学的なことがあるわけはない。しかしいわゆる心霊スポット等へは誘われても絶対行かない。死んでも行かない。行くくらいなら死んだ方が絶対マシ。もし何かあったらイヤだからである。信じないけどイヤ。それは決して譲れない一線でもある。

オカルトは信じないが、紬の恐い話にはついつい一緒になって興じてしまう。つまるところ、「恐い話が嫌いな女子などいない」と考えている。それが自己正当化のための方便であると分かってはいるのだが。

いいかげん話し疲れて電話を切る。ペットボトルもいつの間にか飲み干していて、汗をじっとりかいていた。

少し涼もうと思ってカーテンを開け、窓から身を乗り出して深呼吸する。

ふと横を見ると、闇の中に赤い小さな灯が点っていた。ゆらゆらと立ち上る白い煙も。

隣の角部屋に住む老人が、窓を開けて煙草を燻《くゆ》らせていたのだ。

こちらの視線に気づいたのか、老人は手にしていた灰皿に煙草を押し付け、そそくさと顔を引っ込めた。

突然のことだったので、挨拶する間もなかった。夏芽は慌てて窓を閉めた。

それでなくても壁の薄いアパートである。もしかしたら、スマホで紬に話していた内容を聞かれていたかもしれない。

そう考えると、ある意味ますます恐くなった。

一階に住む噂好きの武内《たけうち》夫人が半ば一方的に教えてくれたところによると、老人は夏芽が越してくるずっと前から住んでいるのだが、近所付き合いはしない主義らしい。親類縁者の有無をはじめとして、老人のプライベートな事柄について知っている者はいないという。

——なんて言うの、偏屈？　変人？　とにかく変わった人なんだから。

武内夫人は二階の老人が「不審者の一歩手前」であるとでも示唆したかったようだが、さすがにそこまでは言わなかった。

要するに、分かっているのは「鳴滝《なるたき》」という老人の名前だけなのだ。

引っ越しの当日に夏芽が粗品のタオルを持って挨拶に行くと、ドアから顔を出した鳴滝老人は、「あ、こりゃご丁寧に」とだけ言ってタオルを受け取り、すぐにドアを閉めてしまった。こちらと話をしたくないのかとも思ったが、飄々《ひょうひょう》また茫洋《ぼうよう》とした態度と表情のせいか、どういうわけかそう決めつけるのもためらわれて、夏芽は首を捻《ひね》ったものだ。

老人の、ことに男性の年齢は、夏芽にはなかなか見当がつかないのだが、見たところ七十は過ぎている。それでもその年代の男性にしては背が高く、背筋も比較的まっすぐに伸びていた。瘦《や》せ気味ではあるが不健康な感じはない。七三に分けた髪は上品な銀髪で、面長の顔に縁の太い昔ふうの眼鏡をかけている。愛煙家らしいところも昔の男性という感じがする。

年金暮らしであるのだろうか、何か仕事をしている様子もない。そうかと言って毎日何をしているのか、あるいはしていないのかも分からない。このアパートに来る以前はどこで何をしていたのかは、いよいよ以《もっ》て知る由もない。

考えてみれば正体不明の人物なのである。今まであまり気にしたこともなかったのは、そうやってひっそりと暮らす独居老人が珍しくない世の中であるせいかもしれなかった。

しかし紬との通話を聞かれていたとなると俄然《がぜん》気になる。昔と違い、個人情報にはことのほか注意を必要とするのが当節だ。寝言やイビキさえ筒抜けのボロアパートからは、やはり早めに転居した方がいいと思った。

翌日は日曜だった。昨日までの梅雨空が嘘のように晴れ渡って、六月にしてはとても気持ちのよい気候と言えた。

朧荘から最寄りの商店街へ向かう途中に、『おぼろ池』というちょっとした池がある。さほど大きくはないのだが、散歩やジョギングにはもってこいの場所だった。大した特徴もないこの町では数少ない、開放的で心安まるスポットだ。少なくとも車道脇の歩道を使うより、池側に寄って遊歩道を行く方が風情はある。

溜《た》まっていた洗濯や掃除等の家事を一通り終えた午後三時過ぎ、夏芽は買物にでも行こうと思い立ち、量販店で買ったデニムにカーディガンという、極めつきにどうでもいい恰好《かっこう》でアパートを出た。

気分のままにおぼろ池の遊歩道を歩いていると、向こうからやってくる人影が目に入った。

古めかしいYシャツにスラックス。鳴滝老人であった。ほんの少し躊躇《ちゅうちょ》してから、思い切って声をかける。

「こんにちは」

怪訝《けげん》そうに足を止めた老人は、眼鏡の縁に手を遣《や》ってから、

「ああ、お隣のお嬢さんか」

ようやく気づいたようである。

「今日は久しぶりにいいお天気ですね」

すると老人は頭上を振り仰ぎ、

「なるほど。これは上天気だ」

「え、あたし、てっきりお天気がいいから散歩でもしてらっしゃるのかなと思ったんですけど」

「散歩中であるのは確かですが、天気にまでは留意しておりませんでした」

なんだか調子の合わない会話である。昨日のことをそれとなく尋ねるつもりが台無しだ。しかしこの機を逃すわけにはいかない。夏芽はいささか強引に切り出した。

「あの、昨夜はうるさくなかったですか」

「はあはあ、あの和菓子屋の話ですか」

直球で返された。やっぱり聞こえていたのだ。

「すみません、いつもうるさくて。今後は気をつけるようにしますから」

「いやいや、お気になさらず」

こっちが気になるんですよ、とは言えないもどかしさ。

「でも、ご迷惑をおかけして……」

「それより、確かに不可解な話でしたな。若いお嬢さんが恐くなって当然だ。よかったら私が調べてみましょう」

「……はい？」

調べてみましょう……って、どういうこと？

「だがそのためにはもう少し詳しく話を聞かせてもらわねば……お嬢さん、ついておいでなさい」

言うや否や、老人は先に立ってすたすたと歩き出す。こちらの都合など訊《き》くそぶりさえ見せなかった。

「あっ、ちょっ……待って下さい、待ってってたらっ」

予想外の成り行きに、夏芽は老人の後を追うよりなかった。

商店街の方へと向かった鳴滝は、その中ほどにある『プリムローズ』という洋菓子店に入った。店頭でケーキ類を売っているが、店内で食べることもできる。間口はこじんまりとしているが、中は明るく広々としていて気持ちのいい店だ。

全国的に昔ながらの商店街は寂れていく傾向にあるが、この町の商店街は朗らかな活気があって、今でも栄えている方だろう。そのせいか、『プリムローズ』もなかなかに繁盛している。

窓際の席に陣取った鳴滝は、一瞬の迷いもなくオレンジケーキとマンデリンを注文した。

オレンジケーキはこの店一番の人気商品である。さらには組み合わせのドリンクに、ケーキを賞味する際の定番とも言える紅茶ではなくコーヒー、それも苦みが強くコクのあるマンデリンを選ぼうとは。

できる——

見かけによらず老人は年季の入った甘党であろうと夏芽は見た。

同じ注文では癪《しゃく》に障るので、負けず嫌いの夏芽はミルフィーユとダージリンを注文する。

何を隠そう、夏芽は甘い物に目がないタチで、甘吟堂でバイトする気になったのもそれが大きく影響している。

こちらの内心を見透かしてでもいるかのように、老人はうっすらと笑みを浮かべて切り出した。

「では伺いましょうかな。まずは、そう、あなたと甘吟堂との関わりから」

老人からの質問に答える形で、夏芽はバイトするに至った経緯を明かし、次いで甘吟堂に関して知っていることを語った。

繁盛しているというほどでもないが、贔屓《ひいき》にしてくれる地元の固定客がいて、経営は安定している――泰次は腕のよい菓子職人でもあり、特につぶ餡には定評があった――時給は普通レベルだが、勤務時間の融通が利くので学業と並行して続けるには都合がよかった――等々。

「なるほど」

話している途中で注文のケーキとドリンクが運ばれてきた。

鳴滝は年齢に不相応とも言える精密さでフォークを動かし、オレンジケーキを切り分ける。その分量がまた絶妙で、老人の一口分にちょうどよく、且《か》つまた全体の形を少しも崩さずして断面さえも美しいまま。

スイーツにこだわりのある夏芽は、さながら剣豪の試し切りを見る思いで老人のフォークさばきに見入ってしまった。

「和菓子屋は午後早い時間に商売を終える店も多いものですが、甘吟堂は違うのですか」

「あっ、はい」

我に返って老人の手許《てもと》から視線を上げ、質問に答える。

「夕方や夜に来られるお客様もいらっしゃるんで、その日用意したお菓子が売り切れるまでは営業してるんです。もちろんあたしは定時で上がるんですけど、お客が多いときには時間を延長してバイトすることもあります。それだけ時給が増えるわけですから、あたしも大助かりなんです」

オレンジケーキをゆっくりと口に運びながら聞いていた老人が、最後のひとかけらを名残惜しそうに嚥下《えんか》して、

「それで、お嬢さんは少なくとも半年くらいは甘吟堂でバイトを続けていたというんだね」

「ええ、だから店を間違えるなんて絶対にあり得ません」

「一昨日、雨の夕方、いつものようにバイトに行くと知らない男がいて、自分は店主だがあんたなんか知らないと言った」

「はい」

「昨日はいつも通りに見慣れた店主がいて、昨日はなんでバイトをサボったんだと文句を言われた」

「はい。あたし、仕事が終わった後に何度も言ったんです、昨日店に知らない男がいて店主だと名乗ったって。そしたら雛本さん、そんなバカなことがあるわけないだろうって取り合ってもくれないんです」

「しかし、店主が作ったとは思えないこし餡が残されていたと」

「ええ、そうなんです」

「なるほど、分かりました」

そう言って、鳴滝はコーヒーをうまそうに飲んでいる。

「分かったって、何がですか」

「全部ですよ」

こともなげに言う。夏芽はすっかり毒気を抜かれ、

「あたしが夢を見てたってオチじゃないでしょうね」

「それも合理的解釈の一つではあり得るが、夢にしては細部が鮮明すぎる。またあなたが夢と現実を混同するような人でないことも明らかだ」

「はあ、ありがとうございます」

つられて礼まで言ってしまった。

「この現象の合理的な説明は一つしかありません」

夏芽は身構えてその説明を待つが、老人は何事もなかったようにカップを置いて立ち上がる。

「豆の挽《ひ》き加減も文句なし。この店はいつもながら繊細な風味の醸成に並々ならぬ気合いが感じられる。まさに隠れた名店ですな」

テーブルの端に置かれていた伝票をつかんでレジに向かおうとする老人に、

「えっ、ちょっと待って下さい」

「なんですかな」

「肝心の説明は」

「ああ、それ」

老人はごく恬淡《てんたん》とした様子で、

「最初に言ったでしょう、調べてみると。調べてみて具体的に判明したら連絡しますよ。どうかご心配なく」

そう言い残し、二人分の支払いを済ませて出ていった。

なんなのコレ——信じらんない——

後に残された夏芽は、釈然としないまま手つかずに近いミルフィーユを頰張った。

こちらの分まで支払ってくれたのは貧乏学生にはありがたいが、これでは焦《じ》れったい思いばかりが残った恰好だ。

そもそも「調べる」とは一体何を調べるというのだろう。「合理的な説明は一つ」しかないというのも、ハッタリめいていてどうにも信じられない。

それに――

こちらは鳴滝という老人について、何も知らないままなのだ。


〈連絡〉は意外なまでに早かった。

二日後の朝、夏芽が洗濯物を干していたとき、ドアがノックされた。

「はーい」

ドアチェーンを掛けたまま少し開けると、外に鳴滝が立っていた。

「あっ、おはようございます」

「おはよう」

ドアチェーンを解錠すると、鳴滝は出し抜けに言った。

「ちょっと散歩に行かんかね」

「散歩って、これからですか」

「そう、これから」

「すみません、今日は午後から授業が……」

「そうか。では仕方あるまい。一人で行くとしよう。邪魔をして申しわけない」

鳴滝はそのままあっさりと引き揚げた。

「あっ、ちょっ、ちょっと待って下さいっ」

急いで飛び出し、鳴滝を呼び留める。

「なんですかな」

「もしかして、何か分かったんですか」

「他に何かあるのかね?」

大真面目に訊き返された。

「じゃあ、あたしも行きます」

「授業があるんじゃなかったのかね。学生が勉学を疎《おろそ》かにしてはいかんよ」

「レポートを提出して次の課題を聞くだけなんで、レポートは明日直接研究室に持っていきますし、課題は友達に教えてもらうから大丈夫です」

「そうなのかね」

「そうなんです」

疑うということを知らないのか、老人はまたもあっさりと納得した。

「そうか。ではすぐに行こう」

踵《きびす》を返した老人を、またまた慌てて引き留める。

「待って下さい」

「今度はなんだね」

鳴滝は怒っているわけでもなく、どこまでも平静に訊いてくる。

「あたし、今こんな恰好ですから……その、出かけるにはちょっと準備する必要が……」

恥ずかしいのを我慢して言うと、老人はスウェット姿の夏芽に初めて気づいたように、

「そうか、これはすまんかった。私はどうもそういうところに配慮が足りん性質のようでな。実に申しわけない」

「いえ、そんな」

そこまで言われるとかえって恐縮する。

「では、私は自分の部屋でしばらく待機するとしよう。すまないが用意ができたら呼んで下さい」

「あ、はい」

老人は自室へと引き揚げた。ドアを閉め鏡に向かった夏芽は慌てて身支度を整えた。こういうときに手早く済ませられるよう、わざわざ髪をベリーショートにしたほどである。外見は級友達ほど気にしない方だが、それでも外出時に最低限の身だしなみは必要だ。

支度を終えた夏芽は、外の通路に出て老人の部屋のドアをノックする。

「お待たせしました、もう大丈夫です」

「では行こうか」

すぐに出てきた鳴滝とともに錆《さ》びた階段を下りて歩き出す。夏芽は量販店で買ったワンピースだが、鳴滝の恰好はと言うと、いつものYシャツにスラックスだ。

しばらく歩いた鳴滝は、バス停の前で立ち止まった。

「えっ、バスに乗るんですか」

思わず声を上げると、相手は不思議そうな顔をして、

「ここで立ち止まるのに、それ以外の理由があるのかね？」

「いえ、お散歩だって言ってましたから、てっきり近所なのかと」

「それはあなたの予断というものだ……と言いたいところだが、確かに今の抗議には一理ある」

「別に抗議したわけじゃ……」

「いや、ともかく私の言い方が不正確であった。言い直すと少しばかりバスに乗る。公共の交通機関は便利でな。ハイヤーより安価なのが素晴らしい」

何を言ってるんだろう、このお爺《じい》さん――

鳴滝との会話は常にちぐはぐで、夏芽は今さらながらに不安を覚えた。

このお爺さん、ひょっとして甘吟堂の怪奇現象より危ない人なんじゃ――

武内夫人の話しぶりが頭をよぎったりもした。

それでも謎の真相にはどうしても興味を惹かれる。こういうときに持ち前の好奇心を抑えられないのが自分の悪い癖だと承知はしている。しかし逆に考えると、あの夕刻の謎さえ解明されれば、今後はこの怪老人とできるだけ距離を置くようにすればいいだけだ。

そう考えて、夏芽は老人とともにバスに乗った。

確かにバスは便利なものであり、また意外に楽しいものである。普段行かないような徒歩圏外の街並が車窓を流れ過ぎていく。朧荘の近辺はごくありふれた郊外の住宅地で、どこまで行っても同じような家々が続いているばかりだが、それでも未知の風景を眺めていると、時折なんだか分からない建造物があったりして、ちょっとした旅行気分になってくるのは否定できない。老人が「散歩」と表現したのも分かるような気さえする。

その老人はと言うと、夏芽の隣で子供のように窓にしがみつき、外の景色に見入っていた。

老人は隣町でバスを降りた。そしてスマホを取り出し、地図を調べている。

「鳴滝さん、スマホ持ってたんですか」

うっかり口を滑らせたところ、相手は呆《あき》れたように、

「老人にこそスマートフォンは必需品なんだよ。若者は無為な遊戯や仲間内の会話に使用するばかりだが、老人はかかりつけの病院とか薬の種類とか、記録しておかねばならんことが山のようにあるものでね。それにこうして指を動かしていると脳が活性化され認知症の予防になるという説もある」

「はあ、すいません」

鳴滝は器用にスマホを操作し、地図に従って歩いていく。つまり、これから向かうのは彼も初めて行く場所であるということだ。

「どうやらここのようだ」

彼が立ち止まったのは、何の変哲もない古い民家の前だった。

玄関の脇には［田島《たじま》］と記された表札が掛かっている。

「どなたなんです、田島さんて」

「保護司をやっておられる方だ」

「えっ、保護司？」

状況がいよいよ分からなくなって困惑している夏芽を尻目に、老人はインターフォンのボタンを押す。

中から出てきたのは、温厚そうな中年の男性だった。

「お待ちしておりました、田島です」

「はじめまして、鳴滝です。本日はご多忙のところ申しわけありません」

「いえいえ、私の仕事に関わることですから……さあ、どうぞお入り下さい」

促されるまま鳴滝に続いて家の中に上がり込む。今の会話からすると、二人は初対面のようだ。

「そのまま奥へどうぞ」

廊下を進むと、突き当たりが客間か居間になっているらしい。見かけの通り、普通の民家だ。

奥の和室には大きな座卓が置かれていた。何気なく周囲を見回した夏芽は、驚きのあまり声を失った。

部屋の隅に正座している男がいる。

間違いない――あの雨の夜、甘吟堂の〈店主〉を名乗った男だった。

「そちらへお座りになって下さい」

田島に勧められるまま、夏芽は鳴滝と並んで座卓の前に置かれた座布団に腰を下ろす。

ややあって緑茶の入ったグラスを運んできた田島が、それらを鳴滝と夏芽の前に置いて対面に座った。

「ろくなおもてなしもできず恐縮ですが」

「いや、どうかお構いなく。それにしてもこのお茶の緑、なかなか結構な色合いですな」

「私の親類が静岡におりましてね、昔からいいのを送ってくれるんです」

恐縮したように田島が応じる。その立ち居振る舞いからも、篤実そうな田島の人柄が伝わってくる。

グラスの中の氷がカランと涼やかな音を立てた。夏芽から見ても、とても綺麗《きれい》で目に鮮やかな緑であった。

その間も、あの夜〈店主〉と名乗った男は隅の方に正座したままだ。

鳴滝はその男に一瞥《いちべつ》をくれ、軽い口調で田島に言う。

「こちらが例の人ですな」

「ええ」

男は俯《うつむ》いたまま鳴滝に向かって黙礼した。

「本日はお忙しいところ、お時間を割いて頂き感謝します」

田島に向かい、鳴滝が折り目正しく礼を述べると、

「いえいえ、保護司として当然の義務です……と言うより、私の責任でもありますので」

曲がりなりにも夏芽は社会学部の学生なので、地域社会の治安だか福祉だかの授業で、「保護司」の仕事について学んだことがあった。

保護司とは、厳密には非常勤の国家公務員だが、実質的には民間のボランティアである。地域の事情に精通した人が、犯罪者の更生を見守り支援する「更生保護」の活動を行なうのだ。

授業でなにげなく聞いていた知識が、こんなところで役立とうとは。

「鳴滝さんからご連絡を頂いたときは、正直言って驚きましたよ。それにしても、どうしてお分かりになったんですか」

田島の言葉に、隅の男がますます縮こまる。

「すべてはここにおられるお嬢さんの話を偶然耳にしたことが始まりです」

「え、するとこちらは鳴滝さんのお身内とかでは……」

夏芽はようやく、まだ自己紹介の挨拶すらしていないことに気がついた。慌てて居住まいを正し、

「はじめまして、三輪夏芽と言います。C大社会学部の二年です。ご挨拶が遅れまして申しわけありません」

たとえ最低限であっても身支度をしてきたのは幸いだった。

「私はてっきり鳴滝さんのお孫さんかと……」

田島は面食らったように言う。

「私にこんな可愛らしい孫などおりませんよ」

可愛らしいと言われたのは嬉《うれ》しくないわけでもなかったが、それにしても無感動な鳴滝の口調であった。

だが今はそんなことに構ってはいられない。

「あたし、鳴滝さんのお隣に住んでまして、友達と電話してるときの声が大きすぎて、それがいけなかったんです。アパートの壁が薄い上に窓も開いてて、それで成り行きからお世話になって……」

我ながら支離滅裂な話しぶりだと思ったが、ともかくも事の次第を余さず説明する。相手はなんとか理解してくれたようだった。

「そうでしたか……」

大きなため息を吐きながら頷《うなず》いた田島に、鳴滝が続ける。

「このお嬢さんの話は至極明晰《めいせき》であり、嘘でも夢でもないと思いました。超自然現象の類《たぐ》いはこの際除外するとして、そうなると合理的説明は一つしかない。つまり、店主も、店主と自称した男も、二人ともお嬢さんに嘘をついたということです」

「待って下さい、雛本さんとは半年程度の、しかも店主とバイトって関係でしかありませんけど、それでもあの人は嘘をつくような人じゃないですよ。だからあたしもわけが分からなくなって……」

「まあ聞きなさい」

思わず口を挟んでしまい、鳴滝にたしなめられる。

「普段嘘をつかない人が嘘をついた。とすると、嘘をつかざるを得ないような理由があったと見るべきだ。自称店主の男はともかく、店主の雛本さんまでとぼけようとしたのは、もちろん二人してお嬢さんをからかったわけではない。そんな真似をする必要など何もないからね。この場合は雛本さんが自称店主を知っていて、しかもその男をかばっていると考えるのが自然だろう。そこで私は、知り合いに頼んで雛本さんの身辺を調べてもらった」

「待って下さい」

夏芽はまたも割って入った。

「知り合いって、興信所かなんかの人ですか。そもそも見ず知らずの人のことなんて、こんな短時間で調べられるものなんですか。今は個人情報の問題だってあるし、警察とかじゃない限り、そう簡単には調べられないと思うんですけど」

「まあ聞きなさい」

鳴滝もまた同じ文言で夏芽の追及を遮り、

「ともかくだ、雛本さんについて調べてみると、若い頃に家を飛び出してヤクザになった兄君のいることが判明した。さらに調べると、この人は服役中にヤクザをやめたという。いわゆる暴力団離脱者だ。反省の色が大いに見られるとの判断から現在は仮釈放中ということも分かった。仮釈放なら法令で必ず保護司が付く決まりになっている。それで保護司会に、担当の保護司さんがどなたか問い合わせてみたというわけだ」

そこで鳴滝は隅の男に向かい、

「あなたが雛本泰次さんの兄、雛本太一郎《たいちろう》さんですね」

「はい」

太一郎が神妙な面持ちで頷いた。

驚いたのは夏芽である。

「えっ、それってつまり、店主の雛本さんのお兄さんってことですか」

「今そう言ったばかりじゃないか」

鳴滝がさすがに呆れたように言う。

「だけど、雛本さんからはお父さんについて修業してお店を継いだとかいろいろ伺ってますけど、お兄さんがいるなんて、全っ然聞いたこともなかったし」

「それはね、たぶん雛本泰次さんが言いたくなかったからだよ。身内にヤクザがいるなんて、いくら信頼関係があるといっても、雇ってから半年のアルバイトにわざわざ打ち明けるような事柄でもないだろう」

「それは、確かに」

「近所に古くから住んでいる人に尋ねてみると、甘吟堂の兄弟についてよく覚えておられたよ。昔はあんなに仲がよかったのに、お兄さんの方がヤクザになって家を出てったってな」

「もしかして鳴滝さん、聞き込みとかやったんですか」

「いいや。そんなことはせんよ」

あっさりと言う鳴滝に、夏芽はまたも混乱する。

「はあ？　だって今、近所の人に訊いたって……」

「それも人に頼んでやってもらった。私が自分でやったわけではない」

「ずいぶんと都合のいいお知り合いがいらっしゃるんですね」

「うん、都合がいい上にとても便利で役に立つ知り合いだ」

夏芽の皮肉に対し、涼しい顔で返した老人が太一郎を見据えて言う。

「太一郎さん、あなたはヤクザになる前、弟の泰次さんと一緒に先代、つまり今は亡きお父上の下で和菓子職人の修業に励んでいた。中でもこし餡が大の得意であったとか。一方、泰次さんの得意はつぶ餡で、兄弟の確執の遠因には和菓子に対するこだわりの違いもあったのではありませんかな」

太一郎は、いよいよ深く頭を下げた。

「何もかもお察しの通りでございます」


その日のうちに、夏芽、鳴滝、田島、それに雛本太一郎の四人は、タクシーで甘吟堂に移動した。店主の雛本泰次を加えた全員で話した方がいいだろうという判断で、その場所として甘吟堂が選ばれたというわけである。

あらかじめ連絡しておいたので、雛本泰次は店を「臨時休業」にして待っていた。

五つあるテーブルのうち二つが合わせられ、全員が座れるように配置されている。夏芽達はめいめいそのテーブルに着いた。

達筆すぎて読めない扁額も、妙に居丈高に感じられる招き猫もいつも通りなのに、今はどういうわけか、古い木造建築に特有の湿気さえもが慕わしい。同時に夏芽は、奇妙な居心地の悪さをも感じていた。

あたしがこの場に居ていいんだろうか――

慣れ親しんだ店内でありながら、自分だけが部外者であるような。

考えるまでもなく鳴滝はもっと部外者のはずだが、すでに常連どころか身内であるかのような風情を醸し出してさえいる。

「こちらに伺うのは初めてですが、いやあ、まことに結構なお店ですな」

実際に鳴滝は興味深そうに店内を見回し、そんな感想を口にしていた。

「店構えといい、店内の趣といい、高踏に過ぎず俗に過ぎず、実によい塩梅《あんばい》。いや、これは菓子の方も大いに期待できようというものですな」

「鳴滝さん、我々は甘味を食べに来た客じゃありませんよ」

さすがに田島も苦笑を漏らす。

「いや、これは私としたことがお恥ずかしい」

素直に照れてみせるあたりも、この鄙《ひな》びた店にいよいよ以て似つかわしい鳴滝の挙措であった。

「このたびはとんだご迷惑をおかけしまして……」

一方、肝心の兄弟二人はすっかり恐縮した様子で詫《わ》びた。こうして並ぶと、目鼻のあたりが確かに似ていなくもない。あの雨の夜に夏芽がそうと気づかなかったのは、ヤクザとして過ごした年月のゆえか、太一郎が人並み外れていかつい雰囲気を漂わせているせいだろう。

泰次と太一郎の間には、しかしどこかよそよそしいわだかまりが今も残っているようで、夏芽にもその気まずさは伝わってきた。

田島もそれを察したのか、率先して話し始めた。

「この太一郎は、いい腕を持ちながら父親に反発して家を飛び出した挙句、悪い仲間に誘われてヤクザになりました。こうして保護司をやっておりますと、人の性根を見極める目だけは養われるもので、私にはこの男が根っからのワルでないことは一目で分かりました。つまらないケンカで懲役刑に服しましたが、本人の言うには、甘い物が自由に食べられない刑務所に入り、幼い頃から慣れ親しんだ菓子を夢にまで見て、菓子作りの真の意味、尊い仕事のありようというものを思い知ったと。だからこそヤクザをやめて菓子職人に復帰しようと決意したというわけです」

保護司らしいと言っていいのか夏芽には分からないが、落ち着いた口調で田島は続ける。

「すぐかっとなるのが玉に瑕《きず》だが、本来は気のいい男でして、私もなんとかこの男の力になってやりたいと思ってやっとったんですわ。しかし皆さんもご存じの通り、今は世間に反社の五年ルールというものがあります」

五年ルール。それも授業で耳にした。

暴力団排除条例、暴力団対策法施行の流れから、反社会的勢力を排除するために現役暴力団員のみならず、暴力団を離脱して五年未満の者をも反社会的勢力と同等に扱うというものである。

これにより、更生して真っ当な社会生活を営みたいと願う者も、就職が極めて困難になったり不当な差別を受けたりする。そもそも銀行と取引できず、口座の開設ができないので、住居を借りることができない、子供の給食費の口座引き落としができないなど、本人だけでなく家族までもが社会で生活できなくなってしまう。これは憲法に違反する人権問題であると指摘されているのだが、政治や行政は自分達の都合で放置しているのが現状であるという。

「そういうわけで、太一郎を職人として雇ってくれる店がどこにもない。私も手を尽くして当たってみたのですが、どのお店もなかなかうんとは言って下さらず……太一郎も世間の仕打ちにいらだちを募らせるあまり、ついには私に黙って自ら縁を切ったはずの実家へと乗り込んでしまった。『この店はもともと兄である自分が継ぐはずだったんだ、おまえに甘吟堂の暖簾は任せられない』と。生来の短気が悪い形で出てしまったのでしょう」

当の太一郎は恥ずかしげにじっとうなだれている。

――だからここの店主だって言ってるでしょ。ウチはね、代々ここで暖簾を守ってきたんだから。

あの夜、太一郎が言っていた言葉だ。その意味がようやく夏芽の腑《ふ》に落ちた。あれは彼なりの意地であり、隠された誇りでもあったのだ。

「親父さんの後を継いで店を続けてきた泰次さんにとっては、とんでもない言いがかりと申しますか、それこそヤクザに因縁を付けられたように思われたことでしょう」

「そこからは私が申します」

泰次が話を引き取った。

「一般に和菓子店はつぶ餡もこし餡も扱っておりますが、ウチは祖父が気の短い偏屈者で、その血は私と兄も受け継いでいるのでしょうが、とにかくつぶ餡一筋でやって参りました。それこそが甘吟堂の看板でもあります。しかし兄はこし餡への偏愛から、事あるごとに父と対立し、それで二十歳をいくつか過ぎた頃、とうとう家を飛び出したのです。一方の私は、どういうわけか生来のつぶ餡好きで、父に従い店と店の味を受け継ぎました。そんな私を、兄は要領がいいだけのヘボ職人と呼んで憚《はばか》らず……そういう経緯があったため、兄が家を出たとき、私もこちらから縁を切ったつもりでいたのです」

長い年月を振り返る泰次の言葉に、苦い悔恨の味が滲《にじ》んでいる。

「何年も店に寄りつかず勝手なことをやっていた兄が突然現われたときは驚きました。しかも『この店は今日から俺が継ぐ』なんて言い始めた。挙句の果てに『おまえのつぶ餡は風味が足りねえ、俺のこし餡の方が数等マシだ』とまで言われては、私も黙っているわけにはいきません。当然口論になりました。『長年団子の一つも作ってなかったヤクザが、やれるもんならやってみろ』って、つい口走ってしまったんです。すると兄は『おう、やってやらあ』と。売り言葉に買い言葉ってやつですね」

兄弟だけあって、泰次も実はかっとなりやすい気質を秘めていたのかもしれない。

本人も決まり悪そうに俯いて、

「それであの雨の晩、兄が私に代わって〈店主〉になったってわけです。わざわざバイト役の若い男まで連れてきてね。なんでも組で兄を慕ってた舎弟で、一緒にヤクザをやめて、やっぱり苦労してたそうですよ」

奥から顔を出した丸刈りの若い男だ——

「幸か不幸か、その晩は強い雨になって、訪れる常連さんもいなかった。だから兄が店に出ていたことは近所の話題にならずに済んだわけです。たった一人、バイトにやって来た夏芽ちゃんだけがそれを知った」

いつも使っていない鉢に、店で作ることのなかったこし餡が残っていたのはそういうことだったのか——

「泰次さんから連絡を受けた私は慌てて雨の中をすっ飛んでいきましたよ。『こんなことをしてるとますます社会復帰が難しくなるぞ』って、叱りつけてやりました」

田島保護司が再び話す。

「太一郎はしゅんとなってすぐに聞き分けてくれました。本当にかわいい男なんですよ。私は太一郎と舎弟の康平《こうへい》君——バイトをやってた若者です——彼らをとりあえず店から連れ出したという次第です」

夏芽は憤然として泰次に向かい、

「なんであたしに話してくれなかったんですか。『昨夜は一人きりで大変だった』なんて嘘までついて。ちゃんとわけさえ話してくれてたら——」

「驚かせて本当にごめん」

泰次はテーブルに額をこすりつけんばかりにして謝った。

「身内の恥なんで、できれば知られたくなくて……それで咄嗟にとぼけてしまったんだ。夏芽ちゃんにはあらかじめ店は休みだとか連絡しておけばよかったんだけど、そこまで考えが及ばなくて……本当に申しわけない」

分かってみるとなんでもない話が、事情を知らない夏芽には奇怪な事件に見えたのだった。

もっとも、暴力団離脱者当人である太一郎にとっては、到底「なんでもない話」とは言えないだろうが。

つまり一件落着のように見えて、その実、問題はまったく解決していないのだ。

店は一つ。兄弟は二人。弟は長年店を守り続けてきたし、兄は五年ルールで他店に就職できない。

しかも二人の間には「つぶ餡派」と「こし餡派」という越え難い溝がある。

そのことに思い至ったのか、雛本兄弟も田島も、暗い顔色のままである。

一人、鳴滝老人のみが恬淡と、

「ときにご主人」

太一郎と泰次の二人が同時に顔を上げる。

「どうも話しすぎて喉《のど》が渇いた。ここらで甘吟堂自慢の菓子でも頂戴《ちょうだい》できませんかな。皆さんもどうです、お代は私が持ちますので、ご一緒願えれば幸いです」

「これは気がつきませんで……失礼を致しました。当店の甘味、どうか存分に味わって下さいまし」

立ち上がった泰次が店頭に並べられていた豆大福を人数分の皿に取り分け、太一郎が奥へ行って茶を淹《い》れる。

「どうぞ、当店名物の豆大福です」

「ほほう、これは」

鳴滝が美術品でも鑑定するかのような目で皿の上の大福を見つめた。

紅白の豆大福が一個ずつ、慎ましやかに行儀よく並んでいる。通常の大福よりも小さめで、紅白ひと組でちょうどよい分量だ。そういう細やかな心配りに甘吟堂の伝統が息づいていると言っても過言ではあるまい。

「では、いただきましょうかな」

添えられた竹製の菓子楊枝《ようじ》を器用に使って、老人は白い方を口に運んだ。

「おお、大粒の黒豆が入った黒豆餅、その中に詰まったつぶ餡がさすがの味わい。しっとりした餅の感触、黒豆のほのかなる塩味、さらにはつぶ餡のあっさりとした風味。それらのバランスが絶妙ですな」

「厳選した黒豆を少しの塩だけで蒸し、餅も季節や天候、湿度に気をつけてつき分けておりますので」

心なしか泰次が得意そうに言う。

「豆、餅、餡の三位《さんみ》一体というわけですな。実にお見事」

老人の解説を聞いていると、夏芽もこれまで自分が無造作に売っていた豆大福が何か格別の逸品であるかのように思えてくるから不思議である。

田島も目を細めて豆大福を頬張っている。

「さて、甘い物を頂くと渋いお茶が恋しくなる道理」

鳴滝は次に太一郎の淹れた茶を一口含み、

「これは……豆大福を食べている間に冷めることを見越し、少し熱めに入れて下さったのですな」

「お察しの通りです」

太一郎が謙虚に応じる。

「和やかに菓子を頂くにはまさに適温。茶葉の加減も申し分なし。お心遣いに感謝しますよ」

茶を淹れた太一郎へのフォローも忘れない老人の饒舌《じょうぜつ》を、夏芽は自分の豆大福を頂きながら聞く。若い夏芽にとって、紅白二個の豆大福は、少々物足りない感じもした。品よく食べてみせるつもりが、気がつくと自分の皿からあっという間に消えている。

「夏芽ちゃん、おかわりはどうだい」

「えっ、あっ、そんな、結構です」

泰次に訊かれ、夏芽は慌てて紙ナプキンで口を押さえる。

「迷惑かけたお詫びだ、遠慮しなくていいよ。それに夏芽ちゃんには、いつも助けられてるし」

「いえ、そんなこと……そうですか、じゃあ、ちょっとだけ」

思わず口にした一言に、全員が噴き出した。恥ずかしいことこの上ないが、先ほどまでの深刻な雰囲気はいつの間にか霧散している。

鳴滝さんはこれを狙って豆大福の話を――？

夏芽の考えを裏付けるかのように、鳴滝はさりげなく切り出した。

「これほどの名店の暖簾を守り続けた泰次さんの努力は言うまでもないが、自らの工夫で和菓子作りに取り組みたいという太一郎さんの情熱もまた無下にするには忍び難い。どうです、ここは私に任せてもらえませんかな」

「何か妙案でもおありなんですか」

田島の問いに、鳴滝は表情をまったく変えずに頷いた。

「ええ、まあ」

もちろん夏芽には鳴滝の策など窺《うかが》い知る由もない。

＊

「ほう、なかなか立派な店じゃないか」

隣町にできた甘吟堂の支店を見上げ、鳴滝が呟《つぶや》く。

しもた屋を改装した店舗用の賃貸物件らしいが、甘吟堂本店のレトロな店構えをうまく再現し、まるで長年そこにあったかのような雰囲気を醸し出している。

同行した夏芽もまったく同意見であったが、どうにも釈然としない。それは、ここに至るまでの経緯がさっぱり分からなかったからである。

もともと本店に似た構えの居抜きであったとも聞いているが、かくも短期間に工務店を手配して内装を整えたりできるものなのだろうか。

こちらの屈託にはまるで構わず、鳴滝は引き戸を開けて店に入った。夏芽もやむなく後に続く。

「いらっしゃいませーっ」

明るい声を上げたのは、あのニセ店主、ではなかった、雛本太一郎である。

「あっ、これは鳴滝のご隠居、ようこそお出《い》で下さいました。ささ、どうぞ、座敷の席が空いております」

「ほう、座敷まであるのかね。本家よりも豪勢ですな」

「これもすべてご隠居のおかげです」

「では、遠慮なく上がらせてもらいますよ」

「どうぞどうぞ。いやあ、その節は本当にお世話になりました。このご恩は一生忘れません」

下にも置かぬ歓待ぶりである。

そして太一郎は奥に向かって声を張り上げる。

「おい康平、早くお茶をお持ちしないか」

「へーいっ」

威勢のいい返事とともに茶碗《ちゃわん》と土瓶を持って現われたのは、あの夜のバイト——太一郎の元舎弟である。

「ほら、教えた通りに丁寧にお淹れするんだ」

「へいっ」

「いいか、湯は熱すぎちゃいけねえ。急須に入れてから一分は待つんだ。お客様が何人かいらっしゃるときは、茶碗に少しずつ均等に注ぎ分ける。そうしねえと味がばらばらになっちまう」

「こ、こうですかい」

「そうだ。それから大事なことは、最後の一滴までしっかりと注ぎきるようにするんだ。急須に湯が残ってると、二煎《せん》目の味が落ちるからな」

「分かりやした」

太一郎の指導に従い、康平が真剣に茶を淹れる。ひたむきな彼の横顔に、希望というものの大切さを思わずにはいられない。

真新しい畳の匂いと茶の香りとが混然一体となって、人の頑ななこだわりも自ずとほどけてゆく気さえした。

二人が厨房に引っ込むと同時に、夏芽は身を乗り出して鳴滝に質す。

「こんなお店、太一郎さんがどうやって出店できたんですか。まさか鳴滝さんが出資したとか」

「それこそまさかだ。私はそんな大金など持っておらんよ。開店に当たっては銀行が融資してくれたと聞いておるがね」

「五年ルールはどうなったんですか。ヤクザだった人は離脱後も五年は銀行口座を作れないはずじゃ……ましてや融資なんて考えられません」

「俗に言う五年ルールとは、実は極めて恣意《しい》的なものでな、実際には担当者の裁量次第で五年以上にも以下にもできるものなんだ」

「えっ、そうなんですか」

そこまでは授業でも習わなかった。

「世間には我々が思う以上に偏見が満ち満ちているもので、五年を過ぎても元ヤクザに対して嫌がらせをするように対応する輩《やから》が実に多い。また融資や就職等の担当者が同情的であっても、世間の目を気にして会社の方がそう対応するように定めている場合もある。そうした実情から、五年ルールが絶対だと皆が信じ込んでいるだけなのだ」

「それって、ずいぶん酷《ひど》い話じゃないですか」

鳴滝は鷹揚《おうよう》に頷いて、

「そうとも。酷い話なんだよ。だから太一郎さんもあそこまで追いつめられたんだ」

茶碗に広がる鮮明な緑を見つめて考え込んでしまった夏芽は、はっと気づいて顔を上げた。

五年ルールの件は分かったが、鳴滝がどうしてそんな事情を事細かに知っているのか。そもそも、太一郎に対する五年ルールの縛りが緩んだことに、鳴滝が何か関係しているのではないか――

「えっと、話が逸《そ》れましたね、今」

「そうかね。そんなことはないだろう」

「いえ、太一郎さんはどうして――」

「いやいやいや、私はまだ惚《ぼ》けておらんと思っておったが、用心せんといかんかもしれんなあ……おお、この茶の香り、太一郎さんは教え方もうまいと見える」

わざとらしいまでに好々爺《こうこうや》然とした表情で鳴滝は茶を口に含む。

この爺さんは――

夏芽は内心で歯噛《が》みする。老人はあくまでとぼけ通す一手のようである。

「お待たせしました、当店自慢のこし餡入りわらび餅『琥珀《こはく》餅』でございます」

そこへ太一郎が菓子の皿を運んできた。

「おお、これは見た目も実に美しい仕上がり。早速頂くとしよう」

何事もなかったかのように鳴滝が楊枝を取り上げる。

夏芽も仕方なく菓子を口に運んだ。

なにコレ、おいしい――

ぷるぷるとした食感のわらび餅でこし餡を包み、きな粉をまぶしてある。しかもこのこし餡は、確かにあの夜、夏芽が一口食べたあの味だった。こうして改めて味わってみると、抑制の効いた甘みがしみじみと優しく、太一郎があそこまでこだわったのも当然であると感じられた。

「なるほど、豆、餅、つぶ餡の三位一体であった本家に対し、きな粉、わらび餅、こし餡の三位一体か。こし餡の美点を最大限に活《い》かす工夫ですな。振りかけられたきな粉の量も多すぎず少なすぎず、夢にまで見たという和菓子への情熱なくして、これほどの創意工夫はなりますまい」

「ありがとうございます。さすがはご隠居、何もかもお見立ての通りでございます」

恭しく一礼した太一郎が嬉しそうに応じる。元ヤクザとはとても思えぬ、職人としての喜びにあふれた表情であった。

その機を逃さず、夏芽はさりげなく、極力さりげなく切り出す。

「太一郎さん、こんなステキなお店、出すのは大変だったでしょう。お金も相当かかったんじゃないですか」

意に反して、この上なくロコツな質問になってしまった。

しかし太一郎は笑みを絶やさず、

「おっしゃる通りですが、ご隠居がどこかへ電話したら銀行の支店長がすっ飛んできましてね。それでこの琥珀餅を試食してもらったところ、これならいけると言って下さって」

「でも、融資には担保とか必要になってくるのでは」

「それは弟が実家の本店を、ね」

太一郎が静かに目を伏せる。その顔には己の過去の行ないに対する後悔と、身内に対する愛情とが表われているように夏芽は思った。

そうか、泰次さんと本当に仲直りできたんだ――

なんだかほのぼの嬉しくなって、こし餡のほどよい甘さが舌に心地よく広がっていくようだった。

「太一郎さんが自負するだけあって、このこし餡は絶品ですなあ。甘吟堂の名に恥じぬ出来。いや、参りました」

鳴滝の呟きに、夏芽はかえって本来の疑問に立ち戻った。

「ねえ太一郎さん、鳴滝さんはどこへ電話したんですか」

「さあ、それは……」

太一郎は困ったように曖昧《あいまい》な笑みを浮かべる。

「田島さんに訊いても教えてくれないんですよ、鳴滝さんのこと。そもそも保護司会に連絡するって、普通の人には思いつかないでしょう？　銀行にもコネがあるなんて、やっぱり普通じゃないですよ」

「勘弁して下さい、それは秘密にするって約束なんで」

そそくさと太一郎は奥へと去った。

抜群の直感力と推理力を持ち、手足のように動いてくれる知人がおり、電話一本で銀行の支店長クラスが動く。しかし本人の申告によると金はなく、実際に自分と同じボロアパートに住んでいる——考えれば考えるほど分からなくなる。

この「鳴滝」という人物は果たして何者なのだろうか。

夏芽は疑惑の眼差《まなざ》しを対面の鳴滝に向けるが、老人は何食わぬ顔でただ黙々と琥珀餅を平らげているばかりであった。

第二話　次なる事件

C大学の自習室には、いつもより人が多かった。夏休みを前にした学期末の試験シーズンだからだろう。夏芽はほとんどの試験を終えていたが、あと数科目残っている。しかも手強《てごわ》い科目ばかりだ。本来ならば、すぐにでもやり残した試験勉強にかからねばならない状況である。

なのに今、夏芽の頭を目一杯不法占拠しているのは、試験とはまったく関係のないことであった。

気がかりなことは早めに片づけとかないと勉強に集中できないし——気になるんだからしょうがないよね——

いかにも言いわけがましく心の中で弁解しながら、空いている席を探す。この場所を選んだのは、学内でも特に冷房が効いていていて涼しいからだ。

あった。窓際の真ん中あたり。急いで座った夏芽は、背負っていたリュックをデスクに置き、スマホを取り出す。左右の席とは衝立《ついたて》で仕切られているから、何をやっているか覗《のぞ》き込まれる心配もない。もっとも、誰に見られたところで特に困ることもないのだが。

スマホを操作して検索サイトを開き、「鳴滝」と打ち込む。

バイト先の甘味処『甘吟堂』で遭遇した怪事件をきっかけに、夏芽はアパートの隣に住む鳴滝老人について俄然好奇心をかき立てられていた。

単なる変わり者の独居老人だとばかり思っていた鳴滝が、思わぬ論理的思考力や不可解な人脈を有していた。果たして彼は何者なのか。

だが現代にはインターネットという道具があるのだ。すぐにそれを使わなかったのは、試験前という、学生にとって極めて重大なる時期に差し掛かっていたからに他ならない。さすがの夏芽も、胸の内でざわめく好奇心を押し殺し、まずは差し迫った試験対策に専念せざるを得なかった。

苦心惨憺《さんたん》、悪戦苦闘の挙句、ようやく八割程度の試験を終えたところで、とうとう我慢できなくなり、自習室へやってきたという次第である。

いざ、検索――

そう声に出したわけではない。だがそんな大時代的な気合いで以てタッチスクリーンを操作した。

その結果表示されたのは、鳴滝拓夢《ひろむ》の醜聞を報じる記事の山であった。

『鳴滝拓夢』とは近年ブレイクした人気若手俳優で、年上の女性アナウンサーとの不倫を週刊誌にすっぱ抜かれ、後追い報道で若手人気アイドルや外国人モデルとの交際まで明るみに出たばかりか、芸能人好きで知られる政治家との関係も取り沙汰《ざた》され、もう収拾がつかない騒ぎとなっていた――世間では。

と言うのも、夏芽はそうしたスキャンダルにまったく関心を持たなかったからである。

よもやそれが自分の障害となろうとは、今日まで夢にも思わなかった。

どこまでスクロールしようと、鳴滝拓夢の記事ばかりが奔流の如くあふれ出る。たまにどこか地方の観光名所か小料理屋の記事が混じるくらいで、後は延々と鳴滝拓夢の記事が続いている。最後まで一つ一つ検分する気力など到底ない。

よりにもよってこんなときに――

言うまでもないが、鳴滝拓夢は鳴滝老人とは似ても似つかぬ容貌《ようぼう》で、万が一にも孫とか血縁とかであるとは思えない。しかも鳴滝は芸名で、本名は山田《やまだ》であるという、夏芽の人生にとって現在も将来もまったくなんの役にも立たぬであろう無駄な知識だけが手に入った。

これはいけない、何か絞り込みに必要なキーワードを――と考えて、夏芽は鳴滝の下の名前さえ知らないことを思い出した。

下の名前に考えが至らなかったわけでは決してない。当然フルネームをアパートの住人に訊いてみたりしたのだが、知っている人は皆無であった。アパートのドアには郵便受けが付いており、郵便物はダイレクトにドアの内側へ落ちるようになっている。郵便集配人を待ち構えて尋ねてみるという手もないではないが、個人情報に気を遣う昨今のこと、そうした行為はどうしてもためらわれる。

大家か不動産屋に訊いてみるという方法もあるが、それこそ個人情報管理の観点から要らぬ誤解を招くだけだろう。

そもそも、鳴滝という決して多くはない――と夏芽は思っていた――名字だけで簡単に検索できると安易に考えていた自らの準備不足であるとしか言いようがない。インターネットの時代に生まれた者が陥りやすい典型的な思い込みであった。

ため息をついてスマホをしまう。

鳴滝老人はやはり単なる一般人なのか。もしかしたら鳴滝拓夢同様、本名ではないのか。そんなことを思ったりした。いずれにせよ、普通の学生でしかない自分にはこれ以上の手立ては思いつかない。お手上げというやつだ。

「あれ、夏芽じゃない」

振り返ると、友人の藤倉《ふじくら》紬が立っていた。白いロングシャツにブルーのワイドパンツを合わせたコーデで、Tシャツにデニムという夏芽よりはだいぶオシャレだ。

「あんた、今日は第二外国語の試験だっけ」

「うん、さっき終わったとこ」

疲れた気分でうんざりと答える。

「でも社会経済論の試験がまだ残ってるし」

「じゃあ、ここで勉強してたの」

「まあね」

曖昧にごまかす。隣人の素性を探っていたとはとても言えない。

「あ、そうだ、榊《さかき》先生があんたのこと捜してたよ」

「えっ、榊先生が」

思わず頓狂《とんきょう》な声を上げてしまった。隣に座っていた見知らぬ男子学生が睨《にら》んでくる。

紬は慌てて声を潜め、

「あんた、最近は研究室に顔出してないんだって？　早く行った方がいいよ」

「分かった、ありがと」

同じく小声で礼を言い、夏芽はそそくさと自習室から退室した。

一般に大学では三年次からゼミに所属する場合が多いが、C大学社会学部の場合、希望者は二年次から指導を受けることができる。「できるだけ早めに始めた方がラク」「二年生からの方が希望するゼミに入りやすい」「卒業論文作成時に丁寧に指導してもらえる」「就職に有利」等の情報を上級生から得た夏芽は、榊静香《しずか》准教授の榊ゼミに申し込んだのだ。

榊准教授は三十二歳という若さながら、社会学者としても社会活動家としても実績があり、社会的評価が極めて高い。学内外で多くの人に慕われている。特に国際的な人道支援活動で国連から表彰されており、さすがに夏芽も入学前から名前と顔を知っていた。すらりとして背が高く、実に颯爽《さっそう》としている。

こういう人になれたらいいなあ……という願望がまるでなかったと言えば嘘になる。それでも、平にして凡なる自分とはかけ離れた存在として認識していたのは確かであった。

人気の先生であるだけに、当然ながらゼミも高倍率となる。そうした点を考慮して、夏芽は二年生になると同時に榊ゼミ所属を希望し、幸い受け入れられたというわけである。

……が、間もなく夏芽は、その選択がいささか早計であったことを思い知らされる羽目になった。

榊先生は指導教官としてとにかく厳しい人だったのだ。公平に言うと誰に対しても厳しさは同じなのだが、夏芽の主観では自分に対してだけ特に厳しいように思えてならなかった。要するに「相性が悪い」というやつである。

必然的に研究室から足が遠のく一方で、先生からはいよいよ睨まれるという完全な悪循環に陥った……と自分でも思っている。

西三号館三階に榊研究室はあった。そこが榊ゼミの教室でもある。

おそるおそるドアを開けた途端、

「ずいぶんとご無沙汰ですね、三輪さん」

いきなり榊先生から名前を呼ばれた。まるで待ち構えていたかのようなタイミングだ。

大きな窓から差し込む西日を背にして榊静香が立っている。逆光なので表情までは分からない。

夏芽は硬直したようになって、

「どうもご無沙汰しております」

指導教官の皮肉に対し、間抜け極まりない返答をしてしまった。

「いえ、あの、試験期間中なものですから、他の教科に追われてなかなか時間が取れず……」

慌てて言い繕おうとしたが、いよいよ変なことを口走ってしまった。

「ゼミは趣味のサークルじゃないんですよ。知ってました？」

「はい、知ってました」

「そう、よかった」

先生がデスクの方に移動する。表情が初めて見えた。おかしそうに笑っているようだった。夏芽もほっと小さく息を吐く。

「だけどね、三輪さん。『地域福祉学A』の試験は昨日だったんですよ」

「えっ、あれって、後期にもう一回試験があるんじゃ……」

「その通りですけど、前期試験を受けてないと後期試験は受けられない決まりになってるの。ちゃんと説明したはずですが」

そうだった、忘れてた——

足許の床が崩れて地の底の底まで落下していくような衝撃であった。おそらくは他の必修科目に追われるあまり、どこかで別の試験と勘違いしたものと思われる。

「すると、これまで受けた授業は……」

「来年もう一回受け直しということになりますね」

「そんなあ……」

これというのもバイト先で変な事件に出くわしたせいだ、おかげで授業どころじゃなくなって、試験期間の真っ最中にどこの誰とも知れないお爺さんのことなんか調べてて——

動揺のあまり、先生にすがりつくようにして言ってみた。

「お願いです、追試とかでなんとかなりませんか」

「あの講義では追試を行なわないルールになっています。そして社会におけるルールとは厳格に守られるべきものです」

「はい……」

悄然《しょうぜん》とうなだれるよりなかった。こうしたことに関して、榊先生は誰よりも厳しいのだ。

「追試は行なわれませんが、講義内容にふさわしいレポートでそれに代えることはできます」

「本当ですか」

一筋の光明を見た思いで顔を上げたが、先生はいよいよ厳しい口調で、

「それも説明したはずですけど、聞いてなかったんですね」

「すみません……」

「まあいいでしょう。レポートやってみますか、三輪さん」

勢い込んで返答する。

「はい、ぜひお願いします」

先生はデスクの上に置いてあったファイルを取り上げ、

「地域社会について学ぶ一環として、本学近辺の高齢者施設や町内会、市民サークル等を回り、インタビュー等の質的調査を行なって下さい」

「質的調査、ですか？」

「つまり、地域の人々の話を聞き取りレポートにまとめることによって、〈人の心に寄り添う〉とはどういう意味かを学ぶ。フィールドワークによる民俗学的なアプローチに近いイメージですね。その他の詳細はここに書いてあります。試験よりかなりハードルの高いものとなりますが、提出のない場

合、後期試験は受けられず、当然単位も取得できません。いいですね」

選択肢は一つしかない。

「はい」

悲壮な決意とともにファイルを受け取る。

「では頑張って下さい。提出期限は七月末日。三輪さんの情熱が感じられるようなレポートを期待しています」

最後にとんでもないプレッシャーまで頂いた。

退室した夏芽は、空いている教室に入り込んでファイルを丹念に読む。Ａ４用紙数枚程度のものだったが、読めば読むほど「困難」「大変」「面倒」「無茶」「墓穴」「自爆」「暑い」といった概念が脳内を浮遊する。

考えるまでもなく、「高齢者施設や町内会、市民サークル等」を回り、「人々の話を聞き取」るなんて、とんでもない労力とエネルギーを必要とする行為だ。しかも、暑い。

だが、なんとしてもこれをやり遂げないことには今日までの受講がすべて無駄になってしまうし、何より単位がもらえない。

夏芽はグラウンドを全力疾走ですでに三十周くらいしたような気分で立ち上がった。


試験の日程、バイトの時間をやりくりしつつ、夏芽はただちにレポート作成のための聞き取り調査に着手した。

榊先生に言われた通り、まず大学近辺の自治体について調べ、町内会、老人会、高齢者介護施設、市民サークルなどをリストアップし、片っ端から連絡する。大学の課題であることや調査の趣旨について説明し、聞き取りの了解とアポを取るのだ。そうした公共団体はファックスや電話を連絡手段としているところが多く、とにかく電話をかけまくるしかなかった。電話をしてみて、「ファックスで送って下さい」と言われたら、必要な文書を作成しスマホのアプリを使いファックスで送信する。メールやSNSでのやり取りに慣れた世代には、それだけでも想像を絶するほど大変な作業であった。

中には、にべもなく断ってくる自治体や施設もあったが、幸い大半からは了解が得られた。この段階ですでにへとへとであったが、本番はこれからだ。

スケジュールを緻密に調整し、許可の得られた団体や施設を順番に訪問する。そうした場所には「振り込め詐欺にご用心」といった警察のポスターがやたらと貼られていて、うんざりするくらいに時世を反映していた。

概して高齢の方々は昔のことを訊かれると嬉しいらしく、地域のエピソードをいろいろと語ってくれた。中には途中から違う話、自分の話、子や孫に対する愚痴、古い知人への怨嗟に変わってしまう場合も多々あったが、それも想定のうちである。

おぼろ池には昔カッパが出た、C大学で昔ボヤがあったときは大変だった、町外れにあった小山を切り崩してゴミ処理場にする計画が持ち上がったときは反対運動が盛り上がった等々。

話はいろいろ集まったが、夏芽はそこで考え込んでしまった。

課題として与えられたのは〈人の心に寄り添う〉意味を知るということだ。集まった話がそのテーマに合っているとはどうしても思えない。何より自分自身が、誰かの心に寄り添ったという実感を未だ持てずにいるのがその証拠ではないか。

そんなことは考えずとにかくまとめてしまえばいいのだ、との誘惑にも駆られるが、ここで榊先生から与えられたプレッシャーが効いてきた。

つまり、自分の「情熱が感じられるようなレポート」にはほど遠いということだ。自分がいいかげんな人間であると思っていたわけではないが、ここまで融通の利かない真面目な性格であったのかと、我がことながら改めて驚いた次第である。

自分の訊き方が悪いのだろうか——

あれこれと自問自答する。しかし、「人の心に寄り添うような話をして下さい」などと訊けば、相手がかえって萎縮《いしゅく》し、混乱するは必定である。

カッパの話は論外だ。これでは普通の民俗学的フィールドワークの範疇《はんちゅう》である。地元の昔話として貴重であるとは思うが、それよりも大事なのは自分の単位だ。

地域の人との関係性に絞って訊いてみるというのはどうだろうか。

だがそれも、得てして昔の愚痴や悪口に流れやすいというのが現時点での経験から容易に想像できる。途轍《とてつ》もなくリスキーだ。こうした聞き取り調査で最もエネルギーを消耗するのは、老人の愚痴を遮る場合であったからだ。「じゃどうもー、ありがとうございましたー」と適当に打ち切ろうとしても、それまで達観、解脱の境地に在るかと見えた老人が、いきなりこちらの裾《すそ》をつかんで放してくれない。「それでね、ここからが酷いのよ」と、身内の悪口が新たなるステージへと突入するのが常であった。

聞き取りの対象は老人に限ったわけではないのだが、C大学近辺は新興住宅地が多く、昔からの住民でないと地域についての情報をまるで持ち合わせていなかったりする。また、中高年層は現役の働き手であるから、仕事に忙しくて取り合ってくれなかったりもする。

このままでは提出期限に間に合わない。

七月もすでに半ば近くになっている。言い渡された期限まで残すところ約半月だ。

こういうときは――

夏芽はいつもの手で行こうと決意した。すなわち、朧荘の自室でベッドの上にひっくり返ってとにかく寝る。世間的には「問題の先送り」とも言うが、何も思いつかないのだから仕方がない。明日になったら新鮮な気持ちになっていい考えが浮かぶかもしれないではないか。

まったく信じていないが、とにかく寝る。さっさと寝る。とことん寝る。

苦悩のあまり寝つけないのではと危惧《きぐ》したが、三十秒後、意識がすこやかに途切れた。

翌日は朧新田《おぼろしんでん》オニオンズの聞き取りであった。朧新田町内会が運営するゲートボールのチームで、高齢者主体というより高齢者オンリーのチームである。オニオンズの由来は、朧新田に広がるタマネギ畑からだろうか。

聞き取りができるのは練習時間の合間のみということであった。タマネギの香り漂う練習場の片隅で、夏芽はひたすら機会を待った。

何もこんな暑い日に、と思わないでもなかったが、選手である老人達はいずれもカラフルなスポーツシャツに身を包み、生き生きと楽しそうにスティックを握っている。付き添いで来ている介助の人達はメンバーの健康状態に配慮して、頻繁に日陰で水分を摂取させたりしていた。

そうした休憩時間を捉《とら》えて、夏芽も聞き取りに精を出す。木陰のベンチに座った老人達に話しかけると、全員がにこやかに応じてくれた。しかし例によってパターン通りの話が多く、早くも徒労感を覚え始めていた矢先、佐竹《さたけ》こずえという御年七十の老婦人が少しばかり奇妙な話を始めた。

「私らみんな朧新田に住んでますけど、ウチの近所に玉井花代《たまいはなよ》さんと言う人がおられます。私とおんなじか、ちょっと下くらいの方なんですけど、苦労なさったせいか、誰にでもお優しい、とっても感じのいい人でねえ。この花代さん、お一人で暮らしておられましてね、コンビニのＡＴＭから毎月必ずどこかへ送金してるんですよ。室田《むろた》さんの奥さんがこの花代さんをコンビニでお見かけしたとき、『振り込みですか』って挨拶したら、花代さんはにっこり笑って『ええ、お小遣い程度なんですけど、息子に仕送りを』と答えられたんですって」

こずえはそこでなぜか言い淀《よど》むように口をつぐんだ。

夏芽は先を促すような念を送りつつ黙って待つ。

ややあってから、こずえは再び口を開いた。

「実は花代さんの息子さん、健一《けんいち》さんて言うんですけど、もう何年も前に外国で亡くなってるんです」

「亡くなってるって……本当なんですか」

反射的に訊き返してしまった。

「ええ本当よ。亡くなった頃、花代さんご本人がそうおっしゃってたんですから」

だとすると本当だろう。

「母一人子一人のご家庭でしたでしょ。私ら、もうてっきり『こりゃ認知症だわ』と思いまして、町内で医院をやっておられる浜中《はまなか》先生、花代さんの主治医さんなんですけど、この浜中先生にご注意申し上げたんですが、『それは絶対にない。脳も含めて花代さんの状態は極めて良好だ』って断言なさるんです」

「それってゼッタイ振り込め詐欺だと思いますけど。すぐに通報した方が――」

夏芽が思わず口を挟んだところ、こずえは首を振って、

「それがね、ダメだったんですよ」

「ダメって、どういうことですか」

「町内会の方で警察に相談しましてね、刑事さんが花代さんを訪ねてらしたんですが、花代さん、『詐欺なんかじゃない』と言い張られたそうで。警察でも息子さんが本当に亡くなっとられるのか、把握できないようなんです」

「把握できないって、そんなの、警察が調べたらすぐに分かりそうなものじゃないですか」

「亡くなったのがシンガポールかどっかあっちの方で、事故だったか事件だったか、とにかく行方不明になって、ご遺体の確認もできなかったんですって。それで警察じゃ生きてるとも生きてないとも言えないらしく……」

「だとしても、振り込め詐欺を阻止するのが警察じゃないですか。あちこちに『振り込め詐欺にご用心』なんてポスター貼りまくってるくせに」

憤慨のあまり少々声が大きくなったらしく、それまで横で聞いていた大岡《おおおか》という老人が補足するように言った。

「わしもそのとき刑事さんから直接聞いたんだが、息子さんが生きてるか生きてないかを特定できない限り、警察は介入できん決まりになっとるそうだ。息子さんが生きている可能性が少しでもあると、息子だと偽っていることが証明できず、詐欺罪が成立しない。従って警察は何もできないということらしい」

「そんな……」

「刑事さんはこうも言っとったな。同一犯が定期的に少額を要求する事例は振り込め詐欺としては珍しいんだと。普通はカモにできる相手を見つけると、違う奴らが入れ替わり立ち替わりやってきて、大金を巻き上げていくんだそうだ。わしの知り合いにも被害に遭った人が何人かおるが、言われてみると確かにみんなそういうパターンだったな。それもあって、警察はなんにもしてくれなかった」

「ということは、花代さんて人は、今でも毎月……」

大岡は黙って頷いた。

そのとき離れた場所にいた審判役の男性が声を上げた。

「皆さーん、ゲームを再開します。用意して下さい。ご気分の悪い人はいませんかー。もし少しでも体調が悪かったりしたら遠慮せずすぐにおっしゃって下さいねーっ」

こずえと大岡も他の面々とともに立ち上がり、夏芽に会釈して歩き出した。

一人木陰に残された夏芽は、どうにも釈然としない思いを抱いて、老人達の練習風景をぼんやりと眺め続けた。

一、玉井花代は少額ながら毎月〈息子〉に送金を続けている。
二、花代の息子である健一は海外で死亡したらしいが、死体は確認されていない。
三、花代本人はかつて息子の死を認めていたにもかかわらず、現在は警察に対し息子が生きていると言い張っている。
四、送金しているからには送金先の口座があるはずだが、それを調べる権限のある警察は動かない。
こうして書き出してみても、いよいよ怪しく感じられる一方である。むしろ、息子の死体がないことを利用した振り込め詐欺であるとしか思えない。

大学の図書館で、夏芽はあれこれ調べてみた。

まず法的な件について。

結論から言うと、警察が町内会の人に対して行なったという説明は正しかった。

利害関係人、つまり唯一の肉親である花代が申し立てない限り失踪《しっそう》宣告は出せないし、そうなると不在者、つまり生死不明者を法律上死亡したとは見なせない。

これは詐欺罪の成立と認められる四大構成要件「欺罔《きもう》行為」「錯誤」「交付行為」「財産移転」のうち、最初の二つ「欺罔行為」と「錯誤」が成立しないことになり、従って警察は介入できないのだ。

一般に、特殊詐欺に分類される振り込め詐欺にはさまざまな手口が存在するが、多くはピラミッド型のヒエラルキーを形成する犯罪グループによる犯行である。電話をかける『架け子』、直接金品を受け取る『受け子』、ATMから現金を引き出す『出し子』など、さまざまな役割に分かれていて、互いが互いを知ることはほとんどない。彼らは組織の頂点に君臨する者達からの指令を受けて行動し、分け前に与《あずか》る。ヒエラルキーの上位に位置する者ほど大金を手にする仕組みになっている。また下位の者が逮捕されても、組織の全容については知らされていないため、捜査の手が頂点にいる者達にまで及ぶことはないに等しいという。

息子を名乗って花代から金を騙《だま》し取っている男がどの階層に属するのかは分からないが、自分で電話をかけているのなら、頂点ではなく底辺に近いポジションであると推測できる。

続けて夏芽は、大学に保管されている過去の新聞記事を検索してみた。

検索ワードは「玉井健一」「シンガポール」「事故」等々。

結果はすぐには出なかったが、検索ワードを変更してみたり、あれこれやっているうちに判明した。

場所はシンガポールではなくマレーシアだった。十一年前、現地で大規模な山崩れがあり、日本人一名を含む十数名が土砂に埋まって生死不明となった。その日本人が当時二十六歳の「玉井健一」だったのだ。

確かに死体は発見されていないが、記事から窺える惨状では死亡したと見てほぼ間違いないだろう。玉井健一氏が生きている可能性は確かに皆無ではない。しかし、これが母親の悲しみを利用した詐欺であったなら。

図書館を出るとき、夏芽はすでに決意していた。

真実を明らかにしてやろう――そしてこのことをレポートにしてやろう――

これこそ〈人の心に寄り添う〉レポートではないか。

汗が流れる。頬が熱い。それは日差しのゆえではない。夏芽の心の熱であった。

夏芽は早速行動を開始した。

朧新田の住宅を回り、聞き込みに着手したのである。聞き込みと言っても、警察や探偵の真似事ではない。堂々とC大の学生証を示し、「課題レポートのため地域の人にお話を伺っています」と本来の目的を告げる。嘘はまったくついていない。

最初に花代本人と会うことを避けたのは、まず周辺の人の話を確認してからと考えたためである。それでも町内やその近辺を歩き回っていると、玉井花代と思《おぼ》しき人を遠くから見かけたり、すれ違ったりすることが何度かあった。周囲の人が「玉井さん」あるいは「花代さん」と呼んでいるのが耳に入ったりしたからそうと知れたのである。こずえ達の話から形作られたイメージ通りの、もの柔らかで優しそうな老婦人であった。

ともかくも、地域に関する話をさまざまな人に聞いてから、機を見てそれとなく話題を玉井家の母子に向ける。

その結果、こずえと大岡の話がすべて本当であることが分かった。

それだけではない。

花代の夫、つまり健一の父親は、健一が小学生の頃病気で亡くなったこと。それ以来、花代は地元のスーパーに勤めながら女手一つで一人息子の健一を育て上げたこと。大学で農業を学んだ健一は将来的にマレーシアで農園を経営したいという夢を持っていて、同国の山間部にある農地を見学していた際、山崩れに遭遇したといったことも判明した。

やはり健一は死んでいる――

取材すればするほど、確信は深まる一方だった。

苦学の末、立派なビジョンに向かって努力していた一人息子を失った母親の悲嘆はいかばかりであったろうか。

人の悲しみを利用し、お金を騙し取るなんて許せない――

どうしようもなく募りゆく怒りを抱え、路地を巡り、橋を渡り、空地を横切る。そうやって歩き回っていると、長い夏の日も瞬く間に夕暮れ時となった。

今日はこの辺で切り上げようと、町の境に位置する一軒家のインターフォンのボタンを押した。表札には「浅見《あさみ》」と書かれている。

〈はい、どちら様でしょう〉

応対してくれたのは女性の声だった。名前や目的を告げると、相手は快く家に招じ入れてくれた。

「今日は主人から遅くなるって連絡があったから、夕飯の支度はしなくていいの。娘も友達と旅行だし」

声の主は浅見夫人で、夏芽を玄関脇の応接間に通してくれた。五十くらいの、いかにも専業主婦といった感じの女性であった。

それまでと同じ口上を述べ、話を聞き出そうとしたが、

「うちは四年前に越してきたから、それ以前のことはあまり知らないの。お役に立てなくてごめんなさい」

夫人は詫びるように言う。

門構えがいかにも古びていたので、てっきり長らく地元に住んでいる人かと思ったが、当てが外れたようだ。

「そうですか。では、このちょっと先にある玉井さんてお宅はご存じですか」

「玉井さん？　ええ、知ってるわよ。お一人でお住まいの方ね。たまに息子さんが帰ってらっしゃるけど。玉井さんがどうかしたの？」

「えっ？」

我が耳を疑うとはこのことだった。

「息子さんが……いらっしゃる？」

「ええ、私がお見かけしたのは一度だけですけど」

「いつのことですか」

身を乗り出すような夏芽の様子に、夫人は少しばかりいぶかしげな面持ちで、

「えっと、確か一年くらい前でしたかしら。ちょうどこんな夕暮れ時で、空がもう真っ赤に染まってて……私、買物帰りに玉井さんの家の前を通りかかったんです。すると、玄関の前に若い男の人が立ってらして、玉井さんと何か話してました。日が落ちるか落ちないかという黄昏で、顔はよく見えませんでしたけど、『お母さん』と呼びかけているのが聞こえました。そうそう、玉井さん、息子さんにお小遣いを渡してましたね。息子さん、もう立派な大人でしたけど、玉井さんはとっても嬉しそう

にしてて。それまで私、てっきり玉井さんはお一人だと思ってたもんだから、『今のは息子さんですか』と訊いてみたの。すると玉井さん、『ええ、息子の健一です。いつもは遠くにいるんですけど、たまにああやって顔を見せに来てくれるんですよ』っておっしゃって」

我知らず立ち上がっていた。

「ちょっと、どうしたの、あなた」

浅見夫人が驚いて尋ねてくる。だがとても返答できなかった。

花代自身が直接対面して息子だと確認している――

ならばそれは振り込め詐欺ではあり得ない。

もしかして健一は生きているのか。だが多くの人がそれを否定しているし、状況からも考えにくい。

「ねえ、どうしたの？」

「ちょっと頭痛がして……ずっと歩き回って疲れたのかもしれません」

「いけないわ、待ってて、いい薬があるから」

「いえ、そこまでご迷惑はかけられません。今日は本当にありがとうございました」

挨拶もそこそこに浅見家を出る。

燃えるような赤から夜の黒に変じつつある空の下、バス停に向かって歩いているつもりが、気がつくと全力で駆けていた。

どういうこと――

分からない。そしてたまらなく恐い。

浅見夫人が見たという〈息子〉とは、もしやこの世ならぬものであったのだろうか。

花代は相手が息子だと確認して毎月お金を渡している。単に似ているとかそういうレベルではなく、ちゃんと母子の会話までしている。

しかし息子である「玉井健一」がすでに死亡している可能性は限りなく高いし、花代本人も以前それを認めていた。

そしてまた、花代が認知症等の疾病を患っている可能性を主治医が否定している。

となると、合理的に考えて、残る可能性は「幽霊」？

合理的と言いながら――もちろん口に出してはいないが――まったく非合理的な結論に辿《たど》り着いた夏芽は、夜通し布団を被って震えて過ごした。

いや、布団の中で似たような話をスマホで検索し、拾い読みをしているとたちまち一晩を費やしてしまったというのが正確であろう。恐ろしい思いをしたときに、同じような恐い話を探して読むというのは、よくよく考えてみると非合理的な行動だが、人間というものはよほど非合理的にできているらしい。もっともそれは、夏芽に限った話であるのかもしれなかったが。

ともかく、ネット上には恐い話、気味の悪い話、特に実話怪談系が大量にアップされていて、読んでも読んでもキリがないほどであった。

とは言え、その大半はパターン化した話ばかりであって、本来夏芽が求めていたような、特殊詐欺に関わる怪談というのは一つも見つけられなかった。そこでやめておけばよかったのだが、他の話もついつい夢中で読み耽《ふけ》ってしまい、気がついてみると夏の夜空はすでに白々と明け初めていたのであった。

これはお肌にも神経にもよろしくないと、慌てて入眠したところ、目覚めたときには正午をだいぶ過ぎた時刻となっていた。

起き上がってシャワーを浴びながら考える。着古したTシャツにショートパンツという室内着に着替えて考える。買い置きの食パンをトーストし、バターとマーマレードを塗ってかじりながら考える。溜まった汚れ物を洗濯機に放り込みながら考える。とにかくひたすら考える。

やはり他に手はないか――

無難なワンピースに着替え、部屋を出た夏芽は、すぐ隣のドアをノックした。

「どなた様?」

ややあって、その部屋の住人である鳴滝老人が顔を出した。昼寝でもしていたのか、後頭部の髪が少しばかり逆立っている。

「隣の三輪です。突然申しわけありません」

「ああ、あなたでしたか」

親しげでもなく、さりとて無愛想でもなく、老人が発する。

「ちょっとご相談したいことがありまして……思い切って伺いました」

「相談と言いますと、何かお困り事でも」

「いえ、どちらかと言うと、お知恵拝借というカンジでしょうか」

「はあはあ、そういうことですか」

鳴滝は夏芽の全身を上から下へと改めてざっと観察し、

「ではしばらくお待ち下さい」

「えっ、あのっ」

夏芽の目の前でドアは再び閉ざされた。

どうしたらいいのかその場で考えていると、すぐにドアが開き、白い帽子を被った鳴滝が出てきた。

「さあ、参りましょう」

「えっ、どこに行くんですか」

「どこって、快適に話のできる場所にですよ。このアパートは暑いですからな。私の部屋には扇風機しかありませんし、若いお嬢さんの部屋に上がり込むわけにもいきませんので」

「あたしは別に構いませんけど……ウチも扇風機しかないのは事実ではありますが」

そう答えている間にも鳴滝は赤錆びた階段を下りている。夏芽は慌てて自室に飛び込むと、普段から玄関口に置いてあるバッグをつかみ、ドアに鍵《かぎ》を掛けて老人の後を追った。

白いシャツにスラックスと、鳴滝はいつものスタイルだが、大昔の人が被っていたような白い麦わら帽子がやけに似合っていた。

真っ平らの円盤形のつばの上に、やはり平らな円筒が乗っかった形をしている。つばに接する円筒の根元の部分には黒いリボン状の帯が巻かれていて、全体が白いだけに鮮烈なポイントとなっていた。しかもそれがいかにも涼しげなのだ。

並んで歩きながら、夏芽は背の高い老人の帽子を見上げ、

「こう言ったら失礼ですけど、鳴滝さんて、意外とオシャレなんですね」

「ああ、これですか」

鳴滝は夏芽の視線に気づき、つばに手をやって指を軽く滑らせる。

「これはカンカン帽と申しましてな、明治の末から昭和初期に流行《はや》った帽子です」

「えっ、鳴滝さんて、そんなお歳だったんですか」

「そんなわけないでしょう。単なる趣味です」

「ですよね……どうもすみません」

老人は気にするそぶりも見せず、

「こうして自由に被ってみたかったんですよ。勤め人の頃には、こんな昔の映画に出てくるような帽子なんて、とても被れませんでしたからな」

ということは、鳴滝はかつてどこか堅い勤務先にいた経験があるわけだ——夏芽は心のメモに明記する。

鳴滝の向かった先は、商店街の洋菓子店『プリムローズ』だった。前回二人で来たときと同じ窓際の席に座り、水を運んできた女性店員にそれぞれオーダーを告げる。

今回、一番人気のオレンジケーキを注文したのは夏芽であり、鳴滝の選んだものはモンブランであった。

実は大学の試験の代わりにレポートを提出することになりまして、その内容はと申しますとですね——と、そのあたりまで話したとき、注文の品が運ばれてきた。

以心伝心、話を一旦《いったん》中断し、二人はフォークを取り上げる。

夏芽も以前に注文したことがあるのだが、この店のモンブランは和栗のマロングラッセを使用していて、ホイップクリームの上でアルプスの山襞《やまひだ》を表現するモンブランクリームも、淡くとろけるような感触がこたえられない。全体にまぶされた粉糖は、〈白い山〉モンブランを静かに包む冠雪を思わせる。

「欧州の名峰を模したケーキがその頂上に和栗のマロングラッセを頂く。和と洋との調和を目指した志をここに見出《みいだ》すは穿《うが》ちすぎですかな」

なんだかもっともらしいことを呟きながらクリームを口に運んでいる老人に、

「鳴滝さん、モンブランもお好きみたいですね」

「いいや」

なにげなく話しかけただけであったが、実にそっけない答えが返ってきた。

「あ、そうですか……すみません」

なんだか間の悪い思いでオレンジケーキを頬張っていると、鳴滝がぽつりと呟いた。

「モンブランは亡き妻の好物だったんです」

「えっ、そうだったんですか」

心のメモその二――鳴滝はかつて結婚していたが、奥様はすでに亡くなっている。

「今日は妻の命日でな、それでモンブランを注文したというわけだ」

「そうだったんですか……ええっ？」

驚きのあまり口中のケーキを噴き出しそうになった。

「あの、法事とか、お墓参りとか行かなくていいんですか。あたしとこんなとこでのんびりケーキなんか食べてる場合じゃ……」

「なに、構いはせんよ」

老人はどこまでも悠々たる口調で語る。

「妻は宗教嫌いでな、死んでも墓なんかに入れてくれるなというのが遺言だった。私に異論のあろうはずもない。親戚《しんせき》連中は散々文句を言っておったが、この場合、尊重されるべきは故人の意志であろう」

そうですね、としか言いようはなかった。

「残された者が、心の中で故人を想う……それこそが本当の追悼というものではないかな。少なくとも、形だけの儀式よりはよほど意味があるだろうと妻も私も考えたんだ」

物寂しげに目を伏せた老人は、思い出したように顔を上げ、

「それより、そろそろ本題に入ろうではありませんか。なんです、相談事とは」

「はい、それなんですけど……」

フォークを置いてダージリンを一口含み、夏芽はレポート作成の過程で行き当たった玉井花代の話について鳴滝に語った。

「ほほう、今度は幽霊の息子さんですか。お嬢さんはよほど不思議な出来事がお好きと見える」

「別に好きなんかじゃありません。向こうからやってくるんですよ」

夏芽が憤然として反論すると、鳴滝もダージリンのカップを口に運び、

「この事件はある意味、甘吟堂の事件よりも簡単ですな」

さらっと言うから夏芽は驚く。

「そんなにあっさり分かるもんなんですか」

「分かりますよ。この事件において、合理的な解答は一つしかありません」

「どういうことです」

「それこそ先ほどのお話の中にあった、〈人の心に寄り添う〉ということですよ」

課題のテーマがこの奇怪な話にどう関係してくるのか、夏芽には皆目見当もつかなかった。

すっかり混乱した夏芽は、ヤケになったというわけではないが、追加で自分もモンブランを注文しようと背後を振り返った。

その拍子に、ちょうど入店してきた客と視線が合った。

「あら、三輪さん」

「あっ、先生」

誰あろう、榊静香准教授であった。黒のノースリーブブラウスに空色のロングタイトスカートを合

わせている。学内でのイメージとは少し違うが、それでも充分以上に彼女の上品で力強い個性を引き立てているコーディネートであった。

静香は鳴滝に向かい、丁寧に挨拶する。

「はじめまして、C大学で教鞭《きょうべん》を執っております榊静香と申します。三輪さんのお祖父《じい》様でいらっしゃいますか」

「えっ？　いや、その、違っ……」

突然のことに夏芽は狼狽《ろうばい》した。鳴滝との関係を説明するのはどう考えても簡単ではない。なにしろ未だに正体不明の人物なのだ。そもそも、レポート作成の過程で怪事件に遭遇したなど、担当教官に話していいものかどうかさえ判断できない。

鳴滝は少しも慌てず澄ました顔で、

「いえ、孫ではありませんが、遠縁に当たりまして、まあ孫みたいなもんです。ただし名字が違っておりまして、私は鳴滝と申します」

「鳴滝さん、ですか」

「はい。ちょうど今、先生のお噂をしておったところでしてな。なんでもずいぶんとご高名な先生でいらっしゃるとか」

「それは三輪さんが大げさに言っているだけですよ」

「いやいや、ここでお目にかかれましたのはまさに奇縁。よろしければ、私どもの席でご一緒願えませんかな」

「そんな、先生はプライベートで……第一ご都合ってもんが……」

いよいよ狼狽する夏芽を尻目《しりめ》に、静香はにっこりと微笑んで、

「これは光栄です。でも、私なんかがご一緒して本当によろしいのですか」

「光栄なのはこちらですよ。さ、どうぞお掛けになって下さい」

「では、失礼します」

鳴滝に勧められるまま、静香は夏芽の隣に腰を下ろした。

近寄ってきた店員に、静香は迷わずショートケーキを注文した。ショートケーキにもいろいろな種類があるが、この店のものは苺《いちご》の載ったごく標準的なタイプである。

鳴滝が「むっ」と低く呻《うめ》いた。きらびやかなメニューが並ぶ中で、手始めに躊躇なくショートケーキを選択する。夏芽の目からしても、なにやら余裕めいた風格さえ感じさせた。

ドリンクは夏芽達と同じダージリンを頼んでいる。

鳴滝はいかにも好々爺といった様子で、

「この店は隠れた名店でしてな、私どもも重宝しておるのですが、先生はよくいらっしゃるのですか」

「はい、実はちょっと前に、甘い物好きの友人に連れられてきたことがありまして。とてもおいしかったものですから、もう一度食べたくなって、つい足を運んでしまいました」

「おお、そうでしたか。これはどうもお目が高い」

「恐れ入ります」

「ときに先生、夏芽は学校で真面目にやっておりますでしょうか」

咄嗟にでっち上げた遠縁の設定を補強しようというのだろう、鳴滝は孫同然の娘を心配する年寄りが教師に尋ねそうな問いを発している。

「ええ、三輪さんは近頃珍しいくらいとても真面目な学生ですよ」

静香があんまり自然に答えたものだから、夏芽は思わず「えっ」と声を上げてしまった。

「本当ですか、先生」

疑わしげな鳴滝に、静香は淑《しと》やかな微笑みを浮かべて応じる。

「ええ、多少要領が悪くて頑固なところがあり、思い込みが激しいと申しますか、意欲が空回りするきらいはありますが、しっかりした芯《しん》の強い生徒です」

トータルではお叱りの方が多かったように思えるのは気のせいか。

「さすがは先生、夏芽のことをよく分かっておられる」

鳴滝が感嘆したような表情で言う。

まるで鳴滝が自分のことを「よく分かっている」みたいではないか——夏芽は内心憤慨するが、それもまた親戚になりきった演技なのだろうか。

しかしなんと言うか、堂に入りすぎていて、どうにも演技ばかりとは思えない。

もしかしてこの人は本当にあたしのことをそう思っているのでは——？

なんだか腹が立ってきた。

何か言ってやろうと口を開きかけたとき、

「お待たせ致しました」

ショートケーキが運ばれてきた。

小さな三角形の、非の打ち所のないほどシンプル且つオーソドックスな形態である。

「まあ、おいしそう……いただきます」

そう呟いた静香は、ケーキに巻かれたフィルムを、クリームが付いた方を内側にしてフォークでくるくるときれいに巻き取り、皿の奥側に置いた。

その手つきに、夏芽はもとより鳴滝もまた刮目《かつもく》している。

次いで静香は、ケーキに対して垂直になるような角度でフォークを刺し、手前に倒すようにして切り分けた。もちろんケーキの左側、すなわち先端の尖《とが》った部分からである。

ちょうど真ん中まで食べ進めた頃合いを見計らい、苺を食する。間違っても最初に食べたり、最後まで取っておいたりはしない。芝居で言う序破急、その破の段になるまで苺には手を出さぬが正しい作法である。

さて、そこからが後半だ。

幅の広い部分はフォークを横に入れ、あくまで優雅に、どこまでも艶やかに切り分ける。いよいよ残り少なくなり、ケーキが自立を保てなくなる寸前、フォークで自ら横に倒す。

そのタイミングの絶妙さに、鳴滝がいよいよ瞠目《どうもく》する。

そして迎えるフィニッシュ。最後のひとかけらを食べ終えた静香は、フォークを置いた手を紙ナプキンに伸ばすかに見えたがさにあらず、底に敷いてあった銀紙を器用に小さく折り畳んだ。

「お見事」

鳴滝が膝《ひざ》を叩《たた》いた。本当にぱんと音を立てて叩いたわけではないが、そんな感じで感想を述べた。

「万事が作法通りの食し方。感服致しました。ショートケーキはシンプルであるがゆえに奥が深く、作る者のみならず、食す者の器量も問われる。並の者には簡単にできることではありませんぞ」

「いやですわ、またそんな大げさな」

時代がかった、と言うより、いつの時代なんだと言いたくなるような鳴滝の弁に対し、静香はどこまでも常識的に対応する。

「私ったら、あんまりご覧になっておられるものだから、つい緊張して……うっかり最後まで食べてしまいました。至らぬ限りです」

「なるほど、会話を楽しみつつ食すがデザートの本道。いや、私としたことが、柄にもなく調子に乗ってしまいました」

二人声を合わせて愉快そうに笑っている。静香のショートケーキの食べ方が作法通りなのは確かだろうが、この笑いのどこまでが本心なのか、夏芽にはさっぱり分からない。なんだか自分一人が置いてきぼりにされたような気分である。

「先生は社会学を教えておられるそうですが、先生にとって、社会とは一言で言うとどんなものですかな？」

ダージリンのカップを口に運びながら、鳴滝が最大級に難しい質問を平然と繰り出している。

なんてこと訊くんだ、と夏芽は思った。

社会を一言で言うなんて、専門家であればあるほど、到底答えられるものではないだろう。

しかし静香は、同じくダージリンの注がれたカップのハンドルを軽く摘まむように持ち上げ即答した。

「そうですね、しいて申しますと、〈希望〉でしょうか」

「ほほう」

心なしか、鳴滝の目つきが鋭くなった。

「よろしければお説をもう少し詳しくお伺いしたいものですな」

背筋を伸ばした静香は、顔を下げすぎず顎《あご》を上げすぎず、完璧《かんぺき》な姿勢でカップを口に運んでいる。

「世界は悲惨な出来事に満ちています。現代社会を俯瞰《ふかん》すると、人はたやすく絶望するでしょう。もしくは絶望を恐れて直視しない。世界が悲惨であること、それは真実ではありますが、真実が一つとは限りません。ニヒリズムに陥るのは簡単です。でもそんな態度が、社会をより悪いものにしているのではないでしょうか。社会には希望があるはずだと私は思います。だからこそ今日まで人は生きてこられたのだし、私達もこうしておいしいお茶とケーキを頂くことができる。社会には希望があるんです。そしてそれは、人の生きる力になっているんです。だから私は社会学を、人間社会に本質的な希望を見出すための学問であると捉《とら》えています」

強い力に満ちた言葉であった。

だがその力強さに反し、静香は決して優雅さを失わず、まったく音を立てずに紅茶を飲み、やはりまったくの無音でカップを皿の上に置いた。

静香とは店の前で別れ、夏芽は鳴滝と並んで帰宅の途に就いた。

「あの先生、榊静香さんとおっしゃいましたか、なかなかの御仁ですな」

老人はつくづく感じ入ったようだった。

「背筋は完璧なラインを保ち、口を決してカップに持っていかず、カップを傾けて紅茶を頂く。しかもカップのハンドルを摘まむ指の動きの繊細さたるや。まさに達人の域」

「あ、そっち?」

拍子抜けした夏芽の様子に、鳴滝は悠然と付け加える。

「もちろんそれだけではないよ。学者としての見識も一流と見た」

「そりゃあ、有名な先生ですから」

すると老人はなぜか少しも面白くなさそうに笑った。自嘲《じちょう》の笑みというやつだろうか。

「有名であるとか、権力があるとか、そんな価値観に意味などない。私のような凡俗でもそれくらいは分かる。だからこそ嫌になる。社会は腐りきっている、救いようのないほど下らないものなんだとね。だがあの先生は、社会の本質は希望であると断じた。単なるオプティミズムなどではあり得ない。それほどまでに人は気づかぬうちにニヒリズムに陥っているものなんだ。先生が指摘なさった通りにな。あの先生は、すべてを理解した上でそれを乗り越えておられる。先生の論が正しいとか正しくないとかという話ではない。そうと断言できる勇気だ。よほど肚《はら》の据わったお人でないとああは言えんよ」

「……そんなものですか」

老人の意外な批評に、夏芽はすっかり面食らってしまった。

まるで榊先生に続いて、別の教授の講義を受けているような心地さえした。

だが鳴滝は、不意に我に返ったような、自己嫌悪とも思える口調で言った。

「私としたことが、下らぬ戯《ざ》れ事を長々と……面目次第もない。老化現象の一つだと思って許して下さい」

「そんな、すっごくいいこと言ってましたよ」

「からかうのはもうその辺にしてくれんかね」

鳴滝の恥じ入りように、夏芽はふと思った。

もしかしたら、今の老人の評言は、彼の過去に関係しているのではないだろうか。

だからこそ鳴滝は「それほどまでに人は気づかぬうちに」という言い方をした。この場合の「人」とは他でもない、鳴滝自身のことなのだ。

だとすると、鳴滝は「有名」であり「権力」があり、社会は「救いようのないほど下らないもの」だという「ニヒリズムに陥っている」人だ。

……よけいに分からなくなった。

そんな人がいるの？　いたとしても、どうしてあんなボロアパートに住んでるの？　しかもよりによってあたしの隣に？　なんで？　どうして？

明るかった商店街に、いつの間にか黄昏の気配が忍び寄っていた。夕食の買物に来たと思しい主婦の姿が増えている。

「いやいやいやいや」

際限の無い迷路に入りかけた思考を振り払い、夏芽は慌てて話題を戻す。

「そんな難しい話はともかく、花代さんの方はどうするんです？　女手一つで育てた息子さんを亡くしたばかりか、その幽霊だか詐欺師だかに毎月お金を取られてるんですよ。これこそ現実の悲惨な例の一つじゃないですか」

「そうですねえ」

老人はあっさりと同意して、

「では、明日にでも行ってみるとしましょうか」

「どこにですか」

「こずえさんか大岡さんのお宅ですよ、お嬢さんの話に出てきた朧新田オニオンズの」

「えっ、どうして」

毎度ながらこの飛躍にはついていけない。

「どうしても何も、我々がいきなり花代さんのお宅にお邪魔するわけにはいかんでしょう。いかにも不審だ。だから、まずはこずえさんか大岡さんに頼んで紹介してもらうんですよ」

「あっ、なるほど」

合点がいくと同時に夏芽は思った――真の「凡俗」は悲しいかな自分であり、鳴滝は凡俗を自称する「超俗」の人なのだと。


佐竹こずえの家はすぐに分かった。ほかならぬこずえ本人が、庭先で草木に水をやっていたからだ。ホースから迸《ほとばし》る水は、夏の日差しを受けて緑の間を生き生きと跳ね回っていた。

「こんにちは」

生垣の外から挨拶すると、こずえがホースを持ったまま振り返った。

「あら、このまえのお嬢さん」

水を止めた老婦人は、笑顔で生垣の低い門を開けてくれた。

「三輪夏芽です。先日はありがとうございました」

「いえいえ、お若い人とお話しできてこちらこそ楽しかったわ……そちらはお祖父様ですの？」

「いえ、それがそうじゃないんです」

いつものことだが誰かに鳴滝を紹介するときは、後ろめたいというほどではないにせよ、どこか気後れする感じがある。

「はじめまして、鳴滝と申します」

鳴滝がカンカン帽を取って挨拶する。

「この娘とは遠縁に当たりましてな、直接の孫ではないのですが、まあ似たようなものでして。なんだかずいぶんお世話になったようで、一言お礼を申し上げようと参上した次第です」

打ち合わせもしていないのに、もっともらしい文言を実にスラスラと述べ立てている。夏芽はこの人こそが詐欺師ではないかと思ったくらいだ。

「まあまあ、それはご丁寧に。よろしかったら、冷たいお茶でも召し上がってって下さいな」

「そんな、ご迷惑では」

「迷惑なんてとんでもない。私も一休みしようと思っていたところですの」

そう言ってこずえは母屋の縁側を指し示した。ちょうど日陰になっていて、軒下に吊《つる》された風鈴が涼しげな音を立てている。

「そうですか、ではお邪魔するとしようかね、夏芽」

「はあ、そうですねえ……」

すでに何もかもがすっかり鳴滝のペースだ。

二人はこずえに勧められるまま、庭を横切って縁側に腰を下ろした。

今どき珍しい――と言うより重要文化財級の日本家屋だ。爽《さわ》やかな風が吹き抜けて、エアコンを使っているわけでもないのにこの上なく心地よい。

周囲を見回し、鳴滝が嘆声を漏らす。

「これはまたなんとも懐かしい風情ですな。本当に心が落ち着きます。真の風流、真の贅沢《ぜいたく》とは、こういう場所で寛《くつろ》ぐことをいうのでしょうな」

「お上手ですこと」

こずえが笑いながら盆を運んできた。

陶器の湯飲みに、ガラス製のポットから緑茶を注ぐ。

「さあ、どうぞ」

「いただきます」

喉が渇いていた夏芽はすぐにごくごくと飲んでしまったが、鳴滝は手に取った湯飲みをためつすが

めつして、

「この焼物、なかなかの逸品ですな。鍋島焼《なべしま》ですか」

「亡くなった主人が好きで集めてたんですよ。しまっておいてもしょうがありませんから、こうして使っておりますの。もしかしたら、あの世で主人が怒っているかもしれませんわね。大切な品を無造作に使いおってとか言って」

「そんなことはないと思いますね。湯飲みであろうと皿であろうと、食器は使ってこそ価値がある。ご主人もきっと苦笑して同意して下さるでしょう」

「嬉しいことを言って下さるのね」

老婦人が破顔した。

夏芽は鳴滝の話術に呆れるばかりである。

いつもは何事にも無関心な顔をして、どちらかというと無表情で無愛想なのに――

だが同時に、鳴滝が嘘を言っているわけではないことも分かっている。本心で思っているからこそ、ああも次々と言葉が出てくるのだ。

「ところで奥さん」

冷たい茶を一口含んだ鳴滝が、ごくさりげない口調で切り出した。

「先日この娘が、何か不思議な話を伺ったそうですな」

「ええと、なんのことでしたっけ」

「なんでも亡くなったはずの息子さんに毎月お金を振り込んでおられる女性がいらっしゃるとか」

「ああ、花代さんのこと」

こずえは一気に〈噂話モード〉に移行したようだった。夏芽に語ったのと同じ話を再度述べ、

「不思議と言えば不思議ですけど、やっぱり振り込め詐欺としか思えませんでしょう？　でも警察じゃあ取り合ってもくれないし、そうかと言って放っておくわけにも参りませんし、大岡さんやご近所の皆さんと話し合ってはいるんですけど、これといった考えも浮かばず、どうしたものやらと……」

「それはさぞお困りのことでしょう。赤の他人の私ですら、花代さんのことが心配になりますね……分かりました、私が花代さんと会って、もっと詳しい話を聞き出してみましょう」

「え、鳴滝さんが、ですか」

「はい。なまじご近所でお付き合いのある皆さんには少々言いにくいことでも、よそ者の私ならかえって話しやすいかもしれません」

よく考えるとなんだかおかしな理屈だが、ここまで滑らかに語られると、その通りであるような気もしてくるから奇妙なものである。現にこずえはすっかり感心している。

「確かにそうかもしれませんわね。でも、鳴滝さんにそんなことをお願いするわけには参りませんわ」

「どうかお気遣いは無用に願います。乗りかかった船と申しますか、こうしておいしいお茶を頂くことになったのも何かのご縁です」

「そんな、ご迷惑では」

「いえ、私は本当に花代さんの身が心配になってきたのです。近頃は我々老人を食い物にしようとする悪者が本当に多いですからな。幸い私にはいろいろ伝手《つて》もありますから、事と次第によっては各所に相談することも可能です。どうか一度、花代さんと話させてみて下さい」

「そういうことでしたら……」

夏芽には口を挟む余地すらなかったが、鳴滝の発した文言には大いに引っ掛かった。

頭の中で急ぎ心のメモを取る——［鳴滝にはいろいろ伝手がある］［各所に相談してみることも可能］。どう考えてもそれらが単にその場しのぎの方便であるとは思えなかった。

やはり鳴滝は何か特別な影響力のようなものを持っているのだ。

夏芽の内心とは関係なく、こずえを丸め込んだ鳴滝は、その場で玉井花代さんを紹介してもらう約束を取りつけた。

善は急げということで、こずえに電話してもらった。スマホではない。昔ながらの固定電話である。ファックス付きの機種であるところがいかにも高齢者の住まいに似つかわしい。

「……そんなわけで、鳴滝さんていう、とってもいい方とお知り合いになったの。ぜひあなたにもご紹介したいから、これから伺ってもいいかしら……あらほんと、よかったわ」

電話が置かれた台所からこずえの声が聞こえてくる。どうやらうまく話がまとまったようだ。

戻ってきたこずえは顔をほころばせ、

「花代さん、喜んで下さったわ。あの人もお一人で寂しかったんでしょうね。今からでも大丈夫ですって」

「ありがとうございました。では早速参りましょう」

こずえが簡単に身支度を済ませるのを待って、三人揃って玉井家に向かうこととなった。

夏芽にとってはあれよあれよの急展開だが、道々、鳴滝はなぜか峻厳《しゅんげん》な口調になって、

「奥さん、私のことを花代さんに紹介して下さった後は、用事を思い出したとか言って夏芽と一緒に先に戻って下さいませんか」

「えっ、どうしてですか」

反射的に訊いてしまい、夏芽は自分の間抜けさをまたも悔やむ。

先ほどのロジックからすると、こずえがいたら花代は話しにくいはずだ。本来の目的のためには、早々に退散してもらう必要がある。

でも、なんであたしまで？

疑問を感じないでもなかったが、（こずえさんを一人だけ帰すのも申しわけないってことかな）と自らを納得させる。

「分かりました。どうか花代さんをよろしくお願いします。でも、あんまり強く問い詰めるようなことはなさらないで下さいね」

こずえは委細承知という体だ。

しかししかし、と夏芽はさらに思う。いくら老人とは言え、鳴滝とて男には違いない。初対面の男性と女性を、二人きりにしていいものだろうか。

「その点はどうかご安心下さい。ご婦人を恐がらせるようなことは決して致しませんから」

力強く言い切る鳴滝の横顔からは、無条件に相手を信頼させる奇妙な力が感じられ、ここは彼に任せるよりないと、夏芽もごく自然に信じられた。


出迎えてくれた花代と直接会話してみて、これまで聞いていた話と寸分違わぬ人柄だと夏芽は改めて思った。小柄で清潔そうな外見もまた、こうして近くで見ると一層人柄にふさわしいものであるとしか言いようはない。

借家だという戸建ての小さな家は、きれいに掃除や手入れがなされていて、とても居心地がよかった。住まいにはその人の内面が表われるというが、まったくその通りである。同時に夏芽は、散らかり放題で放置されている自室のありさまを、こっそり反省せずにはいられなかった。

招じ入れられた居間でしばし歓談する。壁の上部には「玉井健一」の賞状がいくつか掲げられていた。玄関から続く短い廊下の壁には、幼少期や少年期に描いたのであろう、クレヨン画や水彩画なども丁寧に額装されて飾られていた。それだけで、息子に対する花代の深い愛情が感じられた。

それらの中で、夏芽は箪笥《たんす》の上に置かれた写真立てに目を留めた。高校の入学式だろう、写真の中で若い花代と並んで立った学生服の少年が、照れたように笑っている。その面差しは、確かに花代とそっくりだった。

この人が息子さんか――

そう思うと、どうしようもない哀切の念が込み上げてくる。母一人、子一人の家庭であったのだ。花代はどんな思いで息子の死を受け入れたのか。あるいは今も受け入れられずにいるのだろうか。

だからこそ、振り込め詐欺に引っ掛かったのか。

だからこそ、息子の霊を呼び寄せてしまったのか。

表面的には明るくふるまいながら、夏芽は波打つ感情を抑えるのに精一杯だった。

やがて柱の時計に目を遣ったこずえが、

「あら、いけない、夏芽ちゃん、お友達と待ち合わせしてるとか言ってなかったかしら」

「え……？　あっ、そうでした、あたし、ここで失礼します」

話を合わせて立ち上がる。こずえの演技があまりに達者だったもので、夏芽は危うく本来の目的を忘れてしまうところだった。

「私、ちょっと夏芽ちゃんを駅まで送ってきますね」

一緒に立ち上がったこずえに、花代も腰を浮かせる。

「あらそうなの、じゃあ……」

「花代さんはいいから、鳴滝さんのお相手をお願い。私、すぐ戻ってきますから。だって、こんなに楽しいおしゃべりができる機会なんて滅多にないもの。きっと待っててちょうだいね」

なんでこんなに滑らかにセリフが出てくるんだ――

こずえの役者ぶりにはもう舌を巻くしかないが、とにかく夏芽は彼女とともに玉井家を辞去した。

「ふう、私、上手にできたかしら」

帰途、掌《てのひら》で襟元を仰ぎながら言うこずえに、

「上手なんてもんじゃないですよ。メチャクチャ役者でしたよ」

「そうなの？　私、もう必死だったから」

「メチャクチャ余裕でしたよ。本職かと思いましたよ。なんかやってたんですか、昔」

「なんかって？」

「俳優とか、舞台とかですよ」

するとこずえはおかしそうに笑い、

「そんなわけないでしょう、ただのおばあちゃんが。でもなんだか嬉しいわ」

今じゃなくて昔の話で……と言いかけ、夏芽は言葉を呑《の》み込んだ。

持ち前の天真爛漫《らんまん》さで、こずえは見事役目を果たしてくれた。この人には感謝するばかりである。

あとは鳴滝の手腕次第だ。


こずえの家でおしゃべりなどしつつ時間を潰《つぶ》す。玉井家を出る際、こずえはすぐに戻ると言ったから、あまり時間を空けるわけにもいかない。「途中で買物を思い出した」といった口実は用意するにしても限度がある。

一時間ばかりが過ぎて夏の日差しも橙色《だいだいいろ》を帯び始めた頃、「そろそろ様子を見に行きましょう」とこずえが立ち上がった。

ちょうどそのとき、インターフォンが鳴った。鳴滝が戻ってきたのだ。

こずえとともに出迎えた夏芽は、真っ先に尋ねた。

「どうでした？　何か分かりました？」

「ああ、想像した通りだった」

あっさりと答える鳴滝に、夏芽はもどかしさを募らせる。そもそも彼は、何をどう想像したのか、最初から少しも教えてくれていないのだ。

「やっぱり振り込め詐欺だったんですか」

勢い込んで質《ただ》したが、やはり曖昧な答えしか返ってはこなかった。

「そうと言えなくもないが、どちらかと言うと違うんじゃないかなあ」

何がなんだかさっぱり分からない。

「もう、鳴滝さんたら、焦らさないではっきり教えて下さいな」

こずえが直球で言ってくれた。

ナイス、ナイスです、こずえさん――

夏芽は心の中で賛辞を送る。

こずえに言われると、さすがに鳴滝もとぼけるわけにはいかないと思ったか、いつになく真剣な面持ちになって告げた。

「これはとても繊細な感情の問題ですので、この段階ではまだ明らかにしない方がよいと思うのです。いや、ご納得頂けないのは承知しております。なので一つだけ申し上げますが、私は罠《わな》を仕掛けることに致しました」

「罠って、犯人を捕らえる罠ですか」

夏芽の質問に、鳴滝はやはり厳粛な面持ちで頷いた。

「分かりやすく言うと、そうなるな」

はっきり答えているようで、実はよく分からない回答である。

「そのために花代さんを説得した。あの人も納得してくれたよ」

「じゃあ、花代さんから何もかも聞き出したってことじゃないですか」

「最初からそう言っているじゃないか」

「言ってませんよ、ちっとも」

「夏芽ちゃんの言う通りですよ、鳴滝さん。もったいぶるのも時と場合によりますよ」

「これは申しわけない」

やはりこずえに言われると弱いようだ。

「こずえさんを信用しないわけではありませんが、万一話が漏れると犯人は二度とやってこない。花代さんにとっても不幸な結果になる。私はそれを心配しているのです。花代さんのためにも、この件はなんとしてもきっぱりと決着をつけるべきであると考えます」

そう言われると、やはり納得するしかないような気がしてくる。

「また犯人が抵抗した場合も想定して、助っ人を用意しようと考えています。私はこの通りの老いぼれですし、後はご婦人ばかりですから、やはり男手が必要でしょう」

「まあ、危ないこと」

怯《おび》えの色を見せるこずえを安心させるかのように、

「危険はないと思いますが、万一を考えて、ここは私に任せて下さい。こずえさんには後で必ずすべてをお話し致しますから」


影法師が長く伸びた、駅までの遠い道すがら、夏芽は横目で鳴滝を睨むようにして、

「助っ人って、さっき言ってた〈伝手〉の一つですか」

自分が突っ込むと、やっぱり鳴滝はとぼけるばかりだ。

「まあ、そういうことになりますな」

「どういう人なんですか」

「それは当日まで秘密ということにしておきましょう」

「当日っていつですか」

「未定です」

「そんな、無責任じゃないですか」

「仕方なかろう。相手がいつ乗ってくるか分からんし、助っ人の都合もある」

それ以上は何を訊いてもはぐらかされるばかりであった。

鳴滝の横顔からは、花代を本気で案じている気配が伝わってきたので、夏芽もしつこく問い質すことは断念せざるを得なかった。


鳴滝が〈罠〉の決行日を伝えてきたのはその三日後であった。

ベッドに寝転がってぼんやりとスマホを眺めていたら、アパートのドアがノックされた。なんだろうと思って顔を出すと鳴滝が立っていた。

「明日の午後五時、犯人は花代さんの家を訪れる」

内容は物騒極まりないが、老人はいつものとぼけた表情でさらりと告げた。

「我々は四時くらいに花代さんの家に行き、二階に隠れて犯人を待つ。助っ人に頼んだ男も、それくらいの時刻に来て花代さん宅の近くで待機するという手筈《てはず》だ」

「助っ人って、どんな人なんですか」

「それは当日」

やっぱりはぐらかされた。

「あたしはどんな用意をしていけばいいんでしょうか」

その質問に、鳴滝はほんの少しだけ考えてから答えた。

「特に必要ありません」

「えっ、だって犯人を捕まえる罠でしょう？」

「そうです」

「なのに、例えば普段着のままでいいってことですか」

「普段着で結構です」

「いや、普段着ってのは一つの例で、何か武器とか……」

すると鳴滝は驚いたように、

「武器なんて持ってるんですか」

「持ってませんよ」

「じゃあ結構です。たとえ持っていたとしても、そんな物騒な物を持ってきたりしないで下さい」

それだけ言うと、鳴滝は隣の部屋に戻っていった。

夏芽はあんぐりと口を開け、隣のドアを見つめる。

え、いくら準備の必要がないからって、あたしの都合は——まあ、この際それはいいとしても、もうちょっと罠について教えてくれてもいいのでは——

そして翌日の午後。夏芽は鳴滝と連れ立って朧新田の玉井家へと向かった。

手前の四ツ辻《つじ》を曲がると玉井家が見えてくる。

やっと着いた——夏芽がハンカチで首筋に浮いた汗を拭《ぬぐ》おうとしたとき、二人の前に黒い大きな影が立ちふさがった。

身長一九〇センチはあるだろうか。ビッグサイズのサマージャケットに黒いスラックス。それに鋼鉄製かと見まがうような黒光りする革靴。年齢は四十くらいで獰猛《どうもう》の気に満ちている。浅黒く日焼けした容貌はあくまで男臭く、七三に分けられた髪をコテコテに固めた整髪料が夏の陽光を反射してギラギラと輝いて見える。

何より恐ろしいのはその眼光だ。不敵、不遜《ふそん》、傲慢《ごうまん》、傲岸、威圧、威嚇、圧迫、圧力。受験勉強の際にいやいや覚えた熟語の数々が走馬灯のように脳裏をよぎる。そのすべてが当てはまるような人間が実在するなんて、ほんの二秒前まではまったく考えたこともなかった。

ヤクザだ——間違いなくヤクザだ——なんでこんなところに——まるであたし達を待ち構えていたような——

思考がそこまで及んだ途端、ある可能性に思い当たって、夏芽は鳴滝の方を振り向き囁《ささや》いた。

「鳴滝さん、もしかして、今日のことが犯人側にばれてたんじゃ……」

老人の反応は意外なものだった。心底怪訝そうな顔をして、

「なにを言っとるのかね、君は」

「だってこの人……」

夏芽の視線を追った鳴滝は、「ああ」と得心したように、

「紹介しとこう、今日わざわざ来てもらった助っ人の剛田《ごうだ》君だ」

「剛田です」

大男がぶっきらぼうに名乗る。これまた野太く男臭い声だった。

「助っ人って……この人が？」

思わず本音を口走ってしまった。

もしかして、鳴滝の伝手とは、反社会的勢力方面につながるものなのだろうか。だとするとその正体は、引退した大物組長とかであろうか。

仮にそうだとすればこれまでのこともすべて納得が……いやいや、全然いかない。反社の大物がどうしてあんな小汚いアパートに住んでいるのか。またどうして自分なんかの相談に乗ってくれるのか。まだまだ理屈に合わないことが多すぎる。

「剛田君はね、わけあって私に力を貸してくれとるんだ。それでなくても多忙だというのに、まったく物好きにもほどがある変わった男でね」

多忙なのに来てくれたという「助っ人」に対し、感謝しているようには聞こえない。どう解釈してもけなしている。

この二人は一体どういう関係なんだ？

「あの、剛田さんて、なんのお仕事をやってらっしゃるんですか」

おそるおそる訊いてみると、剛田ではなく鳴滝が答えた。

「それは秘密です」

「ええーっ？」

なんだそりゃあ——

「秘密って、納得できません。これから危険なことをしようってときに、身許も分からないなんて……説明して下さい」

カンカン帽の老人は平然と言ってのける。

「説明はできません」

「ええーっ？」

二の句が継げないとはこのことだ。ここでどうしてそんなことが言えるのか、理解不能としか言いようはない。目の前の老人が、まるで宇宙人か異次元人のように思えてきた。少なくとも、何か途方もなく〈ヤバい〉人であることはもはや疑いようがない。

だが鳴滝は、夏芽の様子など眼中にないかの如く話を続ける。

「我々は花代さんの家に隠れて待機する。剛田君には家の周辺で犯人がやってくるのを待ち受け、彼を逃がさないように退路を断つ役目を担当してもらう」

当の剛田は、強烈にもほどがある眼光で夏芽を睨《ね》めつけたまま、一言も口をきかずに黙っている。

「では、私は剛田君と詳しい打ち合わせがあるから、お嬢さんは先に花代さんの家に行ってて下さい」

「はあ……」

老人に命じられるまま、夏芽は玉井家に向かいかけたが、二、三歩行ったところで振り返った。

やっぱり納得できない——

見ると、剛田は身を屈《かが》めるようにして鳴滝の耳許で何事かを告げている。鳴滝もまた、時折剛田に向かって何かを囁いているようだ。剛田は時折視線だけをこちらに向けるが、特に気にする様子はない。

そんなに距離は離れていないはずなのに、いいや、むしろこんなに近い場所にいるのに、二人の交わしている話し声はまったく聞き取ることができなかった。

こんな小声で会話できる人なんている？

夏芽には、人間の可聴音域を振りきった超音波か何かで話しているかとさえ思われた。こうなるともう人類の範疇ではない。振り込め詐欺の犯人より、あるいは本物の幽霊より、この二人の方が恐いくらいである。

「さあ、参りましょうか。花代さんが待っておられるでしょう」

突然鳴滝に促された。いつの間に打ち合わせを終えたのか。夏芽は思わず周囲を見回した。

剛田はというと、すでに三〇メートルほども離れており、その後ろ姿が角を曲がって見えなくなった。

えっ、もうあんな遠くに――

それも猛ダッシュで走っていたわけではない。あくまでも普通の足運びで、ただの通行人のような動作である。一瞬で空間移動したとしか思えないすばやさだ。

もう何がどうなっているのか分からない。作戦開始どころか、作戦前からパニックを起こしそうだった。

これ以上は耐えられそうにない。覚悟を決めて鳴滝を問い質そうとしたところ、鳴滝がインターフォンのボタンを押した。

「いらっしゃいませ。どうぞお上がり下さいな」

待ちかねていたようにドアが開かれ、花代が顔を出した。

夏芽の覚悟はこうして呆気《あっけ》なく霧散したのであった。

鳴滝とともに奥の間に通された夏芽は、出された煎茶を前に、ただ緊張するばかりであった。

時刻は午後四時四分。犯人がやってくるという五時まで、一時間近くもある。犯罪者と決まったわけではないから、犯人というのは少しおかしいのだが、容疑者というのも仰々しいし、幽霊というのはいよいよ変だ。やはり犯人と呼ぶしかない。

「本当にすみません、私なんかのために、わざわざこんなことまで……」

花代は、俯きがちになって同じ詫び言をくどくどと繰り返している。

そのつど夏芽も「いえ、そんな」とか、「どうかお気遣いなく」とか、同じリアクションを繰り返すのだが、同時に頭を巡らせてもいた。

鳴滝は花代に対し、どういう話をどういう形で伝えたのか。何をどう説得し、花代はいかなる理由からそれを受け入れたのか。

想像もつかないとはこのことだった。だがここまで来た以上、抗議や議論は無意味である。犯人が現われるという午後五時を待つのが一番に違いない。

そのときこそ、すべての真相が明らかになるのだ――鳴滝を信じるとすれば。

問題は、その鳴滝がもうまったく信じられないという点にある。

あちこちに〈伝手〉があるのはよく分かったが、ヤクザに伝手があるということは、すなわち反社会的勢力と関係があるということではないか。こんな人物を迂闊《うかつ》に信用してしまった自分の愚かさを呪うしかない。

そもそも、あの剛田とかいうヤクザを外に配置してどうしようというのだろう。あんな巨体のヤクザが周辺をうろうろしていたら、誰だって警戒するだろう。通報レベルの怪しさだ。スネに傷持つ者ほど、すぐに逃げ出すのではないか。一体何を考えているのだ。

しかし当の鳴滝は、大事な作戦の前だというのに、お茶を啜《すす》りながら花代と世間話に興じている。呑気《のんき》にもほどがあると言いたいが、好意的に考えると、花代の緊張をほぐそうとしているのかもしれなかった。現に花代は先ほどまであれほど緊張していたにもかかわらず、浮世離れした鳴滝の言動に、時折くすりと笑いを漏らしているではないか。

そうこうするうちに時刻は午後四時四十分を過ぎた。

「相手が早めにやってくる可能性もある。そろそろ準備にかかるとしますかな」

そう呟いて立ち上がった鳴滝老人は、玄関の方へと歩き出した。外へ出るのかと思いきや、三和土《たたき》の手前の上がり框《がまち》で反転し、急な階段を上がっていく。夏芽も慌てて後に続いた。

階段を上りきったところで身を潜めると、ちょうど玄関のあたりが見下ろせた。しかも向こうからは気づかれにくい位置にある。なるほど犯人を待ち受け、顔を確認するには恰好のポジションであった。

手すりの陰に身を隠した鳴滝の、さらに背後に回った夏芽は、ふと気になって周囲を見回してみた。もともと狭い土地に立つ小さな家であるから、一階は台所と居間に浴室、トイレ、二階は二部屋の和室があるのみだ。それでも母子二人暮らしには、充分すぎる広さであったろう。

和室の引き戸は開いており、夏芽の位置からは部屋の内部がよく見えた。

古い学習机に本棚。日焼けして色褪《あ》せた農業関係の専門書らしき本の列。椅子の座面に置かれた座布団。野球チームの集合写真。机に立てかけられた二本のバット。

何もかもが、黄昏の光に柔らかく包まれている。

夏芽は鼓動が速まるのを抑えることができなかった。

息子さんの部屋だ――

花代は、いなくなった息子の部屋を往時のまま整えているのだ。まるで、幸せだった時間の夢を丸ごと保存するかのように。

不意に玄関チャイムが鳴った。

はっとして視線を玄関に戻す。「はあい」と返事をしながら玄関に向かう花代の後ろ姿が見えた。

午後五時にはまだ五、六分ある。鳴滝の読み通り、犯人は早めにやって来たのだ。

花代がドアを開ける。玄関に夕陽が差し込んだ。犯人はまだ家の外だ。夏芽は鳴滝の肩越しに目を凝らす。それでも足首のあたりまでしか見えない。くたびれたスニーカーを履いている。

夏芽は、浅見夫人が男を目撃したのも黄昏時であったことを思いだした。

黄昏の光の中にだけ現われる男。

やはりこの世のものではないような気がして、夏芽は身を震わせた。だが、幽霊の足がこんなにはっきりと見えるものだろうか。

幽霊に足がないのは日本だけだったような――しかも最近の映画では日本の幽霊にも足があったような――

そんなどうでもいいことまで頭に浮かぶ。

逆に言えば、いつまで経っても足しか見えない。玄関の外に立った何者かは、こちらの罠を察知しているのか、なかなか家の中へ入ろうとしない。

もっと――もっと中へ入って――

花代さんは片手に白い封筒を持っていた。現金の入った銀行の封筒だ。それを受け取るには三和土まで入らねばならない。

入れ――早く入れ――でも幽霊だったら入ってこないで――

声は出せない。夏芽は心の中で叫びながら掌を握り締める。

元気だったかい、おなかは減ってないかい――そんなことを優しく語りかけている花代の声が聞こえてくる。

その様子に安心したのか、スニーカーの主が三和土の中に踏み込んだ。

汚れたチノパンにポロシャツ。顔が見えた。居間にあった健一の写真とはまるで異なるタイプの顔だった。

「もういいだろう」

鳴滝が立ち上がって階段を下り始めた。

「君、ちょっとそこにおってくれよ。この階段は急なもんで、ゆっくり下りんと老人には危ないのでな」

そんなことを犯人に呼びかけている。

だがそう言われて待っている犯人などいるわけはない。男は慌てて身を翻し、逃げようとする。

同時に玄関が暗く翳《かげ》った。いつの間に忍び寄ったのか、犯人の背後に立った剛田が逃げ道と夕陽を遮ったのだ。

顔色を変えた男はそれでも剛田を突き飛ばして逃げようとしたが、彼の巨体は微動だにせず、たちまち犯人を押さえ込んだ。

「いや、ご苦労。だがそんなに手荒にせんでもいい。どうも君は乱暴でいかん」

鳴滝が剛田に声をかけるが、慰労しているのか叱責《しっせき》しているのか分からない。次いで犯人に向かい、

「心配しなくてもいい。私は君と話をしたいだけだ。悪いがちょっと付き合ってくれんかね」

どこまでも優しく語りかけているが、剛田が強引に家の中へ押し込むので、事実上男に選択の余地はなかった。


花代、鳴滝、夏芽、剛田、それに犯人の男。

玉井家一階の居間で、丸い茶卓を中心に五人が向かい合った。もともと広くはない部屋だが、空間の三分の一、いや二分の一は剛田が一人で占めているような気がしてどうにも息苦しい。

その剛田は、肩を怒らせ腕組みをし、あぐらをかき、仁王のような眼光で男を睨めつけている。そばにいる夏芽が、犯人は自分であるかのように錯覚するほどの迫力であった。逃げるどころか、少しでも抵抗しようものならどんな目に遭わされるか知れたものではない。

すっかり観念したのか、男はひたすら神妙な面持ちでうなだれている。純朴そうな童顔なので若く見えるが、年齢は二十代後半くらいか。玉井健一氏が存命なら三十七歳のはずなので、歳は合わない。それ以前に、顔がまったく違う。仮にも母親である花代が、息子と見間違えるはずはなかった。

では、一体どうして花代さんは――

「まず名前から教えてくれんかね」

落ち着いた声で鳴滝が質問する。

「川添雄一《かわぞえゆういち》です」

すっかり観念したのだろうか、意外にしっかりした声で男は答えた。その態度からも、嘘をついて

いるようには見えなかった。

振り込め詐欺の犯人もしくは容疑者あるいは関係者に、〈嘘をついているようには見えない〉というのも妙な話だが、当人をこうして目の前にしてみると、実際にそういう印象を受けるのだから仕方がない。

「そうか。川添君か。私は鳴滝と言ってね、そこにいるお嬢さんから相談を受けた者だ」

なんの自己紹介にもなっていないが、鳴滝は同席する夏芽と剛田についてもそれ以上触れようとはせず、

「話を聞いて、大体の構図はすぐに分かった。また同時に、放っておくわけにはいかないとも思った。そこで花代さんに会って率直に話し合った。その上で花代さんに、君に会いたいという電話をかけてもらったというわけだ。つまりこれは、君を捕らえるための罠ではない。こうやって話し合うための仕掛けだったのだ。立案者はあくまで私であり、花代さんは私の説得に応じてくれただけだ。その辺をまず理解してほしい」

川添は一瞬、花代の方を見た。彼女が頷くのを確認し、返答する。

「はい」

「君はなんらかの犯罪組織に使われている人間ではない。個人で詐欺の電話をかけた。そうだね？」

明解と言えばあまりに明解な鳴滝の断定口調だ。剛田や花代同様、夏芽も驚くばかりで口を挟む余地すらない。

当の川添はと言うと、見事に意表を衝《つ》かれている。

「どうしてそこまで分かるんですか」

まさに指摘の通りであったらしい。

「簡単だよ。組織に使われている人間なら、同じ被害者の前に何度も現われたりしない。大抵は違う人間が差し向けられるものだ」

その話は夏芽も知っていた。振り込め詐欺を含む特殊詐欺について調べているうちに得た知識だ。

「問題は、花代さんがどうして君にお金を渡していたかだ。だって、花代さんは君が息子ではないと知っていたわけだからね。そしてそれこそがこの事件の〈核心〉でもある」

そこで鳴滝は言葉を切り、川添をじっと見つめた。

「鳴滝さんは何もかも分かっておられるのですね。俺が自分でお話しすることが大事だとお考えなのですね」

鳴滝は何も答えない。

「お察しの通りです。俺、何をやってもうまくいかなくて、世の中を恨んでいたんです……施設で育ち、いじめられ、差別され……今にして思えば、そんなひねくれた心が、自然と不運を招き寄せてたんでしょうね……言ってみれば、全部自業自得で……」

川添は小さな声で言う。

それは無理もない、と夏芽は思った。甘吟堂店主の兄もそうだったが、社会的ハンディを背負った人に対する偏見や差別は厳然として存在する。榊先生も授業で同じことを言っていた。

「仕事もない、金もない、もう死ぬしかないとさえ……世間には嘘の電話をかけるだけで大金を手に入れている奴らがいる、だったら俺だって……そんなふうに考えたんです。それだけ追いつめられてたんですけど、心のどこかでこんなのうまくいきっこない、だからただの悪ふざけなんだって自分に言い聞かせながら……電話帳の番号にかけてみたんです。年輩の女性らしい名前を選んで……」

「今どき電話帳がそう簡単に手に入るとは思えんが」

「アパートのゴミ置き場に捨ててあったんです。湿気を吸ってすっかり膨らんだ、古い電話帳でした」

夏芽にはその光景がありありと想像できた。実際、夏芽と鳴滝の暮らすアパートのゴミ置き場にも、つい先日まで似たような電話帳が放置されていたからだ。

「最初のいくつかは空振りでした。もうやめようと思って、最後に一つ、かけました。それが玉井花代さんの番号でした」

花代の方がびくっと震えた。それがいかなる感情によるものなのか、夏芽には分からない。

「『俺だよ、俺』って言うと、花代さんは、『健一かい』って。しめた、と思いました。『そうだよ、健一だよ』って名乗ったら、『生きてたのかい、よかったねえ』って。えっ？　と思いました。『おまえが死んでからもう十年になるかねえ。電話してくれただけでも嬉しいよ』って。はっきり言って混乱しました。このお婆さんは何を言ってるんだろうって。もう惚けてるのかなって」

川添の言葉に花代さんがふふっと笑った。涙を浮かべて笑ったのだ。まるで息子の思い出話を聞いてでもいるかのように。

「するとこっちが何も言わないうちに、『お金はあるのかい？　なかったら言っとくれ』って。それで、用意していた口座番号を口にしてしまいました。同じ工場に勤めていた友人名義の口座です。一応は振り込め詐欺のつもりでしたから、友人の免許証を借り、そいつの名前で口座を作りました。そいつとは顔もなんとなく似てたし、同じ施設の出身でしたから……」

「施設とは、どういう施設かな」

何もかも承知のことを、確認するかのような鳴滝の口振りであった。

川添もまた、遠い日を振り返るような目で何もない虚空を仰ぎ、

「ああ、言い忘れてました。俺は母親に捨てられて、児童養護施設で育ったんです。口座名が自分と違っているのは、友人と共同で会社を作ろうと思ってるからとか、そんな言いわけをしたように思います。お金はすぐに振り込まれました。俺は考え込みました。あの会話を何度思い返しても、花代さんは俺が息子でないと分かっているとしか思えない、頭だってしっかりしてて惚けてもいない、なのにどうして金を振り込むんだって」

そうだ、そこが鳴滝の言う〈核心〉なのだ。そして鳴滝はすでに真相を見抜いている。

「たまらなくなってまた電話しました。『振り込んでくれてありがとう』って。そしたらすごく喜んでくれて。『おまえが使ってくれると嬉しいよ』って。しばらく話すうちに、健一さんが死んだ事情が分かってきました。『でも生きててくれたんだねえ』って……花代さんは、健一さんに仕送りをする気持ちで、俺に振り込んでくれたんです。俺が赤の他人だと分かっていながら、あえて俺の嘘に乗ってくれて……それから毎月、花代さんからお金が振り込まれるようになりました」

川添の語りがだんだんと涙声になっていく。花代はすでに啜り泣いていた。

「俺はどうしていいか分からなくなった。それでとうとう、花代さんの家、つまりここに来て謝ったんです。今日みたいに空の赤い夕暮れでした。俺はあんたの息子じゃない、仕事がないから金は返せないけど、どうか許してほしいって」

あのときだ――浅見夫人に目撃された黄昏時だ――

「そしたら花代さん、これからも健一の代わりにもらってほしい、できればときどきは顔を見せてほしいって……俺、母親がいないから……花代さんに会って初めて知りました……〈お母さん〉って、こういう人なんだ……これが〈お母さん〉なんだって……そう思ったら、俺は……俺は……もう……この一年は、振り込みを通じて花代さんとつながっていられたこの一年は、嬉しくて、つらくて、申しわけなくて……それでもやっぱり幸せで……」

ついに川添は泣き崩れて話せなくなった。

「この子が悪いんじゃないんです……私が、私が無理にお願いしたんです……なんだか健一が帰ってきたような気がして、それがとっても嬉しくて……だから、だから無理にお願いしたんです……だからこの子は悪くなんかないんです……悪いのは私なんです……」

花代さんが嗚咽《おえつ》しながら皆に訴える。

「理屈なんかじゃないんです、この子は……私の気持ちを本当に思いやってくれて……それで、私が無理に……」

反射的に川添が叫んだ。

「もうやめて下さい、お母さん」

お母さん。

図らずもその一言に、彼の真情が表われていた。

夏芽はもう、流れ出る涙と鼻水をハンカチで押さえるのに必死であった。

当初は〈振り込め詐欺の犯人なんて口がうまくて当然だ〉と身構えていたはずなのに、そんな安直な考えを突き崩すほどの絆《きずな》が川添と花代さんとの間には在ったのだ。

「ありがとう、川添君」

口を開いたのは鳴滝であった。

「客観的に言って、君の詐欺計画は杜撰《ずさん》なんてもんじゃない。君の言から推測するに、罪悪感が無意識的に計画の詰めを阻害したのかもしれんが、それはともかく、当局に通報すれば君は簡単に捕らえられただろう。だがそれでは花代さんの気持ちを踏みにじることになる。だから私達はこういう手を使わざるを得なかった。分かるね？」

「はい」

「『母のない子と子のない母と』。そんな題名の小説だか映画だかが昔あった。今回のケースがまさにそれだ。母のない子と子のない母が偶然出会ってしまった。振り込め詐欺の電話によってね。事の起こりは犯罪に違いないが、この偶然を犯罪と言っていいのか、私には判断できない。しかし、花代さんは年金暮らしだ。今の時代、大抵の高齢者はぎりぎりの生活を強いられている。その糧をわずかでも奪うことは許されない」

「分かってます！」

川添が悲痛な声を上げた。奪っている側の彼が。

「分かってるからこそ、俺は……」

「まあ落ち着きなさい」

鳴滝はどこまでも穏やかに言い聞かせる。

「君の身の上を知った花代さんにとって、君を支援することは今や生きがいにもなっている。だが町内の人は怪しんでいる。遅かれ早かれ真実を明らかにしないことには、いずれ不幸な結果になるのは自明であった。私はそれをなんとかしたいと思ったわけだ」

なんとかするって、一体どうやって――？

夏芽は思わず鳴滝を見つめる。全員が同じ思いでいるようだ。

「第一に、花代さんにはこれ以上の振り込みをやめてもらう」

「でも、それじゃ――」

抗議しかけた花代を制し、

「第二に、川添君には私がなんとか仕事を世話しよう。第三に、その代償として川添君は定期的に花代さんに連絡すること。できればどこかで一緒に食事するなり、行楽に出かけるなり、これまでの罪滅ぼしとして親孝行に努めてくれるとなお結構。ただし、もとはと言えば赤の他人だ。当面はある程度の距離を保った方が社会的にも適切であり無難であろう。以上だ。これで問題はないと思うが、どうかね」

川添と花代はただ泣きながら頷いている。

剛田は黙って腕組みをしたまま何も言わない。

夏芽も感極まりつつ、懸命に頭を働かせた。川添がまっとうに就職し、花代さんと堂々と会えるようになれば、確かに問題は消滅する。とは言え、そう簡単に仕事が見つけられるものなのだろうか。鳴滝の口利きによって、剛田のようなヤクザの子分や使い走りみたいな仕事に就くのなら、犯罪者と変わらないのではないだろうか。

だがこの場でそんなことを指摘するのは憚られた。第一、剛田を前にして口にする勇気などない。

「ありがとうございます。どうお礼を言っていいかさえ分かりません」

頭を下げる川添の横で、花代はひたすら涙を拭っている。

「では、私達はそろそろ退散するとしようかね」

言うや否や、鳴滝は玄関へと向かっている。引き留められるのを恐れたのだろう。その後に剛田が続いたが、夏芽が警告を発する間もなく、鴨居に頭をぶつけていた。

玉井家を出るや、剛田は鳴滝に一礼し、いずこかへと姿を消した。やはり巨体に似合わぬすばやさだった。

やっぱりヤクザだ——絶対普通じゃない——

夏芽が剛田の消えた夏の薄闇を透かし見ていると、

「さて、我々も行きましょうかね」

心細いほどに暗くなった道を、鳴滝は駅とは反対方向に歩き出す。

「えっ、行くって、どこへですか」

夏芽が問うと、鳴滝は少々くたびれたような面持ちで答えた。

「こずえさんのところですよ。あの人には後でちゃんと説明すると約束した」

「ああ、そうでしたそうでした」

「説明した上で、極力町内の秘密にしてほしいとお願いもせねばなりません。広く話題になったりしたら、花代さんと川添君にとっては好ましくない結果になりかねませんからな。まあ、こずえさんなら、その辺も万事うまくやってくれるでしょう」

「でも、どうして鳴滝さんはあそこまで正確に分かったんですか。それもあたしの話を聞いただけで」

「すべてのヒントはレポートのテーマにありました」

「レポートのテーマというと……〈人の心に寄り添う〉ですか」

「そうです。今回も息子の幽霊があの世の口座に振り込ませたなどという馬鹿げた可能性を除くと、合理的な解答は一つしかない。つまり、花代さんが自らの意志でまったくの他人にお金を振り込んでいた。その場合、どういう心理が考えられるか。一人息子を失って生きる張り合いをなくしていた花代さんの気持ちになれば、答えは自ずと明らかでしょう。問題は結末のつけ方ですが、それはあなたが今見た通りです」

どこからかカレーの匂いが漂ってくる。子供達のはしゃぐ声も小さく聞こえる。近所の家庭で、夕飯の支度をしているのだ。

そこにはきっと、親と子の幸福な時間があるのだろう。

日常の匂いと、非日常の哀感。それらが柔らかく混淆《こんこう》し、せめぎ合う夜の中へと分け入るように、鳴滝の後ろ姿がおぼろと消えた。

＊

「……で、結局、川添さんの仕事は見つかったんですか」

『プリムローズ』のカフェスペースで、ロールケーキにフォークを突き刺しながら、夏芽は鳴滝に尋ねた。

珍しいことに、今日は二人揃って同じロールケーキを注文した。なぜならば、それがこの店の新メニュー『特製ミルクロール』であったからだ。

ロールケーキとは、長方形に薄く焼いたスポンジケーキに、ジャムやクリーム、それにフルーツ等を載せ、渦巻き状に巻いたアレである。

単なるロールケーキがなぜ新メニューなのか？

好奇心を抑えきれず、二人して示し合わせていた如くに注文した。間もなく運ばれてきたそれは、一見何の変哲もないクリームだけのロールケーキであった。ただしスポンジの巻きは少なく、中身はクリームがみっちりと詰められている。

鳴滝老人はまじまじと皿の上のケーキを見つめ、

「ごく普通のスポンジ生地にクリームのみで、果物やナッツの類《るい》も入っておらぬ……はて、これのどこが特製なのであろうか」

「その点はあたしも気になりますが、まず川添さんの就職先について教えて下さい」

「ああ、そうでしたな。幸い彼は自動車免許を取得しておったため、大手生花店の配送員、すなわちドライバーとして雇用された。給料はそう高くはないが、働きぶりによっては正社員にしてもらえるそうで、花代さんもたいそう喜んでおられたよ。もちろんつらいこともあるだろうが、そんなときは花代さんに励ましてもらっているようだ」

「生花店、というと、お花屋さんですよね」

それはステキ――と言いかけたとき、鳴滝が続けた。

「なにしろ大手だから、町の小さな花屋と違って、祝い事やパーティーがあると大きな花輪をいくつも届けたりする。ドライバーは結構忙しいらしい」

それを聞いた瞬間、「ヤクザの襲名披露」「出所祝い」「半グレのパーティー」といったイメージが夏芽の脳内を超高速で駆け巡った。あの〈剛田〉なる不審な人物について何か手がかりはないかと、反社会的勢力について調べすぎたせいだ。

やはり鳴滝はソッチ関係の人なのだろうか――このまま一緒にお茶なんかしてて大丈夫なのだろうか――

「待って下さい。この不景気に、そんな大きい会社にそう簡単に入れるとは思えないんですけど」

「昔の知人がその会社の役員をやっておってな、まあ、世間で言うところのコネというやつだ」

夏芽心のメモ――「鳴滝は大手生花店の役員にコネがある。ただし真偽のほどは定かでない」。

鳴滝はカタギの会社のように言っているが、夏芽は総会屋のような集団をイメージした。

現代では〈総会屋〉なる存在がすでに消滅したことは知識として知ってはいるが、同時にそれに変わる闇社会の者達が〈経営コンサルタント〉あるいは〈経営アドバイザー〉といった名称で今も跋扈《ばっこ》していると聞いたことがある。

もしかしたら、鳴滝や剛田らもその一味なのかもしれない——

そんな不安を覚えつつロールケーキを口に運ぶ。

「……なにコレ、おいしい！」

濃厚なミルクの香りが口いっぱいに広がって、心は一瞬にして桃源郷へと飛び立った。

「確かにクリームは特製の名に恥じぬ味わいだが……おお、この感触はっ」

ケーキを咀嚼《そしゃく》していた老人が不意に両眼を大きく見開き、横に倒したロールケーキのクリームの中から、サイコロくらいの大きさの真っ白な立方体をフォークですくい上げた。

そんな物が入っていようとは——

クリームと同じ色をしているから気づかなかったのだ。

「これはミルクゼリーだ。そうか、スポンジにクリームだけではいくら美味でも単調に過ぎる。クリームの中にミルクゼリーを忍ばせることによって歯ごたえに変化をつけ、最後まで楽しませるという工夫か」

「ケーキの工夫も凄《すご》いですけど、そんなふうにいちいち解説できる鳴滝さんも凄いですね」

「いやいや、私の知識など亡妻の足許にも及びません。門前の小僧というやつですよ」

夏芽心のメモ——［亡くなった鳴滝夫人は甘い物好きで知識も豊富だった］。

それから残りのロールケーキを食べ終えるまで、二人ともに二十秒とかからなかった。

しばしの放心。やがてどちらからともなく目と目を見合わせ、互いに心で会話する。

いいんですね、やりますよ——構わん、やりたまえ——本当にやりますよ——やれ、遠慮など要らぬ——

夏芽は振り返って店員に声をかけた。

「すみません、特製ミルクロール、おかわり二つお願いします」

玉井花代の身に起こった振り込め詐欺ならぬ振り込ませてね事件。

母のない子と子のない母と。その巡り合わせが生んだ、ごくささやかな偶然の奇跡。テーマはまさに〈人の心に寄り添う〉だ。

その顚末《てんまつ》について記したレポートを汗だくになって徹夜——それも二晩——で仕上げ、夏芽は締切り間際に提出した。まさにギリギリ、間一髪の滑り込みであった。

もちろん鳴滝老人の活躍に関しては苦労してなんとかぼかしている。そのため夏芽が自力で真相を調べ上げた形になっているが、そこだけはもうどうしようもない。

正体不明の老人がレポートの途中で出てきたりすると、「それは誰だ?」となり、彼について説明しようとすると甘吟堂の事件から説明しなくてはならなくなるし、さらには謎のコネや助っ人のヤクザについても説明しなくてはならなくなるし、するといよいよ説明できなくなるし、それでもやっぱり鳴滝の正体は不明のままだし……と、文章は本来の主旨から外れて際限なく長くなる一方だ。

そんなことを全部書いていたらとても提出期限には間に合わない。そもそも、〈夏芽自身が地域住民から聞き取った〉という大前提が崩れてしまう。事実として聞き取ったのは鳴滝で、夏芽はその横で聞いていただけなのだから。

提出の翌週、担当の榊静香准教授に呼び出された夏芽は、おそるおそる研究室へと足を運んだ。

「あなたのレポート、読ませてもらいました」

榊先生は射貫《いぬ》くような目で夏芽を見据えた。そのあまりの鋭さに夏芽は、もしやメチャクチャ怒られるのでは、と密かに覚悟したくらいである。

「とてもよいレポートでした。私の課した〈人の心に寄り添う〉ということの意味を真に学んだものと認めます。いい経験をしましたね、三輪さん」

「えっ、じゃあ……」

「合格です。この調子で後期も頑張って下さい」

ほっと胸を撫《な》で下ろした途端、先生が語気を強める。

「ただし、あなたに一つ訊いておきたいことがあります」

来たっ――

「えっと、お訊きになりたいことって、なんでしょうか」

「調査の過程は一見綿密に記されていますが、よく読むと、少し飛躍というか、省かれている部分があるように見受けられます。つまり、犯人と目された青年が事の経緯を告白し、問題の婦人と公《おおやけ》の対面に至るあたりです」

鋭い――さすがは榊静香だ――

「それは、その、レポートに記しました通り、青年が玉井家を訪れたところに偶然行き逢《あ》わせ、一大決心をしまして、正面から質問しましたところ、予想もしていなかったことを話してくれまして……」

しどろもどろになって答える夏芽を、先生はじっと見つめている。

「……それで、町内の皆さんも理解してくれて、協力までしてくれて、花代さんと川添さんは本当の親子みたいに寄り添って……結果的によい形に収まったというわけです」

ほんの数秒──夏芽の体感時間では数分──の間があって、

「そうですか。いいでしょう」

どう聞いてもあやふやな夏芽の返答を、それ以上追及しようとはせず、榊准教授は唐突に話を変えた。

「ところで、先日お遇《あ》いしたご親戚の鳴滝さん、お元気でいらっしゃいますか」

「えっ?」

鳴滝さん? 榊先生がどうして鳴滝さんのことを?

「……ああ、元気です元気。それはもう元気の塊で」

「それは何よりですね」

先生はなぜか口許に微笑を湛《たた》え、

「鳴滝さんにお伝え下さい。よろしかったら、近いうちにまたおいしい物をご一緒させて下さいって」

「あっハイ、必ず伝えます」

「お願いね。じゃあ、今日はこれまで。ご苦労様」

「はいっ、ありがとうございましたっ。失礼しますっ」

逃げるように研究室を後にする。

階段を駆け下りながら、夏芽は確信していた。

理由は分からないが、榊先生は見抜いているのだ──事件を解決したのが本当は鳴滝老人であるということを。

第三話　最大の事件

剛田は朧中町《おぼろなかまち》にある勤務先の建物を見上げ、大きく深呼吸した。

十月初旬の陽光は、まだまだ夏の気配を色濃く残して肌に突き刺さるようだったが、彼はそれを天が与えた試練であり、祝福であるとも感じ、両手を広げて受け止める。

さあ、今日も一日がんばろう――

剛田鋼太郎《こうたろう》三十一歳。気力体力ともに充実し、世のため人のため、全身全霊をあげて働く覚悟である。問題は日々そんな大層なことをやっているという実感がなかなか得られないという事実だが、逆に考えれば、それだけ世間が平和だという証拠でもある。実に結構ではないか。

「剛田さん、おはようございます」

正面入口に立っていた警衛が挨拶する。

「おう、おはよう。今日も実にさわやかで健康的な朝だねえ」

警衛は露骨に嫌そうな顔をして、

「毎朝変なこと言うの、マジやめて下さいよ。剛田さんが言うと恐いですから」

むっとして言い返す。

「貴様、変とはどういうことだ。自分は普通に朝の挨拶をしただけじゃないか」

「満面の笑みを浮かべて普通に『さわやかで健康的な朝だねえ』とか言う人なんていませんよ普通」

「フッーフッーと二回も言うな……もういい」

いささか気を悪くしつつも、剛田は職場たるC県警朧警察署の中に入った。

「おっ、早いな剛田」

受付前でいきなり組織犯罪対策課の林《はやし》課長と出くわした。

「あっ、おはようございます」

「ところでおまえ、いつになったら組対に来てくれるんだ。さっさと異動願い書けよコラ」

「書きませんよ、そんなの。ボクは刑事課一筋と決めてるんですから」

「おまえは絶対に組対向きなんだがなあ。駅前を歩いてたら前から来たヤクザが最敬礼で道を空けたって聞いたぞ」

「誰が言ってんですか、そんなデタラメ」

「副署長」

「えっ」

「たまたまランチに入った定食屋から出た途端おまえを見かけたんで、『おい剛田クン』と声をかけようとしたときに目撃したって。先々月の十七日、午後一時三十七分。相手のヤクザは身長約一七五センチ、太めの体格、派手な赤いシャツを着てたってさ」

「いやに細かいじゃないですか」

「だって、副署長は刑事畑の叩き上げだから。何か面白いことがあるとすぐ手帳にメモするのがクセになってるんだ」

「面白いって、ヒドいですよ」

「おまえもさあ、いいかげんあきらめろよ。世の中には適材適所って言葉もあるんだから」

「だからボク、ヤクザ相手なんて向いてないですって」

林はため息をついて、

「まあいい、その気になったらいつでも相談してくれよ。待ってるからな」

「はあ、ありがとうございます」

相手が相手なので頭を下げて礼を述べたが、朝っぱらからむかっ腹の立つことはなはだしい。朝っぱらのむかっ腹でダブルパラだ。意味不明だがとにかく不快のひとことだ。

こんなに真面目で気の弱い自分に対し、どいつもこいつも二言目には「ヤクザ」とか「組対向き」とか、失礼にもほどがある。一体自分のどこがヤクザの相手に向いてるって言うんだ――

ぶつぶつこぼしながら刑事《デカ》部屋に入ると、デスク上の電話で何事か話していた係長の二谷《にたに》が顔を上げた。

「あ、剛田、いいところに来た」

「なんですか」

「本朧町《もとおぼろちょう》のアパートで独り暮らしの女性が亡くなった。どうやら病気による孤独死らしい」

「ああ、多いですね、最近は」

「現在のところ事件性の有無は不明。本朧交番から人が出て現場を封鎖してる最中だ。おまえ、とにかく現場検証に行ってくれ」

「はい、分かりました」

これも大事な警察官の仕事である。剛田はすぐさま若い上遠野《かどの》刑事を連れてパトカーで出発した。署から本朧町までは車で七、八分ほどの距離だ。

目的の場所はすぐに分かった。停まっている救急車が見えたからである。

木造モルタルの二階建てアパート『阿川《あがわ》ハウス』。決して新しくはないが、そうかと言って古すぎもしない。よくある目立たない建物だ。

その一階が亡くなった柳井秀子《やないひでこ》の部屋だった。年齢は五十五歳。発見者である大家兼管理人の阿川美智代《みちよ》は同じ敷地内にある戸建て住宅に居住しており、柳井秀子とは以前から仲がよかったらしい。ここ数日、秀子の姿が見えないので不審に思い、裏庭から覗いてみたところ、カーテンの隙間から倒れている秀子の姿が見えたのだという。

「ご苦労様です。朧署刑事課の剛田です」

現場に入った剛田は、遺体のそばに屈み込んでいた救急隊員に挨拶した。

「ご苦労様っす」

立ち上がった救急隊員は、

「発見者の話によると、故人は以前から不整脈があったようです。口から泡が出た跡もありますし、明らかに虚血性心疾患でしょう」

虚血性心疾患、いわゆる心臓発作である。

剛田は遺体に向かって両手を合わせてから、手袋を嵌《は》めて遺体を調べる。やはり不審な点は見当たらない。

「事件性はないいな」

そう呟いた剛田に、救急隊員が言う。

「じゃあ、遺体は朧署の方に」

「お願いします」

自然死であっても、病院以外での死亡や主治医がいない場合、一般に遺体は警察署に運ばれ、検視官らによる検視と監察医等による検案を受けることになる。

救急隊員は手慣れた様子で遺体を運び出し、救急車で搬送していった。

それから剛田は、上遠野と手分けして室内の様子を調べて回る。外部からの侵入の形跡や争った痕《こん》跡《せき》は認められなかった。

キッチンと六畳間、それにユニットバスだけの室内は、隅々まで掃除が行き届き、居住者の性格や生前の暮らしぶりを偲《しの》ばせた。家具は質素で、荷物も極めて少なかった。

小さなアパートで一人住まいの女性がひっそりと亡くなった。哀れで、儚《はかな》く、そしてごくありふれた出来事だ。

この人には家族がいたのだろうか、どんな人生があったのだろうか。だがそれらのすべては消え去って、もう思い出す者もない。日本の社会も変貌した。明るく幸せな生活を送ってしかるべき人が、たやすく孤立し、疎外される。挙句の果てが孤独死だ。こういう死と出会うたび、どうにもやりきれない思いに囚《とら》われる。

警察官が感傷に浸っていては話にならない。そうと分かっていても、剛田は気持ちが自ずと沈んでいくのを感じていた。

そんな気分を追い払おうとしたわけではないのだが、六畳間の押入をなにげなく開けてみた。

案の定、中には小さく畳まれた布団があるだけだったが、いつもの手順通りそれをどかしてみた剛田は、後ろに小さな箱が置かれていることに気がついた。

怪訝に思って引っ張り出す。凝った木彫りの手文庫だった。何か大事な品でも入れてあるのか。少しだけ錆の浮いた留め金を外し、蓋《ふた》を開ける。

中には変色した古い冊子が二冊。

それぞれを取り上げて表題を見た剛田は、我知らず息を呑んだ。

一冊は『C県警大井沼警察署　平成十三年度出納簿』と書かれている。中を見ると、細かい数字が並んでいた。本物かどうか分からないが、一般独居女性宅の押入にあるようなものではない。

もう一冊は『大井沼《おおいぬま》警察署現金盗難事件捜査資料』。こちらはさらに仰天した。

こんなものがどうして――

もちろん〈あの事件〉の『出納簿』も『捜査資料』も、大井沼署で厳重に保管されているはずで、紛失したとは聞いたこともない。

急いで『捜査資料』の中身に目を走らせた剛田は、神か悪魔か、あるいは両者の見えざる手によって心臓を握り潰されたかのような強烈な圧迫を覚えた。

反射的にドアの外を見る。上遠野は屋外で大家から事情を訊いていた。こちらの様子にはまるで気づいていない。

咄嗟に二冊の冊子を上着の下に隠し、箱の蓋を閉めて元の場所に戻す。それから部屋中をくまなく調べたが、他に怪しい物は何もなかった。

「主任」

背後から上遠野に呼びかけられて、剛田は危うく跳び上がりそうになった。

「どうした」

「大家さんから大体の話は伺いました。亡くなった柳井秀子さんは非正規のパート従業員で、近所のスーパーとかで働いていたそうです。身寄りもなく、ぎりぎりまで倹約して暮らしてたらしく、それで病院にも滅多に行こうとしなかったとか。気の毒な話ですが、よくある孤独死で間違いないですね」

「そうか、うん、ご苦労ご苦労……ところで上遠野クン」

「はい？」

「ボク、ちょっと用を思い出したから、キミは先に署に帰ってて。後の処理も全部任せた」

「それはいいですけど、係長にはなんて言えば」

「だからオレは用があるって言えばいいんだよっ」

いらだちのあまり歯を剝《む》いて威嚇するように怒鳴った。

「はあ、分かりました」

「じゃ、ボクはこれで」

あからさまに不審そうな顔をしている上遠野を残し、剛田は不自然な急ぎ足でローカル線の本朧駅に向かった。


長いようでまったく長くない、むしろあまりに短すぎる夏休みが終わり、はや一週間。

夏休みは終わったが、夏の暑さは一向に終わらない。その日三輪夏芽は、アパートの自室でぐったりとベッドにひっくり返っていた。

午後から英語の授業の予定だったのだが、つい先ほどメール連絡があり、講師が急病で休講とのことであった。それ自体はラッキーであったと言えなくもない。しかし冷房機器が壊れかけた扇風機と商店街でもらった団扇《うちわ》だけという環境では、エアコンの効いた大学が恋しくなってくる。

大学かあ——

ぼんやりと昨日の講義を思い出す。夏芽の所属するゼミを担当している社会学部の榊静香准教授から、新たな課題を与えられたのだ。

［自ら課題を見つけレポートにまとめること］。何に関する課題であるのかすら明示されていない。つまり、自身にとって必要と思われる課題を自ら見つける。それ自体が課題であるという趣旨だ。榊准教授はユニークな指導法でも知られていた。だからこそ学界でも注目される有名人なのだと言えるが、それにしても厄介だ。いいように理解しようとすれば、〈学生の自主性を高める〉指導法と言えなくもないが、少なくとも自分に向いているとは思えない。

自分の課題を自分で見つけるなんて、禅問答のようである。いっそのこと、『町内のコンビニの数』とかにして簡単に片づけてしまおうかとも思った。実際、独り暮らしの学生にとって町内のコンビニ事情は実に重大なものであるのだが、あの榊先生がそれで単位をくれるとは到底思えない。

じゃあどうすればいいいんだとベッドの上で考えてみても、これが一向に思いつかない。考えれば考えるほど、頭が空回りして耳から煙が出そうである。

買物にでも行くとするか――

いつまでもこうしているわけにはいかない。暑い外には出たくないが、夏芽は思い切って立ち上がった。

身支度を済ませてサンダルをつっかけ、ドアを開ける。

その途端、アパート前の道路を全力で走ってくる大きな人影が目に入った。

夏芽は咄嗟にドアを閉めて身を隠す。

あのヤクザだ――

忘れもしない、玉井花代さんの家の前で犯人、ではなかった、川添雄一を捕まえるのに協力した男である。

あの凶悪そうな男が、もの凄い形相でこちらに向かって突進してきているのだ。

コワい、マジでコワい――

もしかしたら、鳴滝老人が助っ人代を値切るとか踏み倒すとかしたのだろうか。それで怒って殴り込んできたのだろうか。

買物カゴからスマホを取り出し、夏芽は警察に通報しようとしたが、かろうじて思いとどまった。

もしかして、これはチャンスなのでは――

鳴滝老人は結局、男の正体も自分との関係も、なぜか教えてはくれなかった。今日まで気になって仕方のなかった秘密が、もしかしたら解き明かされるかもしれない。そう考えたのである。

内側から鍵をしっかりと閉め、夏芽はドアに耳を付けて外の様子を窺う。

アパート全体が倒壊しそうな音を立てて階段を駆け上ってきた男は、案の定夏芽の部屋の前を通り過ぎ、隣に位置する鳴滝の部屋のドアを怒濤の勢いで乱打し始めた。

〈ソーカン！　大変です、ここを開けて下さい、ソーカン！〉

そんなことを叫んでいる。

ソーカン？　意味がさっぱり分からない。

〈自分です、剛田であります、ソーカン！　お願いします、早く開けて下さい！〉

ヤクザは怪力でドアを叩きながらソーカンと連呼している。もしかしたら鳴滝さんの偽名、いや、本名かもしれない。

〈本当に大変なんです、ソーカン！　一刻も早くなんとかせねば、ソーカン！〉

〈やめんか、君は拙宅のドアを破壊する気か〉

鳴滝の声が聞こえた。中に居たのだ。

〈あっ、ソーカン！　やっぱりいらっしゃったんですねっ〉

〈その呼び方はやめろと言っておるだろう〉

〈失礼しました、ソーカン！〉

〈だからやめいと言っておるのだっ。それにここには来るなとあれほど——〉

〈ご無礼はお許し下さいっ。なんとしてもソーカンのお力を借りねばならぬ一大事が出来《しゅったい》致しおりっ！〉

〈やめろ、私はもうソーカンではない〉

〈いいえ、あなたこそ真のケーシソーカンでありますっ〉

ケーシソーカン？　今、ケーシソーカンって言った？

〈分かった、分かったからもう叩くなっ。ドアどころかアパートが倒れるわっ〉

〈ありがとうございます、ソーカンっ〉

もしかして、ソーカンって、警視総監のこと？

〈開けるからちょっと待っとれ〉

好奇心を抑えかねた夏芽がドアを開ける。幸か不幸か、鳴滝がドアを開けて半身を覗かせるのと同時であった。

「あ……」

こちらを向いた鳴滝と正面から視線が合ってしまった。

それに気づかず、ヤクザが鳴滝に向かって直立不動で敬礼する。

「おやすみのところ失礼致します、総監！　剛田巡査部長、緊急のご相談があって参りましたっ」

夏芽の部屋にあるものよりは新型の扇風機が首を振り続ける中——夏芽はなんとなく間の悪い思い

を抱え、鳴滝、剛田とともに車座になって座っていた。

ドアの前でこちらと視線の合った鳴滝は、もうごまかしきれないと観念したのか、渋々ながら自分も招き入れてくれたのだった。

「あの、もう一度訊きますすけど……鳴滝さんは本当に警視総監なんですか」

「元だよ。元警視総監」

苦々しげに言い、鳴滝は煙草をふかす。煙を吐くのは、扇風機が剛田の方へ向いているときに限っている。それは夏芽に対する気遣いか、それとも剛田に対する嫌がらせか。

「まったくこの馬鹿者は……だから花代さんの事件では名乗る以外、一切口をきいてはならんと命じてあったのだ」

「はっ、お詫びのしようもありません、総監」

四角四面にしゃちほこばった剛田に対し、鳴滝は心底呆れたように、

「……これだよ」

「すると、剛田さんはヤクザ、じゃなくて、刑事さん……なんですか」

「朧署刑事課の剛田です」

昼寝を邪魔された虎かブルドッグが唸《うな》るような声だった。

「ウソじゃなくて、本当に？」

「本当だよ。この男は警察官だ」

鳴滝が答える。

「とにかく分からないことだらけです。どうして隠してたんですか」

「それ、そういうふうにいろいろ訊かれるのが面倒だからだ。私はね、若い頃からこういう自由な暮

らしに憧《あこが》れておったんだよ。誰にも知られず、誰からも干渉されず、ひっそりと呑気に暮らしたかっただけなんだ。だからこの住所は昔の知人にも親戚にも知らせておらん」

「それにしたって、こんなボロアパートじゃなくてもいいじゃないですか」

「お嬢さんにはそう思えるだろうが、私はこういう古き昭和を思わせる集合住宅に一度住んでみたいと思っておったんだ。それがいざ夢が叶《かな》うとなったときに、見回してみるともうどこにも残っておらん。苦労してようやくここを見つけたというわけだ」

本当に理解できない。わざわざこんなところに住みたがるなんて。

「剛田さんが鳴滝さんの住所を知ってたってことは、剛田さんは昔の部下だったんですね」

「全然違います」

と鳴滝。剛田のことになると実にそっけない。

「総監が退任なされたのは十一年前だ。その頃自分は二十歳の若僧だ。警視総監とは天と地ほども身分が違う。総監が現場の新人を知っているわけないだろう」

剛田がなぜか誇らしげにそっくり返る。

「えっ、ちょっと、いろいろ待って下さい」

夏芽は混乱する頭の中を懸命に整理する。

「十一年前ということは、つまり、剛田さんは今三十一歳」

「そう」

「正直それが最大の驚きですが……じゃあどうして剛田さんはここを知ってたんですか。さっき鳴滝さんは誰にも秘密だっておっしゃってましたよね」

「なかなか鋭いじゃないか、え、おい」

途端に尋問口調になった剛田を、鳴滝が睨みつける。

「やめんか。お嬢さんが恐がってるじゃないか」

鳴滝はいかにも苦々しげに、

「それが最大の失敗だった。理想のアパートを見つけたといい気分で朧葉《ろうよう》本線に揺られておったところ、この男が私を見つけて駆け寄ってきおったのだ。先ほどみたいに大声を上げながらな。こいつを黙らせるために、やむなく私はいろいろ打ち明けるはめになった」

「総監は全警察官の誇りです。鳴滝総監こそ、歴代最高の総監であると自分は信じて疑いませんっ」

暑苦しく胸を張る剛田に対し、

「そんなことを言っておるのはこの男だけでな、警察内での私の評価は昔も今も『歴代で最も凡庸な総監』だ」

自嘲ではなく、むしろ自慢げに鳴滝は語る。

「あの、ますます分からなくなってきました」

「いいか、よく聞け」

と夏芽に向かって偉そうに言う剛田。

「十一年前、総監は破廉恥なスキャンダルを起こした部下の責任を取って潔く自ら職を辞されたのだ。他の連中が卑怯《ひきょう》未練にも職にしがみついたり、他人に責任を押しつけたりする中でだ。その処し方の見事さに、当時の自分はテレビの前で号泣したものだ」

「ちょっと待って下さい」

スマホを取り出し、［鳴滝警視総監　辞任　二〇一四年　スキャンダル」で検索する。

たちまちヒットした。検索結果の中には記者会見の動画もある。

それを剛田が横から指差し、

「そうそう、それだ。それを見て自分は泣きに泣いたんだ」

再生してみると、鳴滝らしく実にそっけない謝罪ですぐに終わった。感動のスピーチなどではまったくない。よけいに分からなくなった。

十一年前の鳴滝は、制服姿でありながら今とまるで変わらぬ風貌であり態度であった。

残っていたニュースサイトのバックナンバーで当時の記事を読む。

記事の概要は――

大規模な収賄容疑で警視庁の幹部六人が摘発された事件で、鳴滝警視総監（59）が引責辞任を発表した。就任からわずか八ヶ月足らず、全容が解明されない時点でのいち早い辞任表明は無責任であるとの批判が高まっている――というものだった。

十一年前というと、夏芽はまだ小学生である。こんな事件があったとは少しも知らなかった。

「あの事件はな、官邸絡みで全容の解明なんて最初からあり得なかった。それくらいのことは、警察官なら自分みたいな新人でも知ってたんだ。実際、他の幹部連中はガキみたいな言いわけを繰り返し、挙句の果てに優雅に天下っていきやがった。ただ一人、鳴滝総監だけが決然と責任を取られたのだ。自分はあの日のことを絶対に忘れない」

なるほど、剛田のように思い込みの激しそうな人間が鳴滝を慕い尊敬するわけだ。

しょうがないと開き直ったのか、鳴滝は「やれやれ」と呟いて座布団の上の足を組み替えた。

「この男は私を買いかぶっておってな、そもそも私が警視総監になったのも、同期の連中が互いに足を引っ張り合って勝手に自滅したせいだ。もうおまえしか残っていないというので押しつけられた。ずいぶんと抵抗したがダメだった。警察を都合よく飼い慣らそうとする官邸も、それに迎合して出世しようとする警察官僚も、つくづく嫌になっていたからな。だから十一年前のスキャンダルは渡りに船で、これ幸いと辞任したというわけだ。天下りなんてとんでもない。せっかく生臭い連中と縁が切れたというのに、どうしてわざわざ無意味な職に就かねばならんのだ。しかし連中は私の言っていることが理解できず、『どうかしている』とか『正気じゃない』とか、散々陰口を叩かれたが、構うものか」

実にサッパリしたという顔で鳴滝は飄々と語る。

「その後はさっきも言った通りだ。家も土地もすべて手放し、うるさい連中とも縁を切り、長年の理想であった隠居生活を手に入れた。これからは誰にも知られず気ままに暮らしていくだけだ。それをこの男は……」

鳴滝に叱られて剛田の巨体は半分ほどに縮んだようだった。

「総監のご身辺をお騒がせして本当に申しわけないと思っております。ですが、総監のお知恵を拝借せねばならぬ事件があまりに多く、自分も申しわけないと思いつつも、つい――」

どうやら剛田はこれまでに何度も鳴滝の力を借りていたらしい。

「総監ではない、元総監。しかも現場経験のない役人にすぎんと何度言ったら分かるのかね」

「お言葉ですが、先日の玉井花代さんの事件、あれも総監のお力があったればこそ、すべてが丸く収まるような解決へと導けたのだと自分は思っとります」

それは夏芽も同じ意見であった。

ともかくも、鳴滝の正体と秘密はこれで分かった。ついでに現在の年齢も。

俗世間が嫌になって身を隠すようにして隠居した元警視総監。〈歴代総監の中で最も凡庸〉と言われているらしいが、実は端倪《たんげい》すべからざる頭脳の持ち主。

今まで夏芽が抱いていた謎はこれですべて解決した。

でも――こんなことって本当にあるの？

元警視総監がこんなボロアパートの、しかもあたしの隣に住んでるなんて。

混乱する夏芽に構わず、鳴滝は姿勢を正すようにして剛田に向き直った。

「で、拙宅の玄関を崩壊寸前にしてまで相談したいこととは一体何かね？」

「それなんですが……」

身を乗り出しかけた剛田は、急に口を閉ざして横目で夏芽の方を見た。

え、なに、カンジ悪い――

「このお嬢さんなら心配いらん。これまでの経緯を見ても、信頼できるしっかりした人物であることは証明済みだ。第一、花代さんの事件の端緒を発見したのはこの人だ」

「それは承知しております」

剛田は切迫した面持ちで、

「しかしこの事件だけは、警察の存亡に関わる重大事件なのです。だから私は服務規程違反を承知の上で上司にも報告せず、まっすぐにこちらへ駆けつけてきたという次第でして」

なにやら大変そうなことを口にしている。

「構わん。ここまで知られたのだから、このお嬢さんも言わば共犯だ。いいから話してみなさい」

えっ？

夏芽は驚いて鳴滝を見る。いつの間にか共犯者にされてしまった。

ちょっと待って下さい、あたし、そんな大変なことに関わりたくないんですけど――

夏芽が抗議しようとすると、

「分かりました。総監がそこまでおっしゃるなら」

こんなときに限って剛田もなぜか厳粛な表情で応じている。

「ちょっ、ちょっと待っ——」

慌てて制止したが間に合わない。

剛田はいきなりテレビのアナウンサーにでもなったかのような朗々とした声で説明し始めた。

「本朧町のアパートで独り暮らしをしていた柳井秀子さん五十五歳が亡くなっているのが発見され、本職が現場検証を行ないました。死因は心臓発作で、いわゆる孤独死であり、現場の様子からも事件性はないものと思われます。しかし、押入の奥にこんな物が隠されているのを発見しました」

そう言って、剛田は上着の内側から帳簿のような冊子を取り出した。しかも二冊。両方とも同じ仕様で、学校の出席簿のような黒く固い表紙を、同じく黒い紐《ひも》で綴じ合わせたもの。大学の購買部で、「綴込表紙」の商品名で販売されていたのを思い出した。

二冊にはそれぞれ白い表題の紙が貼られている。

『大井沼警察署現金盗難事件捜査資料』。それに『C県警大井沼警察署　平成十三年度出納簿』。

どちらも出席簿とはほど遠い、いかにも不穏な表題だ。筆文字で書かれているところがまたものものしい。

甘吟堂や花代さんの事件とは違う、明らかな犯罪、刑事事件だ。一般人にとっては日常とかけ離れた、恐ろしいイメージしかない。

見なければよかった——すぐに目をつむるべきだった——

夏芽は瞬時に後悔する。

何かある——何かゼッタイによくないことが——

鳴滝老人、いや鳴滝元警視総監も顔色を変えている。

「平成十三年……大井沼署の現金盗難事件というと、もしかして、〈あれ〉か」

どうやら鳴滝には心当たりがあるようだ。警察関係者にとってはそれほどの大事件だったのだろうか。

「そうであります」

剛田も緊迫した声で応じている。顔に似合わぬことはなはだしい。

「亡くなったご婦人は捜査関係者か」

「現時点で判明しているのは、非正規のパート従業員であったということだけです」

「当時の捜査資料や帳簿が紛失したという話は」

「そんな話、聞いたこともありません」

「貸したまえ」

「はっ、ただ今」

剛田から冊子を受け取った鳴滝が、『捜査資料』と題された方から読み始める。ページをめくるに従い、その表情が急速に深刻なものへと変わっていった。

いつも飄々とした鳴滝さんがあんな顔を見せるなんて――

夏芽はますます不安を覚える。

大学の課題もあるというのに、これ以上妙な事件に巻き込まれたら大変だ。

あのー、あたし、そろそろおいとまを――

そんな挨拶を切り出すタイミングを伺っていると、鳴滝が冊子から顔を上げ、

「お嬢さん、大井沼署の現金盗難事件を知っておるかね」

「いえ全然。まるっきり知りませんし」

これを逃してなるまいと、

「なんだかあたし、お邪魔みたいなので……」

ここらへんで失礼します、と続けようとしたが、

「剛田君、このお嬢さんに説明してあげたまえ」

「はっ」

剛田がその巨体を夏芽の方へと向ける。

だからこんなときに限ってどうしてそう素直なんだ――

夏芽の内心を知ってか知らずか、まあ当然知らないだろうが、剛田はいよいよ名調子のいい声を張り上げた。

「平成十三年――二〇〇一年のことだ。大井沼署の押収した犯罪収益金四千万円が証拠物件保管庫から紛失していることが発覚し、世間を騒がす大問題となったのだ。当時の自分はまだ任官していないどころか、小学校に入るか入らないかという歳で、そんな事件があったなんてもちろん記憶にはない。それでもC県警に採用されてすぐに、大井沼署の事件が県警最大のタブーとして囁かれているのを知った。新人の警察官がうっかり口にしたりしないよう、ベテランの先輩が気を利かせてこっそり教えてくれるのだ」

以下、剛田の無駄に明瞭且つ明解な説明によると――

C県警を挙げた捜査が行なわれた結果、事件発覚のおよそ三週間後に事故死した警察官の犯行であると判明した。

犯人とされた警察官は森窪《もりくぼ》宏明《ひろあき》巡査部長。大井沼署生活安全課の捜査員で当時三十歳。盗まれた四

千万円は生活安全課が麻薬取引の現場から押収したもので、森窪は保管庫へ出入りし四千万円を持ち出せる立場にあった。また署内における数々の不審な行動が報告されており、大井沼署でも内偵を進めようとしていた矢先、交通事故で死亡。当初は自殺の疑いもあったようだが、状況や目撃者の証言等から、事故として処理された。四千万円の行方は現在に至るも不明のままである。

「これが『大井沼署現金盗難事件』なのだ」

語り終えた剛田に夏芽は適当な口調で、

「はあ、そんな事件があったんですか。あたし、全然知りませんでした。でも、警察の捜査資料って、警察署で厳重に保管されてるんじゃないんですか」

「当たり前だ」

「だったら、どうしてそんなものが亡くなった女性の家にあったんですか。一般人だったんでしょう、その人」

「それが一言では説明できんから困っているのだ」

なぜか胸を張って剛田が言う。

「剛田君が説明に困っているのはね、生来の口下手もあるのだろうが、実はもっともであると言えなくもない」

鳴滝の発言は、いつものように剛田を貶《けな》しているのかフォローしているのか判然としない。

「私から説明しよう。まず、これが本物の捜査資料であるかどうかだ。そこから疑ってかかる必要がある。手の込んだいたずらかもしれんからな。亡くなった方を悪く言うつもりはないが、度を超した警察マニアであったとも考えられる」

言われてみればその通りだ。警察マニアなら、実物そっくりの捜査資料を創作して手許に置いておくという心理もあり得る。

「ざっと読んだ限り、これは大井沼署が作成した本来の捜査記録ではないようだ。しかも途中で断ち切られたように終わっている」

夏芽は安堵《あんど》の息を漏らし、

「なんだ、それならニセモノじゃないですか。ああビックリした」

「それがそうとも言えんのだ」

栗ようかんを注文したら抹茶ようかんが来たような、微妙極まりない面持ちで鳴滝が応じる。

「これは確かに大井沼署が作成したものではない。本物がちゃんと署内にあると思われることから、紛失騒ぎにもならなかった」

「本物じゃないってことは、やっぱりニセモノってことでしょ」

「まあ待ちなさい。これを書いたのは、最初のページの記名によると当時の生安の捜査員だった森窪宏明となっている。ああ、生安というのは生活安全課のことでね、森窪捜査員はこの盗難事件に不審を抱き、独自に調べを進めておったらしい。途中で途切れているのは、森窪さんが事故で亡くなったからだろう」

「えっ、待って下さい、森窪さんって、四千万円を盗んだ犯人ですよね」

「そうです」

「犯人のヒトが、事故死する前に自分の起こした事件を調べてたっていうんですか」

「そうなりますな」

わけが分からないとはこのことだ。

しかし、剛田が大騒ぎしていた理由がなんとなくつかめてきたような気がする。

そんな内心が顔に出ていたのか、鳴滝が捜査記録をめくって確認しながらさらに解説してくれる。

「森窪捜査員が疑念を抱いたきっかけは、盗難事案が発生したとされる時間に、押収した犯罪収益金が保管庫に収められているのを自身がたまたま確認していたということだ」

夏芽の頭はいよいよこんがらがってきた。

「それって、どういうことなんですか」

「保管庫の中にまだ四千万があったにもかかわらず、〈四千万円が盗まれた〉という報告が上がり、騒ぎになった」

まだよく分からない。

「じゃあ、実際は盗まれなかったってことですか」

「いや、当時大きく報道された通り、四千万円が盗まれたことは事実なのだ。森窪さんもここに書いているが、後で保管庫を確認したときにはもうなくなっていたそうだ」

「それは、犯行に時間差があったってことですか。盗難があったって騒いでから実際に盗んだとか」

「微妙に違うのだ。それだったら森窪さんもここまで秘密にしたりしない。金は盗まれたが、別の金はなくならなかった」

はあ？　さっぱり分からない。

「だからどういうことなんですか」

「つまり、盗まれた四千万円は犯罪収益金ではなく、森窪さんの言葉を借りれば〈別の金〉ということでしょう。金額にかかわらず、そこにある金がどうやって得られた金か、きれいな金なのか、それとも汚れた金なのか、普通は区別などつきませんからな。盗まれた金を押収した犯罪収益金で補塡《ほてん》し、署内で密かに帳尻を合わせた。それが森窪さんの推理だ」

「ええと、盗まれたのが犯罪収益金じゃなかったとすると、なんのお金なんですか」

「そこまでは書かれていない。森窪さんは性急に結論づけることを避けたのだろう。あまりに危険で、明記することさえ憚られたのだ。その一事を以てしても、彼が慎重な性格であったことが窺える。だが、なんらかの目星を付けていたことは確かだと思う。不幸にも、それを書く前に事故に遭われた。森窪さんの犯行とされた理由の一つに、〈署内での不審な行動〉というのがあるが、それはここに記されているような、森窪さんの単独捜査を指すんじゃないかな」

「ええっ？　それが本当だとすると、森窪さんが犯人じゃなかったってことになりませんか」

「そうなりますな」

「それって、もしかして冤罪《えんざい》というやつじゃ？」

「そうなりますな」

「大変じゃないですか」

横から剛田が偉そうに吠える。

「だから大変だと言ってるんだっ」

鳴滝は荘重な面持ちで、

「ここにある記述を読む限り、森窪さんは当時そのことを誰にも打ち明けなかったようだな」

「どうしてですか、そんな大事なこと」

「保管庫を確認した正確な時間を記録しておらず、また十分にも満たないわずかな時間差であったため、自分の勘違いだと反論されることを恐れたらしい。しかもこれが本当に森窪さんの見立て通りのものだとすると、署内で指摘するのは極めて危険だ。だから森窪さんも下手に騒ぎ立てるのはまずいと考えた。しかし捜査員としての精神から、そのまま放置することもできない。そこで同僚にも内緒にして個人的に捜査を行なっていたんじゃないかな」

手許の冊子に視線を落とし、鳴滝もいちいち頷きながら語っている。

だがそれは、まるで森窪刑事の〈見立て〉を察しているかのような言い方に感じられた。

おそらく鳴滝は――そして剛田も――薄々〈別の金〉の正体に気づいているのだ。だからこそ剛田は上司にも告げず鳴滝のもとへと駆けつけた。

同時に夏芽もまた直感する――自分はそのことに触れない方がいい。触れたらきっと、もう無関係ではいられなくなるに違いないから。

代わりに夏芽は、別の感慨を漏らしていた。

「その個人的な記録が、亡くなった女性の部屋にあったというわけなんですね」

「そうだ。しかし私的な捜査であるため、信憑性《しんぴょうせい》を疑われるおそれもある。これは私の想像だが、疑われるのを防ぐために森窪さんは当時の帳簿を密かにコピーしておいたのではないかな。それがどうして亡くなったご婦人の部屋にあったのか、そこまでは私にも分からんがね」

そう言って鳴滝はもう一冊を指し示す。『平成十三年度出納簿』と題された方だ。

「これらに書かれている内容が事実だとすれば、警察の威信失墜では済まされない前代未聞の一大不祥事だ。なにしろ現役の捜査員に罪を着せたのだからな。上層部は間違いなく隠蔽《いんぺい》を図ることだろう。剛田君がこれを持って私のところへ直行したのは正解であったと言える」

「あの、これ、いろんな意味で大変じゃないですか」

「さっきから何度もそう言ってるだろうがっ」

「もうっ、剛田さんは黙ってて下さいっ」

夏芽は思わず剛田を叱りつけ、

「これって、犯人ってことになってる森窪さん、この人、事故じゃなくて絶対に殺されてるパターンじゃないですか。ドラマだと絶対そうですよ」

「ドラマならね」

鳴滝は慎重に応じる。

「そんなの、絶対許せない。なんとか公表できないんですか」

「大昔のすでに終わった事件であり、今さら追及しても仕方がない。第一、当の森窪さんはすでに亡くなっておる」

「だからと言って、真犯人をこのまま放置していいんですか」

夏芽の胸の中で、この謎に対する好奇心と、そして何より、他人に罪を着せて恥じない悪党に対する怒りが、轟然《ごうぜん》と炎を上げて燃え始めた。

それに、孤独死した柳井秀子さんだ。

この人はどういう人生を送ってきたのか。この人は過去の警察の事件とどういう関わりがあったのか。

さまざまな想いが全身に渦巻く。

「自分も同意見であります、総監」

剛田もずいと巨体を乗り出す。

「まあ待ちなさい。特に剛田君、君は暑苦しいからちょっと下がれ」

「これは失礼しましたっ」

素直に剛田が引き下がる。狭いアパートであるから少し身体をずらしただけですぐに背中が壁についたようだ。

鳴滝は深いため息をついて染みの浮き出た天井を仰ぐ。

「今になってこんな資料が出てきおるとはなあ……」

いつも飄々且つ恬淡とした彼の感慨を聞くのは、夏芽には初めてのことだった。

「あの当時、私は警察庁の審議官だった。地方にまではとても目が届かなかったとは言え、私にも責任がある。もし森窪さんが本当に無実であったら、かつて警察幹部の一人であった者として、あの世で合わせる顔がない。この件はなんとかして私達で調べてみることにしよう。剛田君、今度ばかりはよく私に相談してくれた」

「総監っ」

剛田は感涙に咽《むせ》んでいるが、夏芽は今頃になって我に返っていた。

あまりのことに我を忘れて「絶対許せない」などと口走ってしまったが、そもそも自分はそんな危険なことに関わりたくなかったはずだ。とは言え、今になって「自分だけ帰らせてくれ」とはとても言い出せる雰囲気ではない。

そこまで考えたとき、別の発想が閃《ひらめ》いた。

もしかして、これは榊准教授から与えられた課題の、絶好の素材になるのではないか——

すなわち、「自ら課題を見つけレポートにまとめること」というアレである。

幸か不幸か、最適のネタが向こうから飛び込んできた形ではないか。

真犯人の正体を暴き、死んだ森窪さんの汚名をそそぎたいという気持ちはもちろん嘘ではない。それに加えて、あの難題であったレポートを仕上げられるのなら、これはもう言うことなしではないか。

待てよ待てよ——

夏芽の頭がフルスピードで回転する。

仮に真相が警察組織の暗部とか闇とか腐敗とかに関わるものであったとしたら、そんなネタを課題のレポートにしていいのだろうか？

体感時間にして百二十秒。実際は二秒で結論に到達した。

いいに決まってるじゃない！

あの榊先生なら、認めてくれるに違いない。むしろ、こんな社会悪を前にして見て見ぬふりをしたなんて知られたら、これまでもらった単位を全部没収されかねない。

幸か不幸かどころではない、もうゼッタイの幸に決まっている。

「あたしもやります。やらせて下さい」

決然と志願する。

だが鳴滝は、これも夏芽が初めて見る躊躇の態度を示した。

「さあて、それは……いかがなものでしょうかな」

「どうしてですか。さっきは『共犯者だ』とか言ってたじゃないですか」

「それはこの捜査記録を見る前だったからです」

「もう共犯者じゃないっておっしゃるんですね」

「そうなりますな」

「だったらあたし、ここまでの経緯をレポートにして提出しますから。榊先生ならきっと受け取ってくれると思います」

「榊先生……おお、あの聡明《そうめい》なご婦人か」

夏芽の睨んだ通り、鳴滝はやはり榊准教授のことを覚えていた。

「はい。榊先生はあたしの百倍くらい正義感が強いですから、あ、百倍というのはあたしの大雑把な推測値なんですけど、とにかく先生がレポートを読んだらどうなりますことやら」

「あんた、警察を脅すとはいい度胸してんじゃねえか、ああ?」

途端に恐ろしい顔で剛田がスゴむ。その迫力ある形相に、夏芽は失神しそうになった。

やっぱりコワイ――

「やめんか、剛田君。このお嬢さんは一般人なんだ」

「しかし総監、今のは恐喝の現行犯ですよ」

「成り行きとは言え、迂闊に一般学生を巻き込んでしまった我々にも落ち度はある」

榊先生の名前が効いたのか、鳴滝は夏芽に向き直り、

「この事件にはこの先、想像を超えた危険が待っているかもしれない。それでも一緒にやりたいと言うんだね」

声が出ない。夏芽はただコクコクと頷くだけで精一杯だった。

「分かりました。剛田君にはなんと言っても警察官として正規の仕事がある。日々の職務をこなしつつ、時間をなんとかやりくりしてこの事案の捜査に当たってもらわねばならん。また私は見ての通りの老いぼれだ。いいでしょう。我々としてはどうしても人手がほしいところだ。しかもお嬢さんのように機転の利く利発な人がね」

機転の利く利発な人? 誰のことだろうと一瞬思った。昔から褒められ慣れていないせいか。

「総監!」

鳴滝は抗議しようとする剛田を制し、

「しかしくれぐれも無理だけはせんように。少しでも危険を感じたらすぐに剛田君に言いなさい」

「ハイ、そうします」

夏芽は裏返った声で返答したが、剛田はどこか迷惑そうな顔をしている。

「それ以外にも、何か困ったことがあったらなんでも剛田君にやらせなさい」

「そうします」

鳴滝は鳴滝で、なんだか嫌がらせのように剛田に振る。剛田はますますイヤそうな顔をした。

「それでは早速、捜査会議と行こう」

鳴滝は二冊の資料を畳の上に置く。

〈捜査会議〉と言われて、夏芽は俄然緊張してきた。小学生の頃は人並みに『少年探偵団』などの物語を読んだりしたものだが、まさか大学生になってこんなことに巻き込まれようとは思わなかった。しかも児童読み物に出てくる怪盗の話などではなく、警察組織の暗部に直結していること間違いなしの社会派的大事件だ。

「そもそもこの資料を保管していた女性は一体何者だったのか。まずはそこからだな。剛田君の話によると、非正規のパート従業員ということだが」

「はい」

授業でもないのに、夏芽は反射的に挙手してしまった。

「では三輪夏芽さん」

鳴滝も老教師のように指名する。悪ノリしているような様子はまったくないところが、ある意味異様でもある。

「現在は一般人でも、二十四年前の事件当時は警察関係者であったかもしれないと思います」

「はい、いいところに気がつきましたね。その可能性は大いにあると私も考えます。その線から当たってみるのが第一でしょう。これは警察内部のことなので、剛田君にやってもらいましょう。いいね、剛田君」

「はあ……」

慣れない空気に困惑しているのか、剛田が居心地の悪そうな様子で返答した。

「次に、この重要証拠物件である二冊の資料。この内容を突き合わせて検討してみよう」

現場経験はないと言っていたが、鳴滝はてきぱきと会議を進行させていった。


朧署に戻った剛田は、部下の上遠野からその後の報告を受けた。

検視の結果、柳井秀子の死因は予想通り虚血性心疾患と断定された。やはり事件性はないとのことであった。

「すまなかったな。今度ラーメンでも奢《おご》るからさ」

「ラーメンですか。焼肉とかうなぎとかじゃなくて」

露骨に不服そうな上遠野を睨みつける。

「なんだよ、文句でもあんのかよ」

「そんなことないですよ……でも主任、今までどこ行ってたんですか」

慌てて否定しながらも、上遠野は嫌なところを衝いてきた。

「なんでもないよ」

「もしかして女性ですか」

「うん、そう、そうなんだ」

「まさかね」

「おまえなあ、自分で言っといて『まさか』ってなんだよ、『まさか』って」

「言ってみただけですよ」

どうにも引っ掛かるが、その場はなんとか収まった。収まっていないような気もするが、剛田は上遠野を駄目押しに睨みつけてそれ以上の質問を許さなかった。

さて、と——

刑事部屋を出た剛田は、そのまま朧署を後にしてバスで大井沼署へと向かった。

『大井沼警察署前』のバス停で降車し、大井沼署警務課を訪ねる。

目当ての人物は折よく在室していた。

「どうも、ご無沙汰してます」

「おお、なんだ、剛ちゃん」

警務のベテランである野上《のがみ》主任が顔を上げた。

「実はお願いがあって参りました」

「へえ、珍しいじゃないの」

気さくな人柄で知られる野上は、執務中であったにもかかわらず、パソコンのキーボードを打っていた手を止めて応じてくれた。

「実は今朝、ウチの管内で独り暮らしの女性が亡くなったって通報がありまして」

「またか。最近は多いよな。おまえも気をつけろよ」

「やめて下さいよ。自分はそんなトシじゃありませんから」

「こういうのはトシじゃねえんだよ。おまえさんみたいなのが案外ぽっくり逝ったりするんだ」

無駄口の相手をしているときりがない。

「とにかく、自分が現場検証やったんですよ。事件性はありませんでしたけど、親族とかの連絡先が分からなくて」

「ああ、そういうのも多いよなあ。あれだよ、親戚付き合いってのも年取るとだんだん面倒くさくなるからさ」

「もう困っちゃいましてね。で、アパートの大家が言うには、なんでも、故人がだいぶ前に警察に勤めてたと漏らしたことがあるような、ないような……しかもこちらの署だったような気がするって」

嘘である。大家の阿川美智代はそんなことは言っていなかった。

「へえ、なんて名前？」

「柳井秀子さんて言うんですけど」

野上に「柳井秀子」の名前を告げるのは危険でもあったが、いずれにせよ当時の関係者は今の大井沼署にはいないはずだ。その程度のリスクは避けられないと剛田も腹をくくっている。

「知らないねえ。いくつくらいの人？」

「五十五だったそうです」

「五十五かあ。じゃあ俺が異動してくる前かもしれないなあ」

「もしかしたら連絡先が分かるかもしれないと思いましてね、それで……」

「分かった、昔の人事記録を見せろってんだな」

「ええ、そうなんです」

「それはいいけど、その人、本当にここの職員だったの？」

「どうでしょうかねえ。そもそも大家さんの記憶があやふやで。ここじゃなかったら、本部の警務まで行ってみようかと」

「そりゃあ大変だなあ。ウチの記録だったらそこにあるから、勝手に調べてくれ。ただし持ち出しは厳禁な」

野上は背後のスチール棚を指差した。

「ありがとうございます。恩に着ます」

「別にいいよ。ウチなのかどうかも分からんのだし」

そう言って、野上は自分のパソコンに向き直って打鍵《だけん》を再開した。

剛田は野上の様子を横目で確認してから、ずらりと並べられた職員記録のファイルの中から、「平成十三年度」のものを決め打ちで抜き出した。

署長を筆頭に、課ごとにあいうえお順で記載された職員名を調べていく。

向野……目白……桃井……八重山……柳井。

あった――

会計課職員の中に「柳井秀子」の名前が確かにあった。年齢も一致する。

やはり柳井秀子は事件当時、大井沼署に勤務していたのだ。

しかも会計課である。もしかしたら、『出納簿』と題された帳簿をコピーしたのは柳井秀子だったかもしれない。

剛田は当時の秀子の住所と連絡先を手帳に写すと、ファイルを棚に戻して野上に声をかけた。

「野上さん、ありましたよ」

「えっ、もう見つかったのか。早いな」

「はい、大家さんの記憶が正しかったようです。二十何年か前だとも言ってたそうですから、そのあたりから調べてみたんです」

「そうかい、そりゃ剛ちゃん、運がよかったねえ」

「やっぱり日頃の行ないでしょうかねえ」

「それはないな」

野上が急に真面目な顔になって断言する。

どういう意味だと思いながらも、ここで怒ってはいられない。

「ところで当時ここの職員だった人について、どなたか知ってそうな人、いませんかねえ」

「ええと、いつだったたって?」

「二十四年前です」

しばらく考え込んでいた野上は、

「だとすると、俺の前任で、入れ替わりで異動した西本《にしもと》さんかなあ」

「その西本って人の連絡先、教えて頂けませんか」

「そりゃいいけど、あの人とっくに退職してるし、ずいぶん連絡してないから、今も生きてるかどうか……それこそ、その柳井さんて人みたいに死んでるかも」

「やめて下さいよ」

縁起でもない冗談を平気で言い、野上は机の引き出しを開けて古い住所録を引っ張り出した。

「……ああ、これだ。昔の住所だけど、これでいいよな」

「もちろんです。お願いします」

西本の連絡先を教えてもらい、剛田は野上に礼を述べて大井沼署を出た。

ここだな——
夏芽は『阿川』と書かれた表札を確認し、改めて周囲を見回した。同じ敷地内に夏芽の住んでいる朧荘よりはやや新しいタイプのアパートが建っている。二階建てで、階段脇の壁面に『阿川ハウス』のプレートが掲げられていた。

この一階で柳井秀子さんが——

鳴滝から夏芽に与えられた役割は、亡くなった柳井秀子に関する聞き込みであった。

しかし、故人と親しかったらしい阿川美智代の心情を慮《おもんぱか》り、自治体による火葬が終わるまで訪問を控えていたのである。

確かに剛田は警察の仕事と掛け持ちで時間を作るのも大変だろうが、夏芽だって格別暇というわけではない。当たり前のことながら、学生として日々の授業がある。出席日数が足りなかったり、試験の成績が悪かったりすると、落第、すなわち留年という厳しい処分が待っているのだ。阿川美智代の心が落ち着いたと思われるまで、夏芽は大学での勉強や甘吟堂でのバイトに専念した。

息を整え、夏芽は表札の横にあったチャイムのボタンを押す。

「はあい」

ややあって、六十代半ばくらいの婦人が顔を出した。

「ごめん下さい」

「どちら様でしょう」

「あたし、C大学社会学部の学生で、三輪夏芽と申します」

パスケースに入れた学生証を示す。

「ああ、学生さんですか。入居の申し込みでしたら……」

「いえ、そうじゃないんです。あちらのアパートで先日、女性がお亡くなりになったと伺いまして」

「そうなの、何日か前にお葬式が済んだところなの」

美智代がしんみりとうなだれる。

「大変でしたでしょうね。お察し申し上げます」

深々と頭を下げた夏芽に、

「これはご丁寧に……あなた、もしかして秀子さんのご親族か何か？」

「違うんです。すみません。実は、C大学では独り住まいの高齢者がお亡くなりになったケースについて調査を行なっておりまして、もしよろしければ、いろいろとお話をお聞かせ頂ければと思いまして、それで……」

我ながら必死の熱演だった。「大学による調査」というのはもちろん噓だが、真相解明のためにはやむを得ない。花代さんの事件を調査したときのことを思い出して自らを鼓舞する夏芽であった。

「近頃の学生さんて、そんなことまでするの」

「ええ、ゼミや研究室にもよりますが、社会学的フィールドワークと申しますか、一人でも多くの方からお話を伺って、こうした悲劇を一日も早くなくしたいというのが研究を進める目的なんです」

「そうなの……まあ入って。もう秋だというのに、近頃は真夏みたいに暑いから」

大家の阿川美智代は少しも疑うことなく信じてくれた。本物の学生証と、実際のフィールドワークでつちかった経験が役に立ったようだ。具体的に言うと、玉井花代さんの事件につながったレポート作成時の経験である。

また夏芽は、自身の伯母が亡くなったときの話などをして、美智代の警戒心を解こうと努めた。伯母が亡くなったのは小学生のときで、子供ながらに悲しくて、わんわん大泣きしたものだ。

畳敷きの客間に通された夏芽は、冷たい麦茶をふるまわれ、喉を鳴らすようにして飲んだ。暑さというより緊張のせいで、聞き取りをする前から喉がすっかり渇いていた。

「遠慮しないで飲んでちょうだい。ただの麦茶なんだから」

「ありがとうございます。とってもおいしいです」

こればかりは嘘ではない。スーパーやコンビニで買うような麦茶とは香ばしさがまったく違っている。何杯でも飲めそうなくらい、喉と身体にすっきりと染み通って心地よかった。

「あなた、秀子さんが亡くなったこと、どこで聞いてきたの」

お代わりの麦茶を注ぎながら、美智代が尋ねてくる。

「こういう調査をしているものですから、警察にも大学の方から届け出をしてあるんです。それで所轄のおまわりさんともすっかり顔馴染《なじ》みになって、すぐに教えてくれました」

あらかじめ用意していた口実を述べる。練習しておいたおかげで、うまく言うことができた。

「そうだったの。なるほどねえ」

やはり美智代はまったく疑っていないようだった。

「私、亡くなった秀子さんとは日頃から仲よくしてたから、もう悲しくて、寂しくって、たまらなくってねえ」

鼻声になった美智代は、ティッシュを取ってそっと目許を拭っている。

「秀子さんはまだ五十五で、私よりずっと年下だったのに、先に逝《い》っちゃうなんてねえ。だからあれほど病院に行ってちょうだいって、口を酸っぱくして何度も何度も……だけどあの人はいつもにこにこ笑うばっかりで、お給料が少ないから倹約しないといけないとか言って……」

そのあたりは、剛田の部下がすでに聴取した通りである。

それでもこうして直接聞くと、親しい友人を亡くした哀しみが切々と伝わってきて、いたたまれない気持ちになった。

「お家賃だったら気にしなくていいって言ったのよ。この歳になるとねえ、近くにお友達がいてくれるだけでも本当に安心で、気持ちがほっと休まるものなの」

夏芽はどう応じていいか分からなくなった。人は誰であっても歳を取る。高齢者の気持ちが、頭ではなく、心で初めて分かったような気がした。

福祉の充実を口にするのは簡単だ。しかし頭だけでは、きれい事の理念だけでは、決して分からないことが人生にはきっとたくさんあるのだろう。

だが今は、嘘を突き通さねばならない。そして柳井秀子という人物について情報を聞き出さねばならない。そんな自分がつらかった。

「ごめんなさい、私ばっかりおしゃべりしちゃって」

気がつくと、美智代はこちらを見つめて微笑んでいた。

「あなたは秀子さんのことを知りたいんだったわね。いいわよ、なんでも訊いてちょうだい」

「あ、はい」

我に返ってノートとペンを取り出す。

「柳井秀子さんはいつ頃こちらに入居されたんですか」

「五年くらい前かしらねえ。本当は保証人とか必要なんだけど、最初に会ったときから感じのいい人だったから、別にいいかなって」

「えっ、じゃあ保証人はいないんですか」

「ええ。独り身の高齢者になると、保証人なんてなかなかいないものよ。秀子さんは高齢者っていうほどの歳じゃなかったけど、最近は親戚付き合いなんてしない人も増えてるから」

「すると、こちらに入居される以前の柳井さんについては……」

「ごめんなさい、あんまりよく知らないの。昔のことを尋ねてもなんとなくはぐらかされちゃって。個人情報って言うの？　最近はそういうのがうるさいから、あんまり根掘り葉掘り訊くわけにもいかないしねえ。昔の話とかも全然しなかったし。だから私、秀子さんの身寄りとか、ご親戚とかも全然知らないの。きっとなんかあったんだろうなあとは想像したけど、それだけによけいなことは詮索《せんさく》しない方がいいだろうと思って」

「でも柳井さんとは、親しくされてたんですよね」

「そうよ。毎日ちゃんと挨拶してくれるし、私の愚痴だって嫌な顔もせずに聞いてくれるし、一緒におしゃべりしてるだけでも楽しかったわ。本当に優しくていい人だった」

「毎日顔を合わせるくらい親密なお付き合いだったと」

「ええ」

「それはお互いに往き来があったってことでしょうか。あ、いえ、プライベートを詮索するつもりはなくて、お一人で亡くなった方の日常を調べているものですから」

「いいわよ、そんなの気にしなくても……そうね、私がお惣菜《そうざい》を作りすぎて余ったときとか、持ってってあげたらすごく喜んでくれたり。お返しに秀子さんがプリンを作って持ってきてくれたこともあったわ」

「プリンですか」

「それがねえ、とってもおいしかったの。見た目は普通のプリンなのに、もう全然違ってて。そう言うと、秀子さん、照れたみたいに、『前にプリンのおいしいお店に勤めてたことがあって、そこで作り方を覚えたの』って言ってたわ。ああ、あのお味、思い出したらもう一度食べたくなってきた」

相好を崩しかけた美智代が、うっすらと涙を浮かべる。プリンの味とともに、故人のことを思い出したのだ。

美智代の悲しみが伝わってきて胸が痛い。夏芽は共感の想いをあえて押しとどめ、質問を続けた。

「他に柳井さんが親しくされてた人とかご存じありませんか」

「それがねえ、秀子さんて、あんまりお友達のいない人だったの」

何か引っ掛かるものを感じた。

「柳井さん、阿川さんとは親しくされてたわけでしょう？　そんなにいい人だったんなら、大勢ご友人がいそうな気がするんですけど」

「そうなの。でも、意外に人を近づけないところがあったみたい。私とはウマが合ったんだけどね。秀子さんと私はどっちも長野の出身で、しかも隣町と言っていいくらいの近所だったの。年齢も学区も違ってたから会ったことはなかったけど、地元の話で盛り上がったものよ。十代の頃にC県に引っ越してきたのも同じ。そんなあれこれがあったりしたから仲よくできたんだと思う。もしかしたら、大家と気まずくなったら暮らしにくいと考えたのかもしれないけど」

「お話を伺ってると、そんな計算をしそうな人にも思えませんが」

「私もそう思うの。なんかあったのよ、やっぱり。過去に触れられたくないから、あえて自分からは友達を作らないようにしてたんじゃないかしら。訪ねてくる人もなかったし。こうして振り返ってみれば、秀子さんはいつも優しかったけれど、どこかそんな翳みたいなものもあったような気がするわ」

夏芽にも美智代の想像が正鵠《せいこく》を射ているように思われた。

「柳井さんの勤務先、分かりますか。職場の皆さんのお話も伺って、柳井秀子さんのこと、もっと知りたいなと思いまして……今回の調査には立体的な人物像の把握が必要なんです」

「ええ、いいわよ。この先の『マルマツ』っていうスーパー。すぐに分かるわ」

美智代は簡単な地図を書いて渡してくれた。

丁重に礼を述べて阿川家を辞去した夏芽は、その足でスーパーマルマツへと向かった。


大井沼署の野上から教えられた住所は、隣県との境にある古い団地の四階だった。

なにしろ昭和度数一〇〇パーセントといった団地なので、エレベーターなどあろうはずもない。

階段の踊り場で方向転換を繰り返し、四階まで上がる。二軒のドアが向かい合ったおなじみの構造で、向かって右側のドアに西本の部屋番号が記されている。

だがドアの横には、西本とは異なる表札が掛かっていた。

やっぱりもう引っ越してたか――

剛田は落胆しつつも、念のために呼び鈴のボタンを押した。

顔を出した主婦らしい中年の女性に、姓名と警察官の身分を名乗り、昔の上司を訪ねてきた旨を告げた。

「さあねえ、ウチは一昨年越してきたばかりだし……」

以前の住人について、主婦は何も知らないようだった。

捜査に無駄足はつきものだ。またその半面、捜査に無駄足などないと諸先輩から教えられてもきた。

気を取り直し、剛田は向かいの部屋の呼び鈴を押す。返事があって、高齢の女性が応対に出てきた。

同じように名乗り、西本について知らないかと尋ねる。

「ああ、西本さん」

女性は懐かしそうな声を上げた。

「ずっとお向かいさん同士でね、四十年来のお付き合いだったのよ」

でもねえ、と女性は表情を曇らせた。

「だいぶ前に奥さんがお亡くなりになって、西本さんもお身体が弱ってきたもんだから、息子さんが老人ホームを見つけてきて、今ではそちらに移られましたよ」

「そんなことになっていたとは、全然知りませんでした……すみません、もしかして西本さんの息子さんのご連絡先とか、ご存じありませんか」

「今はお仕事の都合で東京の方にお住まいだと聞いたけど、ごめんなさい、連絡先までは……」

「いえ、お手間を取らせて申しわけありませんでした」

落胆する剛田に、

「でも刑事さん、西本さんを捜してらっしゃるんでしょう？」

「息子さんのご住所は知りませんけど、西本さんのおられる老人ホームなら知ってますよ」

「そうですけど」

「ほんとですか」

「ええ。去年も主人と一緒に会いに行きましたから。やっぱりねえ、同じ頃に入居して、人生の大半をともにここで暮らした間柄ですので。あの頃はこの団地も真新しくて、みんな若くて、子供達も大勢いて、何もかも生き生きしていたわ」

しみじみと語る老婦人の横顔には、平成を挟んだ昭和の明るさ、その残照のようなものが覗いていた。

「よろしかったら、そこの住所、お調べしましょうか」

「ぜひお願いします」

「ちょっと待って下さいね」

一旦奥に引っ込んだ老婦人は、住所を書き付けた紙片を手に戻ってきた。

「これでよろしいでしょうか」

「助かりました、ありがとうございます」


老人ホーム『欣老苑《きんろうえん》』は隣県の山裾に位置していた。しかし最寄りの駅からバスを使うと二十分もかからずに着いた。静かな環境を考えると恵まれた立地であると言える。

あらかじめ連絡を入れておいたこともあり、西本は面談室で待っていた。

「あんたが剛田さんか。何かわしに訊きたいことがあるんだって？」

初対面だが、隠居の身には面会者が嬉しいらしく、西本は上機嫌で剛田を迎えてくれた。前置きを省き、単刀直入に本題に入るあたりは現役時代につちかった習性の名残であろうか。

「はい、柳井秀子という人を覚えておられませんか」

「柳井……秀子？」

西本は首を傾げる。

「二十四年前、大井沼署の会計課職員だった人です。実は、先日ご病気でお亡くなりになって……」

「大井沼署の会計課……」

西本の表情がみるみるうちに険しく鋭いものへと変化した。

「あんた、なんでわしにそんなこと訊くの」

「なんでって……柳井さんはいわゆる孤独死で、それで身寄りの方を捜しておりまして、何かご存じないかと……」

「そうか、孤独死か。この歳になるとまったく他人事じゃないよな。幸い、わしはここに入れたおかげでその心配だけはなくなったがな」

「ええ、まったくここは気持ちのいい場所ですねえ」

剛田が精一杯の愛想笑いを浮かべると、

「バカかおまえは」

容赦なく一喝された。

「わしが惚けたとでも思っとるのか。今の年寄りにとって孤独死は確かに他人事じゃないが、そんなことで刑事課の刑事がわざわざ足を運ぶわけないだろう。それともC県警はそんなにヒマなのか」

「いえ、そういうわけでは」

「二十四年前というと、あの四千万の事件があった年だな」

老いたりとは言え、さすがは元警察官であった。野上と違い、西本は当時大井沼署にいただけに、事件による衝撃の度合が違っていたものと見える。

「今になって話を訊きに来おるとは、何か新しい証拠でも出たのか」

「別にそんな、証拠だなんて……」

西本は急に力を失ったように肩を落とし、

「元警察官相手であっても、部外者には言えんか……そりゃそうだろうな」

「違うんです、実は、本当に仕事じゃないんです」

「趣味でやってるとでも言うのか」

「どちらかというと、そっちに近いです」

「バカかおまえは」

またしても怒られた。

「趣味にしたって、何かきっかけがあったんだ。そうじゃなければ誰であろうと動くもんか」

まったく言い返せない。

「すみません……」

「まあいい、分かった。あの事件に関する何かが出た、しかし現段階では確証が何もなく口にできない、大方そんなとこだろう。あの事件がひっくり返りでもしたらただごとでは済まんからな」

「その通りです、すみません」

西本は大きなため息を漏らし、

「柳井秀子だな。思い出したよ。あの事件の犯人だった森窪、奴と付き合ってたんだ。署内では誰も知らなくて、事件発覚後の捜査で判明した。よく隠しおおせたもんだとみんな驚いとったよ」

森窪と付き合っていただって――

「死んだ森窪から金を受け取ったんじゃないかと疑われ、ずいぶん厳しく調べられたようだ。結果はシロだったがな。それでも警察には居づらくなったのか、ほどなくして退職した。わしが知っているのはそれだけだ」

「どなたか柳井秀子と親しかった人は」

「たぶんいないと思う。森窪と付き合ってることすら誰も知らなかったくらいだからな。決して暗い感じの子じゃなかったが、そうかと言って誰とでも仲よくできるってふうでもなかった。警察を辞めた後、どこへ行ったのかも知らん。今まで思い出すこともなかったが、当時は大騒ぎだったなあ」

「そうですか……」

今度は剛田が肩を落とす番だった。

西本は一転して優しい口調で語りかける。

「何が出たのかは知らんが、確かにこれは仕事じゃできない。剛田さんとか言ったな、あんた、警察を辞める覚悟でやってるんだね」

驚きのあまり、反射的に力一杯否定する。

「そんなつもり、まったくありません」

「バカかおまえは」

三たび叱られた。

「それくらいの覚悟がなければ、すぐに手を引いた方がいい。悪いことは言わん」

「でもですね、だからと言ってほっとくわけにも……」

「バカかおまえは」

四回目。

「まあいい、勝手にしなさい。わしはもう退職した身で、何があっても関係ない。言っておくが、わしらは当時、本部の捜査結果を疑いもせんかったし、今も疑ってはおらん。分からんのは四千万円の行方だけだ。森窪は生活も派手じゃなかったし、ギャンブルもせんかった。借金なんぞもありはせん。真面目一方の堅物で、柳井秀子も似たようなもんだ。ああ、こうして考えてみると、つくづく似合いのカップルだったんだなあ」

往時を偲んでいるのか、西本は失われた何かを惜しむような感慨を漏らした。そこには、文字通り失われた恋人達の人となりが含まれていた。

西本との面談はそれで終わった。

この歳になってこれだけ叱られるとは思ってもいなかったが、大先輩からの叱咤《しった》は存外に心地よかった。

それに何より、大きな収穫があった。

死んだ柳井秀子は、犯人とされた森窪宏明と交際していたのだ。


おぼろ池の手前から商店街とは反対方向に進み、住宅街に入ってすぐの路地を左に曲がる。そこに隠れ家風イタリアンレストラン『ナルチーゾ』があった。イタリア語で〈水仙〉を意味しており、鳴滝の行きつけの店だという。この町に越してきて二年になるが、夏芽はこんな店があるとは全然知らなかった。

周囲はごく普通の住宅街で、その店も〈隠れ家風〉を謳《うた》っているだけあって町の景観に違和感なく溶け込んでいる。ランチタイムも営業していて、コースの他、単品のパスタやピッツァ、ランチセットもあるという。もっとも値段を調べてみると、貧乏学生である夏芽には、ローストビーフにサラダとフォカッチャの付いたランチセットが精一杯だ。

時刻は午後五時五十五分。鳴滝に指定された午後六時は、ちょうどディナータイムが始まる時間だ。店の前で、夏芽は自分の服装を確かめる。落ち着いたブラウンのワンピースにエナメルのパンプス。それにクラッチバッグというコーディネート。どれも高級な品ではないが、スマートカジュアルな服装なので大丈夫のはずだ。

少し早いが、ドアを開けて中に入る。

「いらっしゃいませ」

若いウエイターが応対に現われた。

「あの、六時に予約が入っていると思うんですけど」

「鳴滝様のお連れ様ですね」

「あ、はい」

「どうぞこちらへ。中でお待ちになっておられます」

すぐに店の奥へと案内された。鳴滝はすでに来ているらしい。

奥の半個室になった一角では、鳴滝と剛田が待っていた。鳴滝はさすがに普段のYシャツ姿ではなく、古いがすっきりとしたフォーマルスーツを着ている。

「どうもお待たせしました」

「なに、私達も今着いたところだ」

ディナーは完全予約制で、一度に三組までだという。その夜は「第一回おぼろ捜査会議」と名づけられた会合で、費用は鳴滝持ちとなっていた。

ウエイターにドリンクの注文を尋ねられたが、三人ともオーダーしなかった。大事な会議だ。酔っ払ったら話にならないし、そもそも夏芽は酒を飲まない。剛田はドリンクメニューを見た途端、イタリア語かあるいは値段に驚いたらしく、「水で」と呻くように告げた。

「自分は居酒屋とか、もう少し大衆的な店の方が寛げるのでありますが……こういう店はどうも窮屈で……」

いつものスーツそのままの剛田が居心地悪そうに言う。

「窮屈なのはこっちだ。混雑しそうな居酒屋に君がおると、店の方が迷惑だろう」

それは夏芽も同感であった。こうして横に座っているだけでも圧迫感があって息苦しい。

とはいうものの、これは極秘の「捜査会議」なのだ。人目の多い場所で迂闊に話せる内容ではない。

「お言葉ですが総監」

「元総監だ」

「お言葉ですが元総監」

そんなことを律儀に言い直しているあたりが、早くも前途の多難を予感させる。

「なんだね」

「国家より給与を得ておられるわけでもない元総監に、今夜の食事代をすべて負担させるのはまことに以て忍び難く……」

これにもまた深く同意する。

よく考えると、都心でも繁華街でもない住宅街にあるレストランとは言え、あんなボロアパートの住人がイタリアンのディナーとは、どうにも場違いな感じがしてならない。

ここはやっぱり駅前のファミレスとかでよかったんじゃないの——というのが夏芽の偽らざる感想であった。

「心配はいらん。私にもそれくらいの蓄えはある。それにどうせ老い先短い身なのだ」

「しかし……」

「私はね、住居をはじめ、食生活を含むすべてを楽しんでおるのだ。現役時代、私の食事は朝食を除きずっと桜田門《さくらだもん》や霞《かすみ》が関《せき》合同庁舎の定食かうどんであった。あれはあれで趣き深いものがあったが、死ぬまでのいっときくらい、私の好きにさせてくれ」

「そんな縁起でもないことはおっしゃらないで下さい、総監」

「そうですよ、もっと長生きして下さいよ、総監」

剛田につられて夏芽までうっかり「総監」と呼んでしまった。

「育ち盛りにして鋭い味覚の持ち主でもあるお嬢さんにご馳走《ちそう》しようと思って私はこの店を選んだの

だ。剛田君、君はもう充分以上に育っておるから、報告だけ済ませたら帰っていいぞ。朧駅の立ち食い蕎麦《そば》はなかなかいけると評判らしいじゃないか」

「そんなあ」

剛田が情けない声を上げたとき、ウエイターがコースに含まれる食前酒〈アペリティーヴォ〉とオリーブの実を運んできた。こうなってはもう仕方がない。

三人同時にグラスを傾けたところで、前菜〈アンティパスト〉のムール貝の白ワイン蒸しが来た。ナイフとフォークで殻から外したムール貝を一口食べた夏芽は、その時点で鳴滝に異議を唱える気を完全に喪失している。

柔らかな貝の身の感触と、噛むたびに鼻へと抜けていくほんのりとしたワインの香り。コースの先陣、先鋒《せんぽう》として最上最適であるとしか言いようはなかった。

「うまいっすね、これ」

前言を完全に翻し、剛田も単純極まりない言葉で感想を漏らす。

「では、早速聞かせてもらおうかな」

「はっ」

剛田が即座に上半身の姿勢を正し、

「亡くなった柳井秀子は、やはり警察関係者でありました。二十四年前、大井沼署で会計課の職員を務めていたとのことです」

「なに、二十四年前というと、まさにあの事件のあった年ではないか」

「それだけではありません。柳井秀子は、犯人とされた森窪捜査員と密かに交際していたそうなのです」

夏芽は思わずフォークを持つ手を止めて横に座った剛田を見上げる。

柳井さんが森窪さんと付き合ってたって——

続けて剛田は、当時大井沼署にいた西本から聞き込んだ事実の詳細について報告した。

「会計課ならば、出納簿のコピーも容易にできたと考えられる。だがそれよりも、森窪さんとそんな接点があったとは……」

鳴滝は急に言いかけた言葉を切った。ウエイターがそこで第一の皿〈プリモピアット〉を運んできたからである。パスタやリゾット、それにスープがこのプリモピアットに該当する。

その夜は自家製タリアテッレのポルチーニクリームソースであった。

たゆたう香りに、三人が一斉にフォークを取り上げる。

「うまいっすね、これ」

剛田がボキャブラリーのなさをこれ以上ないくらいに露呈している。

「君は立ち食い蕎麦に行くんじゃなかったのかね」

「言ってませんよ、そんなこと」

「すまない。居酒屋だったたな」

鳴滝と剛田のどうでもいいやり取りなど、もはや夏芽の耳を素通りしている。

〈西洋の松茸《まつたけ》〉とまで言われるポルチーニ茸独特の香りがクリームと溶け合って、優しく柔らかなメロディを舌の上で奏でている。これを食し終わるまでは、舌を他の用途に使うなど考えられないことであった。

「次はお嬢さんの方の首尾を訊かせて下さい」

「はい」

鳴滝とほぼ同時に食べ終えた夏芽は、ナプキンで口許を拭ってからノートを開く。

「阿川ハウスを管理してる大家の阿川美智代さん、この方のお話によると、亡くなった柳井秀子さんはとてもいい人だったようで、阿川さんがお惣菜を持ってってたり、逆にプリンを持ってきてくれたりと、お互いに親しく往き来する仲でした。柳井さん、前においしいプリンを出すお店に勤めてたんだそうです。でも、同時になんだか暗い翳もあったようで、柳井さんには阿川さん以外に親しくしてた人はいませんでした。ご親族や身寄りと言えるような人がいるかどうかも不明。過去に何をしていたか、あるいは何があったのか、阿川さんはあえて訊かなかったそうです」

まずい——こんな状況は想定していなかった——

次の皿が気になって集中できない。ともすればコース料理の方へと傾きそうになる思考を、夏芽は懸命に引き戻し、ノートに記した文字を追う。

「勤め先だったスーパーマルマツにも行って話を訊いてきましたが、阿川さんの言っていた通りで、それ以上のことは分かりませんでした。スーパーで同僚だった人達は、いい人だったと皆さん口を揃えるんですけど、個人的に親しくしてた人はいなくて、飲み会とかお茶に誘おうと声をかけても、やんわり断られるばかりだったそうです」

途中で何度かつかえながらもそこまで話したところで、第二の皿〈セコンドピアット〉が来た。海《え》老《び》のグリル。いわゆるメインディッシュである。付け合わせ〈コントルノ〉はトマトのタルタルサラダ。

一般にイタリア料理の調理法はシンプルなものだが、その素朴さが素材の味を余すことなく引き出している。大きな海老の白く弾力に富んだ身がほどよく焼けて、まさに至福の食感であった。

「メインを張るだけあって、こりゃあうまいっすね」

剛田の定型的感想も、論理的になんだかよく分からないものへと変化している。が、そんなことはどうでもいい。

コースがここまで進むと精神的にもやっと余裕が生まれた。

「剛田さんの言った通り、柳井さんが森窪さんと付き合ってたとすると、柳井さんが資料を持っててもおかしくないですよね。つまり、恋人から密かに預かっていたと」

夏芽はデザート〈ドルチェ〉のパンナコッタを十全に味わいつつ発言する。ブルーベリーのソースがクリームと溶け合って、実に優美な夢見心地の食べ心地。

しかし剛田は、甘い物を食べているにもかかわらず、刑事らしいしかめ面で、

「待てよ、じゃあなんで捜査中の資料をわざわざ預けたのかが気になってくるな」

「万一に備えて、とかじゃないんですか」

「その万一だよ。つまり、森窪さんは身の危険を感じてたってことにならねえか」

夏芽は自分の呑気さを罵《のの》りたくなった。

何が精神的余裕だ——

パンナコッタの甘さに、舌だけではなく、頭まで甘くとろけていたとしか言いようはない。

「すると、森窪さんは事故じゃなくて、やっぱり殺されたってことですか」

「普通なら充分に考えられるところだろうな」

「剛田君、森窪さんの事故の詳細は調べてあるな」

鳴滝がパンナコッタを口に運びながら言う。

「は、もちろんであります」

「聞かせてくれんか」

「はっ」

パンナコッタを食べ終えた剛田が、手にしたスプーンを置く。剛田の手にあると、上品なスプーンも爪楊枝のように見えてくる。

「森窪さんは午前〇時前頃、徒歩での帰宅途中に交差点で信号が変わるのを待っていたところ、乗用車と軽トラックの追突事故に巻き込まれました。信号無視で突っ込んできた乗用車が軽トラックに追突し、スピンした軽トラックが運悪くぶつかってきたんです」

えっ――

デザートでのぼせていた頭が一気に冷える思いであった。

そんなの、狙ってできるものなんかじゃ――

「状況から事故であることは歴然としており、疑う者はいませんでした。追突した乗用車の運転手は酔っており、有罪判決を受けて交通刑務所に服役もしています」

「間違いはないんだな」

「はい、間違いありません。目撃者も複数おります」

「だとすると、事故であるとしか言いようはない。少なくとも意図的な殺人とは考えにくい……いや、待て」

鳴滝はエスプレッソのカップに手を伸ばし、剛田に尋ねる。

「現場のタイヤ痕はどうだったのか。鑑定結果は。軽トラックの運転手が優秀なドライバーなら、偶然スピンしたように装うことも可能なのではないか。その場合、双方のドライバーが共犯ということになるが」

「さあ、そこまでは……」

「念のため、事故の関係者を当たってみてくれ。もちろん目撃者もだ」

「は、了解しました」

エスプレッソのカップを傾けながら、鳴滝は何か考え込むように、

「事故の件は剛田君に任せるとして、気になるのは、柳井秀子さんがなぜ二十四年もの間、そんな資料を隠し持っていたかだ」

「それは、恋人に着せられた罪をいつか晴らそうとしてたんじゃないでしょうか」

夏芽の発言に対し、鳴滝は温和に微笑んで、

「お嬢さんの話からすると、柳井さんは毎日アパートと職場を往復するばかりで、そんなことをしていた形跡はない」

「でもそれは、阿川ハウスに引っ越してきてからでしょう。それ以前は一生懸命やってたかもしれないじゃないですか」

「思うような成果を得られず、失意のまま阿川ハウスに引っ越してきて、惰性で日々を送っていたと」

「まあ、そんな感じ……でしょうか」

「二冊の資料を処分しなかった理由は」

「それは……捨てるきっかけがなかったから？　いや、大事な証拠なんだから、捨てないで持ってるのは別に不自然でもないと思います」

「そうかもしれませんね。だが、もしかしたら柳井さんもまた森窪さんを犯人だと信じていたのかもしれない」

「それは変じゃないですか。だってあの二冊の資料を大切に持ってたわけでしょう？」

「そうですよ。警察職員だったのなら、あの資料が意味することが分からないはずはありません」

剛田も横から夏芽の意見に同意を示す。

「そうなると、柳井秀子さんは恋人の無実を知りながら、何もせずただ証拠となる資料を二十四年間も隠し持っていたということになるが」

鳴滝の指摘に夏芽も剛田も黙り込んだ。

確かにいろいろと変だ――

事件を解明するつもりだったのに、頭がよけいに混乱してきた。

「これはいろんな可能性が考えられるな」

鳴滝の呟きに、夏芽はエスプレッソのカップを置いて、

「例えばどんなものでしょうか」

「そうだね、例えば、柳井さんは真犯人を知っていた。それで黙らざるを得なかったというのはどうかな。つまり、真犯人に脅されていたという可能性だ。真実を明かすと命の危険に晒される。それで話すこともできず、また証拠を手放すこともできなかったと」

「なるほど……」

夏芽は感心して聞き入った。鳴滝に言われると、それが正解であるような気さえしてくる。

と、そのとき――

突然剛田が「うっ」と呻き声を漏らした。

驚いて横を見ると、剛田が両手の掌で何かを隠している。

「どうしたんですか、剛田さんっ」

「いや、別に……」

剛田はなぜか両の掌を固く握ろうとする。

「剛田君、手を開きなさい」

「いえ、大したことではありませんので……」

「いいから開け」

鳴滝が強い口調で命じると、剛田が不承不承に両手を開いた。

右手の太い小指が、エスプレッソカップの取手の小さな穴に嵌まり込んで抜けなくなっている。

「気がついたらこうなってて……まことにお恥ずかしい限りであります」

俯いた剛田に、鳴滝は呆れたような息を小さく漏らし、それから何事もなかったように話を続けた。

「いずれにしても、阿川ハウスに移り住む以前の柳井秀子について調べる必要がありますな」

「でも、手がかりはまったくないんですよ。どうやって調べればいいんですか」

「手がかりならありますよ。お嬢さんのお話の中に」

「えっ？」

また分からないことを言い出した――

「なんなんです？　あたし、そんなこと言いました？　ねえ、教えて下さいよ、総監」

「総監じゃない、元総監」

「教えて下さい、元総監」

「私も最初は聞き流していた。しかし、ドルチェのパンナコッタを食べているときに気づいたんです」

「パンナコッタを？」

いよいよ分からなくなった。鳴滝にはいつもこうして焦らされる。

「ねえ、どういうことなんですか」

「先ほどのお嬢さんの話にありましたよね、柳井さんは以前、おいしいプリンを出すお店に勤めていたとか」

あっ、と思った。

「言いました、いえ、厳密には阿川さんが言ってました。柳井さん、『前にプリンのおいしいお店に勤めてたことがあって、そこで作り方を覚えたの』って話してたそうです」

「それですよ」

「プリンのおいしい店を探すってことですね」

「その通りです。今はネットでそういうお店を簡単にピックアップできるはずでしょう」

「ええ、確かに。でも、『見た目は普通のプリン』だとも言ってました」

するとと鳴滝は困ったように、

「それは少々厄介ですな」

厄介どころではない。特別なフルーツが載っていたり、超大盛りであったり、何か特徴があれば検索も容易だが、『見た目は普通のプリン』となるとそうはいかない。

「ですが、やるしかないでしょう」

つまり、ごく標準的なプリンを出している店を片っ端から当たるということだ。

「どうします、お嬢さん」

鳴滝が挑発的な目でこちらを見る。

望むところだ――

「真実を明らかにするためです。やりましょう」

夏芽は敢然と受けて立つ。

「よろしい。方針が決まったところで、第一回捜査会議は終了としよう」

そう言ってからウエイターに声をかけて会計を済ませた鳴滝は、改めて二人に向かい、

「お嬢さんと私は同じアパートだから、私が送っていきましょう。問題は剛田君だ」

「自分ならどうかお気遣いなく。一人で帰れますから」

「当たり前だ」

鳴滝は剛田をまじまじと見つめ、

「私が言おうとしたのはだな」

「は、なんでありましょうか」

「剛田君、君はそのカップからちゃんと指を抜いて帰れということだ」

「えっ？　あっ、はい、そうですね」

剛田は慌てて力一杯カップの取手から指を引き抜こうとするが、どうしても取れない。

「万一カップを割ったりしたら、君が自分で弁償するように」

冷静に告げ、鳴滝は立ち上がった。

「さあ、帰りましょうか」


鳴滝は後から追加で剛田に指令を出したらしい。剛田からLINEにメッセージが届いたのは『ナルチーゾ』での会食、ではなく捜査会議から三日後のことだった。

もっとも、LINEで連絡を取り合い、情報を共有することを発案したのは夏芽である。その時点で鳴滝老人はすでに悠々と使いこなしていたのだが、指の太い剛田は夏芽にいくら勧められても「L

INEなんかしゃらくさい」という態度が見え見えで、鳴滝に叱られるまでは見向きもしなかったし、また覚えるのも時間がかかった。ぶつぶつこぼしながらスマホをいじっているその姿は、とても令和の人間とは思えない。そもそもが昭和の時代からタイムスリップしてきたような男である。平成生まれとは到底信じられなかった。

ともかく、剛田からの連絡によると――

柳井秀子がどこの不動産業者に紹介されて阿川ハウスにやってきたのか、改めて大家の阿川美智代に確認したところ、本朧駅前の『オボロスズキ土地建物』ということであった。同社に残されていた記録によると、柳井秀子の前の住所は朧宮ノ町《おぼろみやまち》のアパート。だがそのアパートはすでに解体され、以前の住人は一人も残っていないことが判明した。

また阿川美智代は、後から思い出したとして、「秀子さんはずっとC県内を転々としていたと語っていたような気がする」と証言したという。

見てくれはヤクザでも、さすがは本職の刑事である。アマチュアの夏芽には聞き出せなかった情報を美智代から引き出してくれた。夏芽は剛田のことを、懸賞ハズレの年賀はがきレベルから、三等の切手シートが当たった年賀はがき程度には見直した。

美智代の人柄を思い起こすと、自分ではなく剛田に話したというのがいささか悔しくもあるが、それはいい。

ともあれ、この情報はことのほか重要だ。「語っていた・ような・気がする」と、客観的に言って信憑性にかなり不安は残るが、それでも手がかりがないよりははるかにましである。

かくして、さらにその翌々日。

身支度を整えた夏芽は、決然と自室を出て鍵を閉めた。そしてもう一度コーディネートを確かめる。

七分袖《そで》のゆったりしたチュニック。色はモスグリーンで、今回のミッションにはこの服装が最適であると判断した。

よし、これでいい――

夏芽はいつもより気合いを込めて隣の部屋のドアを叩く。

待ち構えていたかのように鳴滝が現われた。こちらはYシャツにスラックスという、いつものスタイルである。

「では、参りましょうかな」

心なしか青ざめた顔で言い、鳴滝は手にした帽子を頭に被る。

「あれ？」

夏芽は思わず声を上げた。

「いつもの、なんでしたっけ、そうカンカン帽、あれと違う帽子ですね」

「似合いませんか」

「いいえ、逆です。カンカン帽もお似合いでしたけど、その帽子もすっごく素敵です」

これだけはいつものように、鳴滝は嬉しそうなそぶりも見せず、

「私もたまには気分を変えてみたくなりましてな、この帽子はパナマ帽と言います」

ブリムとクラウンが平らなカンカン帽に対し、これはクラウンが内側にへこんだ形になっている。

また素材も違っていて、こちらの方がだいぶ柔らかそうだった。

「これもカンカン帽と同じく夏物ですが、近頃は昔と違っていつまでも暑さが厳しいので、念のため用意しました。熱中症にでもなったりしたら捜査どころではありませんから」

確かに白い草で編まれたその帽子は、強い日差しに照り映えて、鳴滝を戦いに臨む戦士の如く颯爽

と見せていた。

実際、この先に待っているのは歴戦の勇者でも涙を流して慈悲を乞いかねない、恐るべき試練なのだ。

夏芽は鳴滝と目を見交わし、大きく頷く。

この戦いは鳴滝よりも自分の方がいささか有利。さらに言うと、多少浮かれてさえいる己を自覚してもいる。

「見て下さい」

夏芽はコンビニでプリントアウトしたC県内の地図を広げた。そこには朧宮ノ町を中心に、曲がりくねった一本の赤い線が引かれている。

「該当するお店を回るのに最も効率的なルートです。ネットで検索したり、いろんなアプリを使ったりして徹夜で作りました」

一口にC県内と言っても、プリンを出している店となると膨大な数だ。ファミリーレストランのようなチェーン店は除外しているが、それでも気の遠くなるような数であることには違いない。

「なるほど、これは便利だ」

鳴滝は夏芽を見遣り、

「お嬢さん、本気ですな」

「もちろんです」

「その意気や良し。では、参りましょうか」

「はいっ」

二人して昂然《こうぜん》と足を踏み出す。

まずはバスで朧宮ノ町へと向かう。車中、二人はともに無言であった。町の中心と言っていいローカル線の駅前で降り、夏芽の作成した地図に従って進む。

一番最初はすぐ駅前にあった『純喫茶ばらの宮』だ。

左右を真新しいビルとマンションに挟まれた日の当たらぬ古い二階建て民家の一階部分で、立地だけは異様にいい。あくまでも立地だけは。一体いつからここで営業してるんだ、とよけいなお世話ながら言いたくなるような、レトロにもほどがあるだろうという店構え。ドアの上に掲げられたホーローの看板には、ご丁寧に「コカ・コーラ」の商標まで入っている。

頼もう——とは言わなかったが、そんな気合いで店のドアを押し開けた。チリリン、となるドアの鈴がまたいかにもといった風情を醸し出している。

「いらっしゃいませ」

髪を紫に染めたお婆さんが奥から出てきた。

「お好きな席にどうぞ」

客は一人もいなかったので、近くのテーブル席に適当に座る。

夏芽はすばやくメニューを取って確認した。

あった——

「ご注文は」

「プリンを二つお願いします」

「お飲み物は」

「いえ、結構です」

「プリン二つ、と。しばらくお待ち下さい」

律儀に復唱してお婆さんは引っ込んだ。

そうなのだ。夏芽は鳴滝と「見た目はオーソドックスなおいしいプリンの店」探しに乗り出したのだ。朧宮ノ町を起点として設定したのは、柳井秀子が以前に勤めていたという店が、彼女の前の住所に近い可能性が一番高いと思われたからである。

そこからスタートして、柳井秀子が勤務していた店を突き止め、彼女の秘められた過去を探る。それが夏芽と鳴滝の目的であった。ドリンクまで注文していては、胃腸が破裂してしまう危険も想定される。それゆえ夏芽は体型の目立たないチュニックをわざわざ〈戦闘服〉に選んだのだ。

息を整え、ビニールのテーブルクロスが掛けられたテーブルの上を見回すと、灰皿と一緒に半球体の奇妙なオブジェが置かれていた。

「これはなんでしょうか」

「卓上おみくじ器ですな。ここに硬貨を入れると、おみくじが出てくるという仕掛けです。まさか令和の世に現役で稼働していようとは」

「はあ……」

よく分からないが、うっかり見入ってしまったら、問答無用で昭和時空に引きずり込まれそうなインパクトである。

慌てて視線を逸らしたが、今度は壁にまったく知らない芸能人の色紙らしきものが三枚、十年前のカレンダーを取り巻くように飾られているのが目に入った。いずれもこんがりと日に焼けて、白と言うより茶色、茶色と言うより焦茶色に変わっている。

「まだ世の中に残ってたんですね、こんなお店」

思わず呟くと、鳴滝も重厚極まりない顔で頷いて、

「正直に言って、さすがの私も困惑、いや、感嘆しております」

そこへお婆さんが学食のトレイのような盆に載せた水のコップを運んできた。

「どうぞ」

「ありがとうございます」

ガラスのコップに手を伸ばした夏芽は、そこにビールメーカーの社名が白く記されていることに気がついた。

鳴滝も啞然《あぜん》としているようだ。

「これは……初手から容易ならぬ店に入ってしまったようですな」

「どうします？　出ますか？」

「いや、敵を前にして卑怯なふるまいだけは致しますまい」

あの、そもそも敵とかそういうのじゃないんですけど——と突っ込むだけの理性も余裕も夏芽にはない。

そのとき、夏芽と鳴滝のスマホが、同時に着信音を発した。

剛田からのＬＩＮＥであった。おのおの早速目を通す。

森窪の遭遇した交通事故の調査については署の仕事の都合で未だ着手できずにいるが、柳井秀子の身許について分かったことがあるので後ほど報告する——

概《おおむ》ねそんなことが書かれていた。

「後ほど報告するとはどういうことだ。それを書いて送るためのＬＩＮＥではないのか」

鳴滝は憤然とした様子でこぼしているが、

「剛田さん、指がバナナみたいに太いですから、スマホで打つのも一苦労なんでしょうね」

「そんな男が、どうしてエスプレッソカップの持ち手に指を突っ込んだりするんだ」

「それも謎ですよね。いくら小指でも、そもそもあんな小さな穴に入ったというのが不思議ですし。鳴滝さんはこの謎をどう推理します？」

「馬鹿馬鹿しすぎて考える気にもなれません」

「でしょうね」

そこへお婆さんが注文のプリンを運んできた。

「お待ちどおさま」

二つの器をそれぞれ夏芽と鳴滝の前に置き、「どうぞごゆっくり」と言い残して去った。

「これは……」

鳴滝が目を瞠《みは》る。

金属製で、中央に一本の脚が付いたレトロなアイスクリームグラス。そこに鎮座しているのはまごうことなきクラシックスタイルのプリン。その頂きを覆うカラメルソースの上に陣取ったクリームと真っ赤なチェリーが自らの正統性を主張している。

「……眺めていても始まりません。早速いただきましょう」

我に返った夏芽が促せば、

「そうですな」

鳴滝もようやくスプーンを取ってプリンに挑む。

そのスプーンがまた憎い。先端が四角く直線状になった昔ながらのプリンやアイス専用スプーンだ。ちなみにどうしてその形状がプリンやアイス専用なのか、浅学にして夏芽は知らない。

夏芽はまずクリームの上のチェリーを摘まんで口に運ぶ。色合いからしてシロップ漬けの業務用市販品と思われたが悪くない。左手で口許を隠しながらスプーンを近づけ、種を出して皿の手前側に置く。

いよいよ敵の本体である。夏芽は黄色い円柱の側面にスプーンを入れた。硬い。その手応《てごた》えに、いやが上にも期待は高まる。抵抗のそぶりも見せずスプーンの軍門に下ったプリンを自陣、すなわち口腔《こう》内《くう》へと収容する。

「えっ、おいしいっ？」

語尾がなぜか疑問形になった。

たっぷりとかけられたカラメルソースの粘度は低くさらりとして、適度なほろ苦さがプリン本体の甘さを引き立てている。

「おお……過ぎ去りし幼少期に亡き父母とともに洋食店で味わったのはまさにこれ。こんなところで再会が叶おうとは、まこと人生は不可思議なるもの」

奥深いようでそうでもないような感慨を漏らしつつ、鳴滝は目尻に涙さえ滲ませて味わっている。ご満悦を通り越して感動の体である。

「お気に召したようですね」

いつの間にかそばに寄ってきていたお婆さんが、嬉しそうに弾んだ声をかけてくる。

「そのプリンは、死んだ亭主が銀座で修業してた頃に師匠から教えられたものなんです。あたしはそれを真似してるだけでして」

「いいや、これは真似などというレベルではない。卵黄と卵白の配分も絶妙で、カラメルソースの芳《ほう》醇《じゅん》な苦みと完璧に調和しております」

「そう、そこが亭主の工夫でして、その配分の具合がウチの秘訣《ひけつ》なんだとよく自慢しておりました。

他にも『卵を溶くときは泡立てない』とか、『牛乳は温めすぎない』とか、いろんなことをあたしに教えてくれましてねえ。頑固で偏屈な男だったけど、腕だけは一流だって誇りを持っていましたよ。娘はこんな古い店で何が一流だってよく父親をからかってましたけどね」

老婦人の言葉が、遠い日を顧みる追想の調べへと転調する。

「この店にお邪魔するのは初めてですが、さすればあなたは見事にご亭主の味を継承しておられるものと拝察します」

「そう言って頂けると、死んだ亭主も浮かばれます」

老婦人は指先で目許を拭い、

「半ば意地でこの店を続けてきたかいがあったってもんですよ」

夏芽も思わずもらい泣きをしそうになったが、食べ終えてスプーンを置いた鳴滝が老婦人に話しかける。

「ときにご店主」

「はい？」

「少々お尋ねしたいことがあるのですが」

「はあ、なんでしょう」

「柳井秀子という名前に心当たりはありませんかな」

そうそう、そうだった――

夏芽はようやく思い出す。自分達はただプリンを食べに来たのではなかった。「おいしいプリンを出す店」で働いていたという柳井秀子について調べに来たのであった。

外見、そして入店時の印象とは裏腹に、この店のプリンは充分にその条件を満たしている。

「柳井さん……ですか」

「ええ。歳は二十代後半から五十までの間。プリンのおいしい店で働いていた、ということしか分からないのです」

「じゃあ、お客さん達はその人を捜して……」

「実はそうなんです」

「すいませんねえ、だったらウチじゃないことは確かですよ。ウチは死んだ亭主と二人だけでずっとやってきましたから。とっくに嫁に行った娘が手伝ってた頃もありますが、それ以外に人を雇ったことなんてありません」

「そうですか。ありがとうございました」

鳴滝はテーブルの端に置かれていた伝票を取り上げ、支払いを済ませて店を出た。

「探している店ではありませんでしたが、思いがけない名店を見つけましたな」

「ええ、まったくです」

「では早速、次のお店へ」

「こっちです」

夏芽は地図を見ながら先に立って案内する。

駅の南側に商店街があった。その中ほどに位置する『オレンジ堂洋菓子店』。それが第二の目的地である。ネットのグルメサイトで検索すると真っ先に出てくる有名店だ。

入店してメニューを開く。ネットでは盛り付けの豪華なプリンばかりが有名だが、こうして入店してみると、ごくシンプルなプリンもメニューにちゃんと掲載されていた。

「これだから実際に足を運ばないと分からないということですね」

「まったくですな」

夏芽と鳴滝はしたり顔で頷き交わし、そのプリンを注文する。

やがて運ばれてきたプリンは、見かけこそシンプルなものだったが、肝心の味は今一つだった。

「最初に入った『ばらの宮』のプリンがおいしすぎたせいかもしれませんね」

「それは確実にあるでしょうな。この事件が解決したら、またあの店を訪ねてみましょう」

「いいですねえ。ぜひご一緒させて下さい」

そんなことを言いつつもプリンを完食して次の店へ。

ハズレ。次の店へ――ハズレ。次の店へ――ハズレ。次の店へ――

二人がまったくの主観で以て「当たり」か否かを判断する。飛び抜けておいしいわけではない、すなわち「ハズレ」と見なした場合、何も尋ねることなく店を後にする。

傲慢極まりない話だが、いちいち店員を呼びとめて尋ねていたら、到底C県内を回りきれるものではない。

もちろん、代替わりしたとか、メニューが変わったとか、なんらかの理由で味が変わったとか、さまざまなケースが想定されるが、そうしたことは一切無視している。

それでいいのか？　と思わぬでもないが、それでいいのだ、という不可解な確信を持ってしまうことに、夏芽は多少の危惧を覚えてしまうこともないではない。

そうとでも割り切らねば到底不可能な荒行であるし、日頃鳴滝におだてられているせいか、夏芽は己の舌に根拠不明の自信を抱いていた。

ハズレ。次の店へ――ハズレ。次の店へ――ハズレ。次の店へ――

「総監、正直に申し上げて、私はこちらの『あんみつプリン』を注文したいのですが……ダメですかね？」

大きなメニューから顔を上げておそるおそる切り出すと、鳴滝も同じメニューから眼鏡を覗かせ、

「ダメです」

「やっぱそうですよね」

「私だって『あんみつプリン』を試してみたいのはやまやまです。しかし今の場合、許されることではありません。我々の目的は邪道ならず、あくまでも正統派のプリンです」

「……ですよね」

「それと私は総監ではありません」

「すみません、元総監」

それ以上呼び方の訂正を求めてこないところに、鳴滝の受けているダメージの深刻さが窺われた。

夏芽は明白に力の失せた声で、「この『デパートで食べたなつかしの昔ふうプリン』二つお願いします」と注文する。現時点で、心身ともに鳴滝と同等以上のダメージが蓄積しつつあった。

運ばれてきたプリンを、気力を振り絞るようにして口に運ぶ。店員の不審そうな視線も痛かった。

ハズレ。次の店へ。

その店は『トロピカル・プリンパフェ』や『スペシャル・プリン・ア・ラ・モード』といった派手な盛り付けのプリンばかりで、シンプルなものはなかった。

やむなく二人とも紅茶を頼む。

「アイスでしょうか、ホットでしょうか」

店員の問いに、「ホットです」と二人同時に力一杯答えていた。

間もなく運ばれてきた温かい紅茶を口に運ぶ。もちろん砂糖もミルクも入れない。夏芽は心底ほっ

とする思いであった。

鳴滝へと視線を移すと、彼もまたじんわりと寛ぎの表情を見せている。

その紅茶も全部は飲まず、また次の店へ。

ハズレ。次の店へ――ハズレ。次の店へ――ハズレ。次の店へ――

「あの、総監、じゃなくて元総監」

歩きながら話しかける。今や日差しの中を歩いているときの方が得難い休息となっていた。

「なんでしょう」

「もしかして、あたし達、最初にすごくおいしいプリンを食べたせいで、基準がいつの間にかメチャクチャ上がっているのではないでしょうか」

「なるほど、『ばらの宮』の呪いというわけですか。それは大いにあり得ますね」

深刻な表情で鳴滝が同意を示す。

「どうでしょう、次の店からはもう少し基準を下げてみては」

「賛成です」

次の店に着いた。しかし今以て朧宮ノ町の徒歩圏内から出ていない。

ともかくも店に入り、『おすすめのシンプルプリン』を注文する。

半ば機械的にのろのろとスプーンを動かしながら、夏芽はテーブルの向かいに座った鳴滝に、

「あの、元総監、じゃなくて総監」

うっかり呼び間違えたが鳴滝はもはや訂正すらしない。

「なんでしょう」

「基準を下げる、というのがあたし達の新方針でしたよね」

「その通りです」

「こんなことを言うのはとっても心苦しいんですけど……」

「どうぞ遠慮なく言ってみて下さい」

「新たに重大な問題が発生しました」

「どんな」

「あたしの舌がどうにかなったらしく、基準の判断ができません。つまり、おいしいのかそうでないのか、いえ、その以前に、これがなんの味なのかさえ分かりません」

「実に奇遇ですな。私もです」

「それともう一つ、気がついたことがあるのですが」

「どうぞ」

鳴滝はどんどん言葉少なになっている。

「今頃言うのもなんなんですけど、プリンの味に関係なく、と申しますか、別に注文したりせず、普通に訊いて回った方が早かったのでは」

「論理的にはその通りですが、私の流儀としては、その点にこそこだわるべきで、またそれは菓子職人に対する礼儀でもあり……」

常人には理解不能な美意識を滔々《とうとう》と述べている。

「流儀……それに礼儀……ですか」

もはや自分でも何を言っているのか分からなくなっているのではないか――そんなふうにも思えてきた。

まだ半分も食べていないというのに、鳴滝はスプーンを投げ出すようにして置き、片手を上げる。

夏芽には、それが「ギブアップ」の合図であるかのように見えた。

「はい、お伺いします」

すぐにやってきた若い女性店員に、鳴滝が大儀そうに尋ねる。

「すみません、最低でも五年以上は前の話ですが、この店の従業員に、柳井秀子という人はいませんでしたか」

「柳井秀子さんですか」

「ええ、以前お世話になった人で、こちらにお勤めだったと聞いたように思うのですが」

「ちょっとお待ち下さい。私、アルバイトなんで、店長に聞いてきます」

奥に引っ込んだ店員は、すぐに戻ってきて、

「申しわけありません。店長は二十年くらいここで営業しているけれど、柳井という人には心当たりがないと申しております」

「そうですか。ではこちらの記憶違いでしょう。ありがとうございました」

礼を言って立ち上がる。夏芽もすぐに後を追った。

鳴滝が質問を発したのだから、充分に「合格」のプリンであるはずだが、完食する気力は失《う》せている。

ハズレ。次の店へ——ハズレ。次の店へ——ハズレ。次の店へ——

プリンのおいしい店を探す旅は、想像を絶する苦行の様相を呈してきた。

音に聞く修験道の険しい岩山での荒行も、これに比べれば単なるフィールドアスレチックかワンダーフォーゲルの類いではないかとさえ思えるほどである。

ハズレ。次の店へ——ハズレ。次の店へ——ハズレ。次の店へ——

文房具屋の隣にある店を出た途端、鳴滝は夏芽を振り返り、

「今日はこの辺にしておきましょう。さすがの私も、なんだか身体の調子がおかしくなってきました」

一も二もなく賛成する。

「あたしもそれがいいと思います。肝心のプリンの味が分からなくては本末転倒ですから」

普通に考えれば、プリンの食べ歩きをしている時点で本末がこれ以上ないくらいに大転倒しているのだが、それについて言及する気にもなれなかった。

「では、続きは明日ということで」

「えっ、明日ですか」

「はい」

「せめて明後日にしませんか」

「何かご予定がおありですかな」

「えーと、あたしは、その……授業、そう、大学の授業があるんです」

「そうですか。授業なら仕方ありませんな。では明後日に」

「了解です」

二人並んで、朧宮ノ町駅の次の次の駅に当たる朧滝口《おぼろたきぐち》駅へと向かう。いつの間にかこんな所まで来てしまった。

足取りがやけに重い。敗北感というほどではないのだが、なんとなくそれに近い感情に打ちのめされつつ、夏芽はそっと自分の腹に手を遣った。

血の気が一瞬で引いていく。

家で体重計に乗るのが恐い――
それは生まれて初めて知る種類の恐怖であった。

翌日。大学の教室で、夏芽は胸焼けをこらえつつ『国際メディア社会論』の授業が始まるのを待っていた。

昨日は鳴滝の問いかけに対し、咄嗟に「授業」と答えたが、それはまったくの嘘というわけではなかった。実際に夏芽はこの科目を選択している。しかしながら、国際メディア社会論はいわゆる楽勝科目であり、授業の最初に回ってくる出席表に名前を書き込みさえすればオーケーというシステムなのであった。

もちろん本人が記入する必要はない。普段は友人の藤倉紬に代返ならぬ代筆を頼んでいる。交換条件として、夏芽は紬の選択している別の科目で、二週間に一回は代返を行なっていた。

ゆえにその日も正直に出席する必要はなかったのだが、ああして鳴滝に言い切った手前、なんとなく大学に来て、なんとなく出席する気になったというわけである。この場合、学生の本分としてちゃんと出席するのが正しい在り方であるのは言を俟《ま》たない。

第一、たまには顔を出して授業内容の片鱗《へんりん》くらい把握しておかねば、学期末の試験で苦労するだけではないか。

それにしても胸が苦しい――高校生の頃だったら、あれくらいのプリン、平気で食べられたはずなのに――

やはり胃腸薬を飲んでおくべきであったか。

しかしあれしきのプリンで胃腸薬に手を出すことは、夏芽のプライドに関わる大問題であった。

「あれっ、夏芽じゃない」

出入口の方から呼びかけられて振り向くと、紬が入ってくるところだった。

「どうしたの、夏芽。今日は真面目に授業受ける気になったの」

「うん、やっぱり学生は勉強が本分だから」

定型文で応じると、紬は夏芽の顔をまじまじと見て、なんだか首を捻っている。

「……なんなのよ、あたしの顔になんかついてる？」

「いや、夏芽の顔が急に丸くなったような気がして」

「えっ……」

次いで紬は、夏芽の全身に視線を走らせ、

「やっぱり、なんだか太ったんじゃない？」

その言葉は夏芽の精神と心臓とを直撃し、胸をいよいよこんがりと焼いた。

たった一日、プリンを食べて回っただけで、そんなすぐに体形に出るものなのだろうか――

「変なこと言わないでよ。最近会ってなかったからじゃないの。あたし、プリンとかデザートとか、特に食べた覚えもないし、昨日食べたのはトマトとニンジンのサラダくらいだし」

懸命に平静を装って答えたが、我ながら挙動不審もいいところである。

「あんた、もしかして悩み事とかあるの」

出し抜けにそう言われ、椅子から飛び上がりかけてしまった。

「どうしてそう思うのよ」

「だって、ストレスでドカ食いとか、よくあるパターンじゃない」

「違うわよ、あたしの場合は――」

そこまで言いかけ、夏芽は慌てて口を閉じる。今回の事件は、そもそも他言厳禁、絶対の秘密なのだ。

「なに、なんなの」

紬が追及してきたが、ちょうどそのとき、担当の講師が教室に入ってきた。

「はい、皆さん着席して下さい。そこ、静かに……さて、先週はどこまでやったかな……」

夏芽は胸を撫で下ろすと同時に、胸焼けが一層強まるのを感じていた。

午後五時過ぎ。朧荘の自室に帰宅してベッドの上にひっくり返る。胸焼けはだいぶ治まってきたが、それでも夕食の支度をする気にはとてもなれない。

ダメだ、やはり薬が欲しい――

何かの中毒患者のような呻きを漏らしたとき、錆びた外付け階段を上ってくる足音が聞こえた。

朧荘全体を揺るがすようなこの振動。階段を踏み抜かんばかりのこの勢い。

剛田さんだ――

跳ね起きた夏芽は、すぐにドアへと向かう。が、それより早く、隣のドアが開く音がして、

――静かに来いとあれほど言ったのに、どうして君はいちいちそう騒がしいのかね。

鳴滝の声が聞こえた。

――はっ、申しわけありませんっ。

――だからその大声をなんとかしたまえと言っておるのだ。

自分はどうしたものかと考える間もなく、部屋のドアがノックされた。

――私です、鳴滝です。

慌ててドアを開けると、浴衣姿の鳴滝が立っていた。

「あんな騒音なので聞こえていたでしょうが、剛田君がなにやら報告があるそうなのです。ご都合がよろしければ、お嬢さんも拙宅へお越しになりませんか。一緒に聞いた方が早いでしょうから」

「分かりました。伺います」

そのままサンダルを履いて鳴滝の部屋に移動した。

毎度思うのだが、剛田の身体がよくこの古いアパートに入るものだ。

夏芽はいつもと同様に、背中を壁にくっつけるようにして正座する。

「……で、君のその報告とやらを聞こうじゃないか」

くわえ煙草で鳴滝が言う。夏芽に遠慮しているのか、本当にくわえているだけで、火を点《つ》けてはいない。

「はっ、柳井秀子の身許についてであります」

それを聞いて、夏芽は昨日剛田から届いたＬＩＮＥのことを思い出した。

「もしかして、それは昨日ＬＩＮＥで送ってきた件かね」

鳴滝も同じことを思ったようだ。

「はっ、その通りであります」

「何を自信たっぷりに言っとるんだ。ならば昨日のうちに報告したまえ。そもそも君はＬＩＮＥをなんだと思っておるのか」

傍で聞いていると、どうにも間の抜けたやり取りだ。

「お怒りはごもっともでありますが、昨日ＬＩＮＥを打っております途中で、朧本通りで強盗傷害事件発生との一報あり、先ほどまで捜査に専念しておりました」

「む、そうか。ならばその判断は適切であったと了解する。続けたまえ」

「はっ、恐縮であります。柳井秀子の本籍地等の情報ですが、県警本部の人事課に情報が残されておりました。遺骨の引き取り手がないという事情を話したところ、係の職員が記録を調べてくれたのです」

剛田はポケットから手帳を取り出して、

「それによりますと、柳井秀子の本籍地は長野県長野市栗田《くりた》ですが、秀子が十七歳の頃、一家でC県に転入。兄弟はなし。父親は保険会社の社員。それ以外で耳にしたところによりますと、秀子が警察に就職して間もなく、両親はともに病死。親族もなく、本当に天涯孤独の身の上だったようです」

その話を、夏芽は一心に聞く。

「警察を辞めた後のことについても、さりげなく訊いてはみたのですが、本部でもやはり知っている者はいませんでした。四千万円盗難事件との関連を思い出す者が出てきたりしても困りますので、こちらも粘るわけにはいかず、難しい捜査になりそうです。しかし、柳井秀子の勤務先や部署はすべて分かりましたので、それらを順に追っていこうと思います」

剛田でも普通の刑事らしいことを言うものだと、そこは素直に感心する。

「分かった。君はその線を追ってくれ。我々はこれまでの方針通り、柳井秀子の足取りを阿川ハウスから逆に辿っていくことにしよう。つまり、両面作戦というわけだ」

鳴滝の結論に、夏芽は戦慄《せんりつ》するしかない――「我々」とは鳴滝さんと自分のことだから、それってつまり、プリンの食べ歩きを続けるしかないってこと?

「また、亡くなった森窪宏明巡査部長の身許についても調べてみました」

鳴滝が厳しい視線を剛田に向ける。

「いえ、調べると申しましても、折に触れ耳に入ってきたことをまとめた程度ですからどうかご心配なく。決して人目を引くような聴取はしておりません」

剛田は弁解するように言ってから、

「森窪は生まれも育ちもC県のようで、地元で一緒だったという人も何人かおりました。その人達の話によると、両親はともに教員で、成績のよかった一人息子に大きな期待を寄せていたそうです。しかし森窪はこの両親、特に父親と折り合いが悪く、高校卒業と同時に警察官になりました。昔から人付き合いが苦手で、どちらかというと学校でも孤立するタイプだったようです。警察官になってからも、やはり周囲から疎まれることが多く……なにしろ警察は上下関係の厳しい体育会系みたいな組織ですから」

体育会系どころか暴力団何々会系みたいな剛田が言うと、リアルさが違う。夏芽は在りし日の森窪刑事の佇まいをありありとイメージできた。要するに、剛田と正反対の人物を想定すればいいわけだ。

「警察ではチームプレイと言いますか、上からの指示が絶対ですが、森窪はこれに馴染めず、単独で動くこともままあったようなのです。なので四千万円盗難事件の際も、独自に捜査しようと思い立ったのでしょう」

「そんな人物が、どうして警察官を志望したのかね。私のような無責任な官僚ならともかく、現場の警察官が上意下達の慣習に縛られておるのは容易に想像できそうなもんじゃないか」

「それが、この森窪という人は、人並み以上に正義感の強い性格だったようで、そのため早くから警察官を目指していたとも聞きました。その正義感が敬遠されたのか、大井沼署でも親しい人は少なかったと」

「なるほど、さもあらん」

鳴滝は瞑目《めいもく》して呟いた。

「あの……」

疑問を感じて手を挙げる。

「お話を伺ってると、警察というのは、正義感の強い人には向かない職場のように聞こえるんですけど」

「そんなことは断じてない。この俺がその証拠だ」

剛田が吠《ほ》えるように応じるが、この場合、説得力は皆無である。むしろ、夏芽の疑問を裏付ける恰好の例であるとさえ言える。

一方の鳴滝は、自嘲とも見える笑みを浮かべ、

「ある意味、そうとも言えますな。私が警察を辞めたのも、そういう体質が嫌になったということもある。自分自身を含めてね」

「総監、またそんなことを……」

剛田は情けない声を出しているが、夏芽は別のことを考えていた。

つまり、似た者同士だったってわけじゃない——

孤立を許さぬ警察で、孤独な二人が出会い、互いに惹かれ合った。

それは自分の勝手なロマンチシズムかもしれない。しかし家族を失った秀子にとって、恋人である森窪刑事の存在は、どれほどかけがえのないものであったことだろう。その森窪を喪《うしな》って、どれほど嘆き悲しんだことだろう。

警察という組織に勤務する者同士というカップルの心情は、夏芽には想像するしかなかったが、人を愛する気持ちに変わりがあろうとは思えなかった。

それだけではない。森窪が死の寸前まで捜査していた事件の記録を、秀子はずっと手許に残していたのだ。

そこには一体、どんな気持ちが秘められていたのだろうか。

夏芽には、今回の事件がいよいよ胸に迫ってくるように感じられた。

「ところで、森窪さんの死亡事故については」

鳴滝の質問に対し、剛田は、

「なんとか有休を取って着手しようと思っているのですが、なかなか係長がうんと言ってくれず……私はそれだけ貴重な戦力なんでしょうねえ」

「さあ、それはどうだろうかね」

いつもながら鳴滝は、さらりと剛田を突き放す。

「とにかく、事故の捜査については今しばらくお待ち下さい」

「分かった。それともう一つ君に訊いておきたいことがあるんだがね」

くわえた煙草にライターで火を点けかけた鳴滝が、慌ててその手を止めながら言う。

「なんでありましょうか」

「先日のイタリアンレストランで、君はエスプレッソカップの持ち手に小指を突っ込んでおっただろう」

さすがに恥ずかしいらしく、剛田は分かりやすくも嫌そうな顔をして、

「その話でありますか」

「あれは結局取れたのかね」

「ええ、この通り」

剛田は右手を示してみせる。

「それは分かっておる。右手にカップをぶら下げたまま出勤してたりしたら、誰もが君の正気を疑うであろう。問題は、あの場で無事取れたのかどうかということだ。正直に隠さず言いたまえ」

「どうしても取れなかったのでやむなく破壊しました。ご心配なく、ちゃんと弁償しましたから」

「そんなことは心配しとらん」

鳴滝はため息を漏らしつつ、

「不可解なのは、君の指がどうしてあんな小さい穴に入ったかということだ。物理的に考えれば不可能としか言いようのない謎だ」

「さすがの総監にも推理できないことがあるようですね」

剛田はなぜか急に得意げになって、

「種明かしを致しましょう。あの夜私は、いろいろ考え事、すなわち事件に対する推理ですが、そうした思考を巡らせながら掌の中でエスプレッソのカップを弄《もてあそ》んでおったのです。ここで重要な要素となってくるのが、あの夜の料理がイタリアンのコースであったということです。ナイフを伝って滴り落ちたオリーブ油で、私の指はテカテカにぬめっておりました。その油の効果により、本来ならば入るはずのない指がツルリと入ってしまったというわけです」

なんという下らない顛末であろうか。呆れ果てて言葉もない。

夏芽は横目でこっそり鳴滝の顔色を窺う。

鳴滝は今度こそくわえた煙草に火を点けて、

「今夜はこの辺でお開きにするとしよう。お嬢さん、お呼びたてして申しわけなかった」

「いえそんな、とんでもないです」

「剛田君」

「はっ」

鳴滝は表情を完全に消し去って、

「君はとっとと帰りたまえ。ああ、階段は空気と化した如く音を立てずに下りるように。来たときのような騒音を立てたら、今後はここへの出入りを禁止する」

「はっ、心得ております。では失礼します」

敬礼した剛田は、来たときと同じレベルの轟音を響かせて帰っていった。


そして翌《あく》る日の午前十時。洗っておいたモスグリーンのチュニックを着た夏芽は、一昨日と同様に隣室のドアをノックした。

やはり一昨日と同様に鳴滝が現われ、無言のうちに頷き交わして出陣する。

あれほど苦しかった胸焼けは、昨夜のうちに消えていた。

これならいける――

体調に問題はない。体重計もチェックした。余分なカロリーは夏芽の体を離れて剛田の巨体にくっついていったのか、体重は微増にとどまっている。

しばしローカル線に揺られ、朧滝口駅に着いた。夏芽は例の地図を取り出し、予定のコースに従って一昨日の続きから鳴滝とともに行軍を再開する。

その日最初の店は『伊久田《いくた》スイーツ』。新鮮なフルーツを多用したパフェが売りの店だが、レトロなプリンも大いに評判となっているらしい。

鼻息を荒くして入店し、二人同時にメニューを開く。

あった。そのものずばりの『レトロな昔なつかしプリン』。

店員が水を運んでくると同時に注文し、互いに余裕の笑みを確認する。値段の高さが気にはなったが、それは高級な素材を使用していることの表われかもしれない。

「お待たせしました」

間もなく運ばれてきたプリンを目の当たりにして、夏芽は自分達に取り付いた悪運を見たように思った。

適度に硬そうな円柱形。ほどよい色と香りのカラメルソース。添えられたホイップクリームとチェリー。

それは確かにレトロな昔ふうのプリンであったが——

デカい。

想像のおよそ三・五倍はあるだろうか。これだけならば、今日賞味するのがこの一品のみであるならば、夏芽は己の幸運を祝福しさえしたであろう。しかし、これから食さねばならぬプリンの数を思うと、その巨大さは呪いの象徴とも思えた。

この場合、完食は不可。味を確かめさえすればいいのだから、全部を平らげる必要などないと言えばないのだが、初手からプリンを食べ残すなど、精神的敗北感は如何《いかん》ともし難い。

「店員に文句を言いましょうかね」

いつもは冷静な鳴滝さえ感情的になっている。しかも客観的に言えば理不尽極まりないクレームだ。

「どこが『レトロな昔なつかしプリン』ですか。昔はこんな大きさのプリンなどなかった。あれば当時の子供は万歳三唱したでしょうが、私にはそんな記憶はありません。これは歴史の歪曲《わいきょく》に他ならない。そうは思いませんか」

「思いますけど、そんなこと本当に言ったりしたら、単なる、いえ、相当タチの悪いクレーマーだと思われますよ」

「是非もなし、か」

それぞれ巨大なプリンにスプーンを突き立て、攻略を開始する。

味を確認したところで大半を食べ残し、店を出る。店員の視線が痛かった。

「見かけ通り、まさに〈大味〉でありましたな」

うまいこと言ってる場合じゃないですよ――と思ったが、それを口にする気力さえすでになかった。

まだ一軒目であるというのに、こんなにも消耗しようとは、己の不甲斐《ふがい》なさが口惜しい。

不幸中の幸いであったのは、次の店まで比較的距離があったことだ。こうして歩いている間に、胃腸がこなれてくれるとありがたい。また大ダメージを受けたメンタルを早急に立て直す必要もあった。

散歩は気分転換に有効な手段だが、切迫した目的があって歩いているためか、精神状態はなかなか回復しなかった。どことなく陰鬱な天候のせいかもしれなかったし、逆に天候の方が夏芽達の心象を反映してそう感じられたのかもしれなかった。

やがて第二の店『スイート・アイランド』に到着した。

小学校と児童公園に挟まれた一画にある洒落《しゃれ》た外見の店であった。だが肝心の気力は、依然、やっぱり、ほとんど、さっぱり回復していない。

この状態で敵地に乗り込まねばならぬというのか。

夏芽は早くも喪失しつつある戦意を必死に奮い起こそうと試みる。

この店はおいしい、この店はおいしい、この店はおいしい、もう絶対おいしいに決まってる――

何度も繰り返し自分にそう言い聞かせる。ほんの少しだけ戦意が甦《よみがえ》ってきた……ような気がした。

「何をしているのかね。早く入りましょう」

「あっ、はい」

鳴滝に言われ、その後に続こうとしたとき。

「三輪さん、あっ、鳴滝さんも」

突然呼びかけられて振り返る。

そこに立っていたのは、榊静香准教授であった。

「おお、これは榊先生」

鳴滝がパナマ帽を取って会釈する。

「かような所でお会いできるとは実に奇遇ですな」

「ええ、私、こちらのお店にはときどき寄っているものですから……鳴滝さんもよくいらっしゃいますの？」

「いえ、私どもは初めてでして……いやあ、コレに『連れてけ、連れてけ』とせがまれましてな」

そう言って横の夏芽を指差した。

ひょっとして〈コレ〉ってあたしのこと？　それじゃまるであたしが小学生みたいじゃない——

しかし鳴滝は〈夏芽の祖父みたいな立場にある親戚〉という設定になっている。彼が用いる咄嗟の口実としては、それが最も無難なものであると、夏芽も認めざるを得なかった。

「そうでしたの、それはそれは……」

嬉しそうに言いかけて、榊准教授は思い出したように、

「立ち話もなんですから、もしご迷惑でなければ、中でお話ししませんか」

「それは願ってもない。喜んでご一緒させて頂きます」

連れ立って入店する羽目になってしまった。

「いらっしゃいませ」

静香とは顔見知りらしい女性店員は、三人を明るく気持ちのいい席へと案内してくれた。

「こちらのお店はなんでもおいしいんですけど、今日は暑いですから、『季節のフルーツジェラートアイランドバージョン』がお勧めですよ」

じゃあソレで、と夏芽が言いかけたとき、鳴滝が一際きっぱりと、

「いえ、今日はコレのリクエストで、私どもはプリンを食べに参ったのです」

そうだった、そうだった——

危うくよけいなものを頼んでしまうところであった。

「そうですか。じゃあお勧めはなんと言っても『カフェオレ・プリンサンデー』ですよ。ほんのりとした苦みがミルクの風合いとほどよくマッチしておりますの」

じゃあソレで、と夏芽はまたしても言いそうになってしまった。

「なるほど、聞くだに心惹かれる逸品のようですな。しかし、せっかくお勧め頂いたのに申しわけない限りなのですが、私どもは素朴なプリンが目当てでしてな。昔食べたようなものをもう一度食べたいと、コレと意見が一致して出かけてきたという次第。コレはまだ弱年ですが、実家の近くにそういうプリンを出す店がありまして、二人で贔屓にしておったのです」

「まあ、それでこのお店に」

「さよう」

「それはお目が高い」

准教授は気を悪くしたようなそぶりなど少しも見せず、

「シンプルなプリンにこそ職人さんの技術やこだわり、それになんと申しますか、気概や志といったものが窺えたりしますものね」

「おっしゃる通りですな。先生のご見識には感服するばかりです」

いつの間にか、なにやらタイヘンそうな話になっている。

「ご注文はお決まりですか」

そこへ先ほどの店員がオーダーを訊きに来た。

鳴滝が『アイランド特製プリン』とアイスティーを二人分注文する。ここでドリンクを注文しなかったら榊准教授に怪しまれるからだ。

「先生は何になさいますか」

店員の問いに、静香は上品に微笑んで、

「私も同じものをお願いします」

「かしこまりました」

一礼して店員が去る。

先生はてっきり〈季節のフルーツジェラートなんとか〉を注文するのだろうと思っていたから、夏芽は思わず静香に向かって言ってしまった。

「何も先生まであたし達に付き合わなくても……」

すると静香は落ち着いた様子で、

「鳴滝さんとお話ししているうちに、私もなんだかシンプルなプリンが食べたくなったの。それだけよ」

「心向くまま気の向くまま、その時々で食べたいものを自由に食する……融通無碍《むげ》と申しましょうか、いや、お若いにもかかわらずよくぞそこまでの境地に達せられましたな」

「恐れ入ります」

はあ？　ユウズウ……なに？　無地？　無印？

プリンを注文しただけで、どうしてそういう大仰な話になってしまうのか、夏芽にはまるで理解できない。

だが夏芽は、もっと重大な問題に気がついた。

あの榊先生がここまで褒めているのだ。きっとこの店のプリンはかなりおいしいに違いない。そうなれば、「柳井秀子」について店員に尋ねる流れとなる。その行為は、榊准教授の不審を招かずにはおかないはずだ。

大井沼署の四千万円盗難事件について、またそれをレポートの題材にしようとしている自分の企みについて、准教授に知られるわけにはいかない。

鳴滝に警告しようにも、この状況では不可能だ。

ＬＩＮＥで知らせようと思ったが、自分の送信と同時に鳴滝のスマホの着信音が鳴ると、鋭敏な榊先生の注意をきっと惹いてしまうことだろう。

どうしよう、どうしよう――

「お待たせしました」

解決策を考えている暇もなく、注文の『アイランド特製プリン』が来てしまった。

「おお、これは確かに懐かしい昔ふうのプリンですな、早速頂くとしましょう」

夏芽の苦衷も知らず、鳴滝は大いなる笑みで以てスプーンを口に運ぶ。

「ううむ、さほど硬くはあらねども、口に含みし感触はこれまったく心地よきものにて、濃厚なミルクの香気広がりおるを認む……バニラエッセンスの配分もほどよくして全体に効き目の役を果たしおり……」

なんでプリンの感想が古文の授業みたいになっているのか？

鳴滝の感想を聞き流しつつ、夏芽は自分のプリンを一口頬張った。

「うそっ！」

我ながら簡潔にもほどがある感想が迸り出た。

「おいしいです、これ！」

静香は「そうでしょう」と言わんばかりの顔でスプーンを品よく口に運んでいる。何度もこの店に来ている者の余裕であろう。

当然ながら、そんな余裕は夏芽にはない。もう夢中でプリンを平らげた。昨日までの胸焼けが嘘のようである。

「ときに先生」

箸《はし》休め、いやスプーン休めにアイスティーを一口飲んでから鳴滝が話しかける。

「こんな店をご存じで、しかも贔屓になさっておられるとは、先生はよほど甘い物がお好きと見えますな」

「お恥ずかしいことです」

「そんな、恥ずかしいなどと。人間には喜びもあれば悲しみもある。いついかなるときであろうとも、甘い物を摂取することで生きる活力を取り戻す。それが人生の喜びというものであり、だからこそ、職人の皆さんも日々精進しておられるのです」

落ち着いた口調による鳴滝の話に、静香は控えめに笑った。

「私は小さい頃、甘い物が自由に食べられない環境で過ごしましたの。子供の頃って、一番お菓子を食べたい時期でしょう？　その反動でしょうか、こんな食いしんぼになってしまって……研究者の端くれとして、栄養学的にはもっと糖分を控えるべきだと理解はしているのですが、どうしても……お恥ずかしいと申しましたのはそういう意味なんです」

「そうでしたか」

鳴滝は感に堪えぬように言う。

プリンを平らげ、アイスティーを一息に飲み干した夏芽は、そこでようやく我に返った。

そうだ、さっきの問題――

プリンは充分以上に合格の味だった。しかし、榊准教授の前で店員に例の質問をすることはできない。そうかと言って、准教授に先に帰ってくれと頼んだり、向こうが呆れて先に帰りたくなるくらい長居するのもつらすぎる。

不意に――スマホの着信音がした。

夏芽は反射的にスマホを確認するが、自分ではなかった。横を見ると、鳴滝も同様のようである。

「すみません、ちょっと失礼します」

准教授がスマホ画面を見て立ち上がった。彼女のスマホであったらしい。

静香は会釈すると、スマホを耳に当てながら店外へ出た。

今のうちだ――しかし店員に質問している途中で准教授が戻ってきたら――

さまざまな考えが夏芽の脳内を駆け巡る。

ともかく鳴滝に状況を伝えて相談せねば――

「あの、総監、じゃなくて、なんだっけ、現総監、いや違う」

自分でも驚くほどに焦っていた。

「元総監」

「そう、それ。実は――」

そこまで言ったとき、榊准教授が戻ってきた。せっかくの好機であったのに、時間切れとなってしまった。

「申しわけありません」

静香はなぜかすまなそうに、

「今大学の事務局から連絡があって、来週に予定されていたトロント大の教授との対談が早まったそうなんです。なんでもその先生が明日急遽《きゅうきょ》帰国することになったらしく、できれば今日中に会ってほしいと……そんなわけで、すみませんがお先に失礼させて頂きます」

「なんと、そんな大事な御用が。私どものことはどうかお気になさらず、お行きになって下さい」

財布を探しているのか、バッグをかき回している准教授に、

「そんなことをされていては遅れるばかりです。ここの払いは私に任せて、さあ、お早く」

「でも、そこまで甘えるわけには参りません」

「いいえ、次の機会にお返し頂ければそれで結構。またお目にかかれるのを楽しみにしておりますので」

「分かりました。では、次回必ず」

先生は丁寧にお辞儀をして店を出ていった。

助かった――

ほっとして鳴滝を見た夏芽は、意外の感に打たれた。

彼がなにやら、難しい顔をしていたからである。

「どうしたんですか、総監」

「いや、少しね……」

それは夏芽が、これまで見たこともないような険しい表情であった。

「もしかして、財布を忘れたとか？」

「違います」

鳴滝は、さっきまでとは別人のようにノリが悪い。

「じゃあ、一体……」

「なにね、なんとなく閃いたような気がしたんです」

「閃いたって、何がです？」

「それがはっきりとは分からんから困っているのですよ。なんでしょう、しいて申せば、そう、この事件の手がかりのようなものかもしれません」

「ほんとですか」

驚いて聞き返したが、鳴滝はいつになく歯切れが悪い。

「しかとは言いかねるのですが……何か、こう、心に引っ掛かるような……」

「手がかりって言ったって、さっきのプリン談義のどこに手がかりがあったって言うんです？」

「だからはっきりとは分からないと言っているじゃありませんか」

「はあ、そうですか」

夏芽には鳴滝以上に分からない。

「もしかして、榊先生が真犯人だと疑ってるとか」

「馬鹿を言いなさい。そんなわけあるはずがないでしょう。あの事件が起きたとき、先生がいくつだったと思うのかね」

「あ、そうでした」

榊静香准教授は確か三十二歳。大井沼署の盗難事件発生当時、まだ八歳かそこらのはずだ。

自分の間抜けさがつくづくと腹立たしい。

「それより総監」

「元総監です」

「すみません、元総監」

「なんですか」

「ほら、例の質問」

「ああ、そうだった」

女性店員を呼び、店長に訊いてもらう。

期待に反し、返ってきたのは「そんな人は知らない」という、まったくいつも通りの答えであった。


昼下がりの午後一時すぎ。C県警朧警察署刑事課のフロア——俗に言う刑事《デカ》部屋の自席で、剛田は出前のカツ丼を頬張りながら漫然と考えを巡らせていた。

鳴滝総監からは「森窪刑事死亡事故について再調査せよ」との密命を受けている。しかし、仕事ではない非公式の調査である上に、誰にも知られてはならない極秘任務である。ことに警察関係者には、かつての大井沼署四千万円盗難事件について自分が調べているなどとは、万が一にも察知されるようなことがあってはならない。

これはどうにも難しい――

衣ばかりがやたらと分厚いカツを噛みちぎりながら、剛田は心の中で独りごつ。

少なくとも通常の勤務をこなしながらでは到底無理だ。どうしても自由に動ける時間を手に入れる必要がある。署の仕事ももちろん大事だが、この事件は警察全体の威信と存亡にも関わる超重大事案であるから、到底ないがしろにするわけにはいかない。なんとしても総監と自分だけで解決しなければならないのだ。

総監ではない、元総監だ――頭のどこかでそんな声が聞こえたように思ったが、気にしない。またもう一人、なんとかという女子大生がいたような気もするが、邪魔にさえならなければ、まあ心を広く持って許してやろう。目障りだがやむを得ない。なにしろ総監の隣に住んでいるのだ。ただちに引っ越せと命令するわけにもいかないし――

米粒一つ残さず食べ終えた丼を、机の上に置いて「よし」と呟く。

その途端、隣の席でざる蕎麦を啜っていた先輩刑事の青井《あおい》が険しい顔で振り返った。

「剛田」

「なんすか」

俄然緊張して向き直る。

「そのカツ丼、そんなにうまかったのか」

「はあ、特にうまくはなかったですが、さりとてまずいわけでもありません」

「そうか」

なにやら重々しく悲壮な表情をしている青井に、

「なんでそんなこと訊くんすか」

「おまえが満足そうに『よし』とか言ってるから」

聞こえていたのか——これだから署内は油断がならない——

「見てくれよ、俺のこの蕎麦……なんだかしなびててさあ、もうパサパサなんだよ。俺だってぜいたくは言いたかないよ。だけどさあ、蕎麦にはもっとこう、瑞々《みずみず》しさって言うかさあ、一口含んだときにすっと鼻に抜けるような香り、ああいうのが欲しいじゃない」

「はあ……」

「『はあ』ってねえ、おまえ、そうは思わないのか、刑事として」

「いや、刑事とか職業は関係ないでしょう、この場合。そもそもいつもの『金平《きんぺい》そば』に注文してんですから、いつもとおんなじ味に決まってますよ」

「それがね、あの店、日によって出来不出来の差がえらいあるような気がしない？ それってさあ、飲食店として大きな問題であると俺は思うわけよ」

「知りませんよ」

これ以上相手をしていると無駄に疲れるだけだ。

立ち上がって二谷係長の席に向かう。

「係長、ちょっとすみません」

「ああ？」

自称愛妻弁当をちまちまと口に運んでいた二谷が振り返った。

「この前お願いした件、どうなりました？」

「なんだ、この前の件って」

「有休ですよ」

「ああアレ」

二谷は弁当の方へと向き直り、

「最近はアレだよな、労基法とかいろいろうるさいよな」

「そう、そうなんですよ、だからボクもですね——」

「でも警察官は労基法の適用対象外だもんな」

「えっ……」

「有休って、取れたらいいよな」

「ですよねー」

「俺もさあ、女房に言われてんだよ、温泉に連れてけって。もう二十年、いや三十年くらいになるかなあ。欲しいよな、有休。取れたらいいよな、有休」

「…………」

「そういうことだ」

二谷係長は箸でタクアンを摘まみ、口に放り込んだ。ゴムでも噛んでいるかのように、いつまでも嚥下せず際限なく咀嚼し続けている。

わずかに残った二谷の頭髪がひらひらとたなびくほど大きなため息を吐いて、剛田は仕方なく自席へと戻った。

湯飲みに残っていた出涸《でが》らしの番茶を啜りながら、足許に置いてあった鞄《かばん》から今日の新聞を取り出した。半ば義務感から紙面に視線を走らせる。

「警察官過労死　批判高まる」

そんな見出しが目に入った。一昨日報道された愛知県警の事件である。なんでも今年の始め頃、捜査一課の刑事が県警本部内で急死したのだという。

同業者としてはとても他人事ではない。記事を読み進めると、死因は過労によるくも膜下出血ということであった。

恐いなあ、と今度は声に出さずに呟いた。自分も気をつけないと。なにしろ虚弱なタチだしなあ
――

そんな感慨に耽っていると、いきなり出入口のドアが開き、澤本《さわもと》刑事課長が入ってきた。

全員が一斉に立ち上がる。

「みんな、その場で聞いて下さい」

澤本は一同を見回して、よく通る声で発した。

「すでに報道されている通り、愛知県警本部内で急死した警察官は過労による労災と認定されました。言わば殉職であります。同じ警察官として、本職もその死を心より悼むものであります」

あまり悼んでいるようにも見えない顔つきで一同を見回し、澤本は続けて言った。

「この事例に鑑《かんが》み、警察庁より各都道府県警察本部に通達が出されました。主な内容は以下の通りです。『地域の安全を守る全警察官は、己の心身の状態を把握し、健康保持に努めること。そのためには適切に休暇を取ること。また各本部では警察官及び警察職員の身体的精神的健康維持に配慮し、休暇取得の要請に対し積極的に対応すること』。従いまして、本署でも休暇の請求があった場合、順次これを――」

そこまで聞いたところで、剛田は真っ先に手を挙げて澤本課長へと駆け寄った。

「はいっはいっはいっ、ボクです、ボクに休暇お願いしますっ！」

［ストレスによるメンタルの変調を認む。とにかく休ませた方が無難］

それが朧署産業医の剛田に対する診断であった。

産業医とは、企業等において労働者の健康管理を行なう医師のことである。C県警でも訓令により職員の健康管理を産業医に委嘱していた。

その診断は、単なる意見とも感想ともつかぬ曖昧極まりない所見であったが、小学生のように手を挙げながら刑事課長に駆け寄る奇行を多数の署員が目撃している。

――やっぱりなあ。

――前々から変な奴だと思ってたんだよ。

――かわいそうに。見た目はヤクザなのに、意外と繊細だったんだなあ。

――みんなでヤクザヤクザと言い過ぎたのがよくなかったのかもしれないぜ。

――いいや、あいつはそんなタマじゃない。ヤクザに借金して追い込みかけられてたって説もあるぞ。

――そのストレスでああなっちまったってのか。いかにもありそうな話だ。

――えっ、俺が聞いた話じゃ、剛田の方が金を借りようとヤクザを追い回してたって。

署内は勝手な噂で持ちきりとなった。こちらを横目で見ながら囁き交わす署員達に、剛田は勃然《ぼつぜん》たる怒りを覚えたが、この場合は如何ともし難い。

澤本課長も、実際にヤクザみたいな巨漢に突進してこられて腰を抜かしているので、この曖昧な診断に異論を挟むはずもない。むしろ率先して休暇を認めた。

かくして剛田は、一ヶ月の休暇――厳密には休職――を取得することに成功したのである。

生前の森窪は東枡ノ塚《ひがしますのつか》のアパートを借り、独り暮らしをしていたという。

アパートは最寄りの枡ノ塚駅から徒歩で約十三分。

死亡事故の現場となった枡ノ塚交差点は、駅とアパートのちょうど中間くらいの位置にあった。その地域は枡ノ塚署の管轄である。

枡ノ塚駅に降り立った剛田は、森窪が使用していたと推測される通勤ルートを辿った。

森窪の住んでいた町はC県でも隣県との境にあり、駅から続く短い商店街を抜けると、すぐに住宅と畑地とが入り混じる風景が広がった。

ここが現場か——

枡ノ塚交差点に至った剛田は、決して小さくはない感慨を覚えつつ周囲を見回した。

事故当時の位置関係は、頭の中に叩き込んである。当時枡ノ塚署の交通課員で、問題の事故を検分したというOBから聞き出したのだ。

もちろんすぐに教えてくれたわけではない。中橋《なかはし》というそのOBが、朧本通りで一杯飲み屋を開いていると耳にした剛田は、偶然を装ってその店に入った。中橋とはもちろん面識はなかった。

——この店、マルBが来たりしませんよね？

頃合いを見計らってわざと警察独特の符牒《ふちょう》を使い、店主の中橋に話しかけた。マルBとは暴力団の意味である。

——あんた、組対の人？

——いえ、刑事課なんですけど、組対に行けって上からしつこく言われてまして。

なにしろ本当のことであるから真実味には自信がある。

剛田をまじまじと見た店主は、

――そりゃそうだろうねえ。

それだけで剛田をすっかり信用してしまった。

――実はあたしも、元警察官なんだ。

――えっ、ほんとですか。

初めて知ったかのように驚いてみせた。

まがりなりにも刑事である。ＯＢを欺くのは気が引けたが、それくらいの演技は臨機応変にいつでもできる。

以来、店主の中橋と親しくなり、剛田はその店に足繁く通っては、何くれとなく話しかけた。現役時代の話をせがまれると誰しも嬉しいものである。中橋はいろいろな体験談を語るうち、森窪の事故についても自分から話してくれた。この場合、こちらから尋ねるのではなく、あくまで向こうが「自分から話した」という形に持っていくのが肝要である。

――へえ、スピンした軽トラが信号待ちの警察官にねえ。そんな偶然も実際あるもんなんですねえ。

大仰に言うと、中橋はいよいよ興に乗って詳細を話してくれた。

――なんかさあ、大井沼署の方で変な事件があってさあ、それの関係者だったらしいんだよ、その死んだ刑事。

――へええ。

――でもよう、こっちは枡ノ塚署だから、そんなの知ったこっちゃないし、自分の職務をきっちりこなすだけだよ。

――警察官の鑑《かがみ》ですね。でも、大井沼署の方からなんか言ってきませんでした？

――言ってきたどころか、大井沼署の課長クラスまで現場に顔出してたな。

――えっ、邪魔でしょ、そんなの。

――ああ、邪魔邪魔。だけど自分達の目で確認しないと気が済まないって感じだったな。こっちは関係ないからいつも通り仕事するだけ。大井沼署はウチの調べには抜かりも見落としもないって言いながら帰ってったよ。

――さすがですね、センパイ。

そんな調子で、剛田は直接の担当だった人物から実にさまざまな情報を聞き出したのである。事故現場では、双方の運転者及び目撃者の証言と食い違うような、不審な痕跡は何も発見されなかったということだった。

そして、今。

現場の風を頬に感じつつ、剛田は交差点の歩道部分に立って四方を眺める。

自分が立っている場所、ここに森窪が立っていた――

歩行者用の信号は赤だ、目の前を軽トラックが通過していく――

そこへ乗用車が突っ込んできて車体側面に衝突した――

スピンしながら吹っ飛んだ軽トラは、運悪くここに立っていた森窪にぶつかった――

すべてがありありと思い描ける。そしてすべてに矛盾がない。

また、事件には複数の目撃者もいた。

剛田は斜め前方の角を見る――あった。

交差点の角に昔ふうの雑貨屋が建っている。屋号は『高本《たかもと》商店』。まだ営業しているようだ。

他ならぬ高本商店の息子が目撃者の一人だったのだ。

信号を渡り、剛田は昔ふうの引き戸を開けて高本商店の中に入った。ホウキ、ちり取り、スコップといった荒物、懐中電灯や電池などのささやかな電化製品、それに洗剤やトイレットペーパーをはじめとする日用品が乱雑に陳列されている。入荷してから長い時間が経過しているのか、どの商品もうっすらと埃《ほこり》を被っていた。

店内に人の気配はない。

「ごめん下さい」

声をかけると、ややあって奥から五十過ぎくらいの中年男性が出てきた。着ているオープンシャツと同じく、相当にくたびれた感じの男だった。

「いらっしゃいませ」

そう挨拶したところを見ると、この店の店主らしい。

「すみません、私、C県警の剛田と申します」

あえて署の名前は告げなかった。

「高本陽介さんはいらっしゃいますでしょうか」

「はい?」

「こちらの息子さんだと伺ったのですが」

「高本陽介《ようすけ》は私ですけど」

背の低い太った店主は、不審そうに剛田を見る。

「えっ、あっ、そうか」

二十四年前は〈息子〉でも、今はこの店の主なのだ。実年齢より老けて見えるため、勘違いをしてしまった。

「ご主人……こちらのご主人様でいらっしゃいますよね」

「ええ、十年前に親父が亡くなりましてね。あの、警察の方が何か……」

「実は、県警で過去に起こった死亡事故の統計を作り直すことになりまして、それでお伺いしたんです。そこの交差点で、二十四年前に大きな事故があったとか」

「ああ、あれね、はいはい」

高本はすぐにピンときたようだ。

「そうかあ、もう二十四年になるのかなあ」

「当時のこと、覚えてらっしゃいます？」

「覚えてるも何も、もう映画みたいな迫力で、ほんとびっくりしたなあ。まあそこに座って下さい。どうせ客なんて滅多に来ないんだし」

高本は剛田に色褪せた青いビニール貼りの椅子を勧め、自らは上がり框に腰を下ろした。

「あの頃私は、二十前の浪人生でね、二階の部屋で夜遅くまで受験勉強をしてたんですよ。ご多分に漏れずラジオの深夜放送を聴きながらやっとりましてね、ちょうど番組が終わったタイミングで、気分転換でもしようと窓を開けて深呼吸をしてたんですわ。ああ、私の部屋はこの真上にありまして、交差点が隅々までよく見えるんです。そしたらいきなり軽トラにセダン――トヨタのクレスタだったかな――それがぶつかって、軽トラが信号待ちしてた人を吹っ飛ばしちゃったんですよ……ほれ、あそこです」

そこで高本は身を乗り出すようにして店の反対側の角を指差した。そこは確かにさっきまで剛田が立っていた場所だった。

「もう驚いたのなんのって。すぐに階段を駆け下りて外に飛び出しました。だけどとても自分なんかの手に負える状態じゃない。急いで店に取って返し、そこの電話で警察に通報しました。そのときには親父もお袋も妹も起きてきて、大騒ぎになってましたね。近所の人もだんだん集まってきて。うちの隣、今は更地になってるでしょう？　あそこ、当時は杉江《すぎえ》理髪店っていう床屋さんだったんです。だいぶ前に店を閉めて引っ越しちゃいましたけどね。その杉江さんも起きてきて、うちの親父と一緒に怪我人の様子を見に行って、『うわ、こりゃダメだ』なんて叫んでましたよ」

　高本の証言は細部に至るまで中橋の話と一致していた。

「ああ、久々に思い出したなあ、あの頃のこと。私は結局二流の大学に入ってサラリーマンになりましたけどね、三十すぎてリストラされて、これからどうしようかと思ってたとこに、ちょうど親父が死んだもんだから、この店を継いで……でもこの辺は寂れる一方で、昔に比べるとめっきり人も減っちゃってねえ。そもそも子供がいないから、私の通ってた小学校だってなくなっちゃったし……あ、そんなことはおまわりさんにはどうでもいいか」

「いえ、お察しします」

「まあ、そんな感じですね」

　当時を懐かしむように呟いて胸のポケットに手を遣った高本は、「いけね」と苦笑いを浮かべて剛田を見た。

「昔は店でも煙草を吸ってたんだけど、今はそんな時代じゃないからねえ。人目はうるさい、値上げは続く、医者からも叱られると、三拍子揃ったらもうやめるしかありません。だけど、どうにも口が寂しくって、気づくとこうして手が動いちゃう。このクセは死ぬまで直らないんでしょうねえ」

　そう言って一人おかしそうに笑っている。

　どう見ても嘘をついているようには思えないし、またこの高本という人物に、偽証をしなければならない必然性や背後関係などがあろうとは想像もできない。

「ありがとうございました。おかげでとても参考になりました」

剛田は礼を言って高本商店を後にした。

そのまま森窪の住んでいたというアパートがあった地点まで歩く。

当時の建物はすでになく、今は駐車場になっている。

かつてここに存在したはずのアパートで、森窪は恋人の秀子と幸せな時間を過ごすことがあったのだろうか。柄にもなくそんなことを思ったりもした。

だがそれはもう、誰にも分からない過去でしかない。

現場は見た。ここにはもう何も残っていない。

剛田は身を翻し、もと来た道を戻り始めた。


軽トラックを運転していた定岡勝《さだおかまさる》は五年前に病没していた。剛田はやむなく遺族に話を聞いた。

定岡は農業を営んでおり、梨や枇杷《びわ》など、地元特産の果物を栽培していた。事故当時の年齢は四十四歳。商売に使用している軽トラックで親戚の家を訪ねた帰りであったという。

目撃者の証言からも定岡に落ち度はなく、自身も頸椎捻挫《けいついねんざ》、全身打撲、肋骨《ろっこつ》骨折等の重傷を負った。一命を取り留めたのは不幸中の幸いであったが、自分の運転する車が人の命を奪ったと知り、入院中も涙を流していたと言葉少なに遺族は語った。

事故後も真面目に農業を続けていたという定岡の人生を鑑みても、彼がなんらかの陰謀に加担していたとは考えにくい。

そして、クレスタを運転していた加藤吉照《かとうよしてる》。当時二十五歳の飲食店従業員。高校時代の友人達とカラオケに興じた帰りの事故であった。その日勤務を終えた彼は、まっすぐに帰宅するつもりであったが、友人の一人から電話があり、仲間の誕生パーティーに急遽呼び出された。若さのゆえか大勢で騒ぐのが好きであった彼は、会場のカラオケ店でしたたかに飲酒し、酔いが醒《さ》めぬままハンドルを握ってしまったのである。

事故の原因がこの男の飲酒運転と信号無視、スピード違反にあることは明らかで、彼はC県のI刑務所に服役した。

I刑務所は主に交通事犯の受刑者を収容する、いわゆる「交通刑務所」である。

出所後は人が変わったように酒を断ち、宴席に誘われても決して酒を口にしないということだった。

現在は仕出し弁当の配達を請け負う会社に勤める加藤の姿を、剛田は遠くから眺めた。

古い団地に、出所後に知り合ったという妻、現在中学生の息子と三人で暮らしている。質素で、地味で、堅実そのものといった暮らしぶりであった。

剛田は最後まで加藤本人には声をかけなかった。

森窪の死亡事故が意図的な犯罪であった可能性は皆無である。

それが剛田の出した結論であった。

今日も虚《むな》しく日は暮れた。プリンで満タンの胃を撫でさすりながら、夏芽は自室のベッドに身を投げ出す。安物のベッドが自分の体重でみしりと鳴った。

全身の細胞がプリンに変化したようで、何をする気力も湧いてこない。

こんなことを続けていて本当に手がかりが見つかるのだろうか――

ふと根本的な疑問を覚え、慌てて打ち消す。今それを認めてしまったら、今日までのプリンとの死闘は一体どうなってしまうのか。

死闘。そうだ、これこそまさに死を賭《と》した戦いである……ような気がする。

鳴滝老人が倒れないのが不思議なくらいだ。さすがに辟易《へきえき》とした、げんなりした、苦痛に満ちた、いやいや、プリンが親の仇《かたき》ででもあるかのような顔をしていたが、それでも自分に比べればまだまだ余裕を見せている。

鳴滝さんにだけは負けられない――

そんな思いが募ってくる。本末転倒もいいところだが、今となってはそれが戦いを続ける最大のモチベーションとなっているのも事実であった。

自分達は何か最悪のスパイラルに陥っているのでは――ネガティブな気持ちに押し潰されそうになりながら、夏芽は枕頭《ちんとう》の目覚まし時計に目を遣った。

「いけないっ」

慌てて飛び起きる。甘吟堂でのバイトの時間が迫っていた。

プリンの代金は鳴滝が負担してくれているが、生活費や学費は自分で稼ぐ必要があることに変わりはない。急いで身支度を調える。

「ウッ……」

愛用しているデニムがどうしても入らない。おかしい。あり得ない。しばらくデニムとの格闘を試みたが、刻々と時間が過ぎるばかりで勝機は一向に見出せなかった。

いいよ、今日のところはあんたの勝ちということで――

デニムとの戦いを放棄し、スカートを手に取る。

「ウッ……」

しかしファスナーがどうしても上がらない。

きっと不良品だったんだ――

スカートも放り出し、最終兵器とも言うべきゆったりとしたワンピースを着用して部屋を飛び出す。重い身体を引きずるようにして甘吟堂へと駆け込んだ。

「すみません、遅くなりましたーっ」

常連客のお婆さんに茶を注いでいた店主の雛本が、ちらりと見て無言で頷く。接客時には極力会話しないことになっているのだ。

いつものように厨房の左手にある納戸に入った夏芽は、そこでエプロンと三角巾を着用する。それから入念な手洗いだ。

「水ようかん追加」

店主の声が聞こえた。

「はあい、ただ今」

すぐに冷蔵庫を開け、切り分けられた水ようかんの器を取り出す。

それを見た途端、これまで覚えたことのない拒否感が全身を貫いた。

甘い、甘い、ひんやりとした甘い甘い物――もうヤダ、限界だ――

「どうしたの、夏芽ちゃん」

雛本の囁きで我に返った。

「あっ、すみません」

店主は自らの手で水ようかんを美麗に盛り付けながら、

「最近顔色悪いよ、なんかあったの」

「いえ、別に……ウッ」

思わず口を押さえてしまった。

「なんでもありませんから……気にしないで下さい」

気にしないでくれと言われても、飲食店の主なら気にせざるを得ないだろう。

「本当になんでもありませんから……ウッ」

自分が聞いても明らかに何かありそうな口振りで否定する。

プリンの食べ過ぎで甘い物を受け付けられなくなっているとはとても言えない。そもそもなぜそんな馬鹿げたことをやっているのかという、肝心の理由そのものを打ち明けることすらできないのだ。

雛本は手早く盛り付けを終え、客席へと運ぶ。

「お待たせしました、水ようかんです」

客席に菓子を運んで厨房へと戻ってきた雛本が、

「遠慮しなくていいよ。具合が悪いようだったら何も聞かずに休ませてあげてくれって、鳴滝のご隠居からも言われてるから」

えっ、鳴滝さんから――？

「すみません、じゃあ、お言葉に甘えて、しばらく休ませて頂けませんか」

「いいよいいよ、大変だねえ、夏芽ちゃんも。世間にはいろいろあるからさ、後ろ指を差そうって野郎も大勢いるし。だけどねえ、何があっても決して挫《くじ》けたりしちゃあいけないよ」

昔祖父がよく観ていた『男はナントカ』という映画の主人公のようなことをしたり顔で言っている。

きっと変な誤解をされているんだ――

そうと分かっていても、言いわけすらできない身が恨めしい。

「ありがとうございます」

礼を述べて、夏芽はバイトを早退することにした。出費をできるだけ抑え、来月はバイトの回数を増やすようにすれば問題ない。たぶん。おそらく。

もうヤダ——たとえ事件が解決しても、なんと言ってこの誤解を解けばいいの——

うまい言い方を考えようにも、頭にプリンが詰まっているようで、とても考えをまとめることができなかった。


翌日、午前十時。夏芽は鳴滝と連れ立って朧荘を出発した。

なんで今日も来てしまったのか——

我ながら謎である。

甘い物好きとしてのプライドもあるだろう。鳴滝への対抗心もあるだろう。やりかけた任務をまっとうしたいという責任感もあるだろう。

それにしてもここまでの苦行に自らを追い込もうとは、常軌を逸しているとしか言いようがない。

さすがの鳴滝も、顔色がプリンのように黄色くなっているばかりか、足許がふらついてさえいるようだ。

「鳴滝さん」

「なんでしょう」

バス停まで向かう道すがら、夏芽は横の鳴滝に問いかける。

「なんだかお顔の色が悪いようですけど」

「まあ、歳が歳ですからな」

「だったらなおさら、ほどほどになさった方がいいんじゃないですか。お身体に万一のことがあったりしたら……」

「心配はご無用。霞が関の権力闘争はこんなものではありませんでした」

「それは比較対象が違いすぎなのでは」

「プリンの食べ過ぎくらい、戦後闇市での空腹を思えば……」

「え、鳴滝さんて、そんなお歳でしたっけ？」

「そんなわけないでしょう。冗談ですよ」

「はあ……」

もはや怒る気力もない。

バスを使い、その日最初の店へと向かう。

そこそこの有名店で、夏芽の下調べでは「レトロなプリンがオススメ」とのことであった。

店内に入り、双方とも無言でメニューに視線を走らせる。

ストロベリープリン……メロンプリン……バナナプリン……サボテンプリン……

「普通のプリンがどこにもないっ」

鳴滝がいらだたしげにメニューを置く。連日のプリン疲れのせいか、少々怒りっぽくなっているようだ。

「フルーツと組み合わせたプリンばかりじゃないか」

「ひょっとしてフルーツフェアとかの期間中なんでしょうか」

「バカを言いなさい。するとなんだね、サボテンもフルーツだと言うのかね。そもそもなんなんだ、サボテンプリンとは」

「じゃあ、試しにそれを注文してみます？」

「それは……お嬢さんにお譲りする」

「イヤですよ、あたしだって」

そこへ女性店員がオーダーを取りに来た。

「ご注文はお決まりですか」

「あの、こちらのお店では、昔ふうのプリンが人気だって聞いたんですけど」

夏芽は彼女に尋ねてみた。

「ああ、昨日からメニューを一新しまして」

鳴滝と顔を見合わせる。

ならば長居は無用である——互いに頷き合った途端、

「あっ、そう言えばパティシエが習慣で作っちゃったとか言ってました。昔ふうのプリンがご希望なんですね？」

「ええ、まあ」

「ちょっと訊いてきます。少々お待ち下さい」

一旦奥へ引っ込んだ店員がすぐに戻ってきて、

「ちょうど二人分あるそうです。いかがなさいますか」

「じゃ、それをお願いします」

「承知しました。昔ふうプリンをお二つですね」

なんと幸運なことであろう。しかし夏芽の心中は、己の幸運を喜ぶ境地からはほど遠いものだった。目の前の鳴滝もまた、さして嬉しそうな顔をしていない。

やがて運ばれてきたプリンは、形と言い、味と言い、文句の付けようのない完成度であった。

鳴滝は落ち着き払った態度で店員に、「パティシエを呼んで下さい」と伝えた。

怪訝そうな様子でやってきた中年の男に、鳴滝は厳かに告げる。

「とてもおいしいプリンでした。さぞ精進なされたことでありましょう」

「はあ……ありがとうございます」

いよいよいぶかしげにパティシエが応じる。

「ところで、柳井秀子という女性に心当たりはありませんかな」

「柳井秀子……」

妙に彫りの深い容貌のパティシエは、髭《ひげ》の剃《そ》り跡も青い顎に手を当てて考え込んだ。

「そうです、柳井秀子です」

鳴滝が念を押すように言う。

「どこかで聞いたような……」

「えっ、本当ですか」

夏芽は思わず立ち上がっていた。

長かった旅路もようやくここで終わるのか――

「誰だったかなあ、確かにどこかで……」

「ねえ、早く思い出して下さいよ」

勢いで無理なお願いまでしてしまう。

「うーん……」

「お願いします、がんばって下さい」

「なんだったかなあ、すぐそこまで出かかってるんだけど……」

「がんばって、あと少し！」

「……分かったっ」

パティシエの顔が、シロップ煮の上等な栗の如く黄金色に輝いた。

「思い出しましたよ」

夏芽の頭の中でファンファーレが高らかに鳴り響く。

「私の小学校の同級生で、柳原秀代《やなはらひでよ》ちゃん。その子の名前に似てたんだ。いやあ、懐かしいなあ。秀代ちゃん、今頃どうしてるかなあ。美容師になってお店を出したって聞いたけど」

「ごちそうさまでした」

そっけなく言い、鳴滝は伝票をつかんで立ち上がった。

怒りのまま店を出る。
二、三歩、歩き出した鳴滝の足が不意に止まった。その目がある一点を凝視している。
なんだろう――

夏芽は鳴滝の視線の先を見る。

そこには『中華そば　東山楼《とうさんろう》』なる看板が。

「お嬢さん」

「はい」

「一つ提案があるのですが」

「なんでしょう」

「老人の弱さをお許し下さい」

「もちろんです。構わずおっしゃって下さい」

「私はあの店にとても心惹かれるのですが、いかがでしょうかな」

「奇遇ですね。あたしも同じことを考えていたところです」

「しかし、あんなものを食べてしまうと、我々の胃にプリンの入る余地がなくなったりはしませんかな」

「むしろ逆ではないでしょうか」

「と言うと？」

「つまり、しょっぱいものを食することにより、甘いプリンへの意欲が復活するのではという理論です」

「なるほど、まさに卓見」

「恐れ入ります」

「では、善は急げと申しますから」

「はい。喜んでお供します」

目の前のラーメン屋に駆け込んだ夏芽と鳴滝は、それぞれ『味玉チャーシュー麺《めん》』と『ワンタン味《み》噌《そ》ラーメン』の大盛りを注文し、あっという間に平らげた。

スープを一滴残らず飲み干したとき、二人の胃にプリンの入る余地は微《み》塵《じん》も残されていなかった。

おぼろ池のほとりに設置されているベンチに座り込み、夏芽は鳴滝と〈反省会〉を行なった。

「あの店のラーメンは実においしかった」

「ええ、本当に」

「ワンタンのぷりぷりした歯ごたえは言うまでもなく、スープの味噌もこってりとして甘辛く……」

「チャーシューだって最高でした。軽く炙《あぶ》ってあって、もう何枚でも食べられる感じ。味玉もこってりまろやかで、麺やスープと優しく溶け合ってて……」

反省会のはずが、ラーメンの感想会になっている。

「しかし、今日ほど己の老化を痛感した日はない。あれしきのラーメンで、もう何も食べられなくなろうとは……まさに完敗だ」

「そんな、鳴滝さんは立派です。あんなにきれいに、少しも残さず平らげて……そんな老人なんていませんよ普通。店員さんだって驚いてたじゃないですか」

夏芽は誠心誠意フォローに努めるが、果たしてそれがフォローになっているのか、自分でもよく分からない。

「私が甘かった。己の体力、いや消化力を過信したのが敗因だ。私ともあろう者が、面目ない」

「そんな……じゃあプリンの食べ歩きはどうなるんですか」

「考えてみれば、目的は〈プリンの食べ歩き〉ではなく、あくまで〈柳井秀子さんの過去の探索〉であって……」

「そんな弱音を吐くなんて、鳴滝さんらしくないです」

よく考えると、鳴滝が言っているのは正論であって弱音ではないのだが、うっかり叱咤してしまった。

それはともかく、夏芽は最初に作成した地図を取り出し、

「見て下さい、ピックアップした県内のお店、すでに三分の一は制覇してるんですよ。残りはたったの三分の二じゃないですか」

自分で言っていて絶望的な気分になる。

「しかし、このまま続けていれば命に関わる。次の定期検診で医者に何を言われるか、今から気が重くてなりません。プリンの食べ歩きをしていたと正直に打ち明ければ、体調より精神の方を疑われるでしょう」

「それはあたしだっておんなじです。認めたくはありませんけど」

二人して黙り込む。

水面にきらきらと反射する夕陽の赤が、目と胃に痛い。

「では、こうしましょう」

ややあって、鳴滝が決断した。

「明日、十軒だけ回ってみましょう。泣いても笑ってもそれで最後とします。たとえ収穫がなくてもこのオペレーションはそこで打ち切り。方針を転換して何か別の作戦を考えることにしましょう」

「了解です」

鳴滝は、どこか遠い目で水面を見つめ、

「考えてみれば、現役時代、警察庁も同じ過ちを繰り返していたような気がする。一度決めたオペレーションが失敗だと分かっても、それを認めたくないばっかりに、上層部は続行を指示し続けた。無駄と分かっていながら、多くの警察官に無為な努力を強制し、その結果、解決できなかった事案のなんと多いことか」

元警察官僚であり警視総監であった鳴滝の述懐に、夏芽はなんのコメントもできなかった。

警察内部の実態がどうなっているのか、夏芽には想像もつかなかったが、それでも当時の経験が鳴滝の厭世《えんせい》観を形成する要因の一つになっているのだろう。

だとすると、それは他人が安易に慰撫《いぶ》できるような問題ではない。

「申しわけない。つい昔のことを……老人の愚痴と思ってお忘れ下さい」

「いえ……」

鳴滝はつらそうに腹に手を当てて立ち上がり、

「お嬢さん、明日のご予定は」

「授業が二コマあったんですけど、どっちも休講になりました」

「では、明日も十時に」

「はい」

「私はここで失礼します。ごきげんよう」

「お疲れさまでした……あれ？」

老人は夏芽と同じアパートの住人である。しかしアパートとは反対方向へと歩き出していた。

「鳴滝さん、あの、朧荘はあっちですよ」

「これでいいんです」

「一体どちらへ行かれるんですか」

「商店街へ胃薬を買いに行こうと思いましてな」

「あっ、あたしも行きますっ」

夏芽は慌てて鳴滝の後を追った。


そして、次の日の午前十時。

いつものようにバスで目的地へと向かう。電車を使うこともあるが、C県ではやはりバスが便利だ。

鳴滝と並んで座った夏芽は、どこかほっとしたような気分であった。「泣いても笑っても」今日で最後なのだ。それは大学の合格発表を確認して、長い受験勉強の日々が終わりを迎えたときの解放感にも似たものだった。

もっとも、残り十軒を今日中に回れれば、の話である。昨日のように、十軒回りきらぬうちに挫折してしまう可能性も大いにあった。

一軒目は『喫茶しぶすぎ』という、プリン探索道中の最初に入った『純喫茶ばらの宮』に似たタイプのレトロな店だった。もっとも、『ばらの宮』ほど極端な昭和時空ではなく、住宅街の中に在って、ともすれば気づかずに通り過ぎてしまいそうな佇まいだ。

それにしても『渋すぎ』とは……

店名に似つかわしいにもほどがある、渋すぎる構え。

これでは新規の客は期待できまい――

よけいな心配をしてしまう夏芽であった。

一軒目であるにかかわらず、重い気分で入店した夏芽は、鳴滝と一緒に手近な席に座り、メニューを確認する。

「プリン、プリンは……と」

あった。たった一言、『プリン』と記されている。

「いらっしゃいませ」

水とおしぼりを運んできた六十くらいの婦人に、

「プリン二つお願いします」

と注文する。

「プリン二つ……お飲み物は」

「いえ、プリンだけで結構です」

「少々お待ち下さい」

もう何回繰り返したか分からないやりとりがあって、婦人は奥へと引っ込んだ。

夏芽の位置からは、厨房の様子がよく見えた。どうやらあの婦人が一人でやっているようである。

連日の疲労が溜まっているのか、鳴滝はずっと黙っている。

「お待たせしました」

しばらくして婦人が注文のプリンを運んできた。

鳴滝が「おっ」と小さく漏らす。

それも道理、二人の前に置かれたのは、ごくごくありふれた、なんの飾りけもないシンプルな形のプリンであった。

「ごゆっくり」

一片の愛想もなくそう言って、婦人は奥へと引っ込んだ。

プリン以外に用はない。夏芽は早速スプーンを取り上げ、口へと運んだ。

懐かしい味だった。懐かしく、そして温かい。

夏芽がものごころついた頃には、すでにコンビニやスーパーで手軽に買えるプリンが主流であった。

両親から話に聞いたデパートの食堂に入ったこともなければ、幼少期に古い洋食店に親しんだ覚えもない。

にもかかわらず――

その味は懐かしかった。郷愁にあふれ、失われた文化、時代といったものを感じさせた。

気がつくと、夏芽は最後の一かけらに至るまで、プリンをきれいに食べ尽くしていた。

「鳴滝さん、これ――」

すべてを語るまでもなかった。

鳴滝は声を上げて婦人を呼んでいる。

「すみません」

「はい、ただ今」

億劫《おっくう》そうにやってきた婦人に、鳴滝が告げる。

「いや、実に結構なプリンでした」

「そうですか、ありがとうございます」

さほど嬉しくもなさそうに彼女は応じる。

「ときにお尋ねしますが、柳井秀子という女性をご存じありませんかな」

ここだ――いつもここで失望するのだ――

しかし彼女の答えは違っていた。

「知ってますよ」

えっ、と夏芽は耳を疑う。

「あの、本当ですか。間違いありませんか」

婦人は不審そうにこちらを見て、

「柳井秀子さんでしょう？　よく知ってますよ」

「ほんとですかっ」

夏芽は我ながらとんでもない大声を上げていた。

それがいけなかった。女性はいよいよこちらを怪しんだようだ。

「なんなんですか、あなた方は」

「これは失礼を致しました。私どもは柳井秀子さんと親しくされていた方を探しておりましてな」

鳴滝が丁寧に説明する。

「実は、柳井秀子さんが先日お亡くなりになりまして。ご親族や身寄りの方の所在が分からず、こうしてあちこち訪ね歩いておった次第です」

まあ、秀子さんがお亡くなりに――店主はそう言って驚くだろうと夏芽は予想した。

しかし、彼女のリアクションはそんな凡庸な予想とは大きく異なるものだった。

「それはちょっと変じゃないですかねえ」

「変、と申しますと」

さすがの鳴滝も意表を衝かれたのか、驚いたように聞き返している。

「あたしは確かに柳井秀子さんをよぉく知っておりますよ。だけど、お客さんは今『あちこち訪ね歩いている』とおっしゃいましたね。テレビの時代劇ならいざ知らず、いまどき無差別に訪ねて回ってるなんて考えられません。仮に事実であったとしても、じゃあプリンなんか食べてないで、最初からそう訊けばいいだけの話じゃないですか。どう考えたって変でしょう」

正論にすぎる店主の弁。対して鳴滝、

「いや、まったく以てごもっとも。その点はこちらの説明不足でした。私どもの聞き及ぶところによりますと、柳井秀子さんの過去に関する唯一の手がかりは、プリン作りがとてもお上手で、それは以前お勤めであったお店で学んだということだけでした。しかもそれは、シンプルな昔ながらのプリンであったとか。だが肝心のお店が分からない。そこで私どもは、そうしたプリンを出している県内のお店をしらみつぶしに当たっていたというわけです。決して無差別に歩き回っていたのではありません」

　それでも、わざわざプリンを食べて回っている説明としてはかなり不充分且つ不可解且つ不合理且つ不自然なのでは——

　夏芽の危惧にもかかわらず、婦人はその点についてはスルーしてまったく突っ込んでこなかった。

「あたしの知る限り、秀子さんには身寄りとか親族とか、そんなのは一人もいなかったはず。あんた達が秀子さんの親戚とかである可能性は最初からない。じゃあ一体なんなのか。なんの目的があって秀子さんのことを調べているのか。しかも爺さんと若い娘という組み合わせだ。見たところ血縁でもなさそうだし、どういう関係なのかさっぱり分からない。こりゃあやっぱり、だいぶ変だねえ」

『喫茶しぶすぎ』の女性店主は、実に渋すぎる名探偵ぶりを発揮している。

　夏芽も鳴滝も、意外極まりない展開に呆然とするばかりであった。

「……よし、通報」

　エプロンのポケットからスマホを取り出した店主を、夏芽が慌てて制止する。

「あっ、待って！」

　ここで警察に通報されたら何もかもぶち壊しだ。

「待って下さい、あたし達は亡くなった秀子さんの過去を調べてるだけなんです」

「だからその理由を訊いてんだよ」

　まるで爆弾のスイッチであるかのように、店主はスマホに親指をかけたまま返答を促す。

「それは……あたし達、秀子さんとおんなじアパートに住んでて、それで……」

「おんなじアパートに住んでるってだけで、わざわざ過去を調べて回るもんかね。しかもプリンを食べながらだ」

「あたし達、その、秀子さんとは親しくしてたんです。だからプリンのことも教えてくれたんです」

「あんたとそこの爺さんが、秀子さんと親しかった？　それでプリンのことも知ったと」

「はい」

「『このプリンは、昔勤めてたお店の味なんですよ』って教えてくれるくらいに」

「そう、そうなんです」

「きっとそれだけ仲がよかったんだねえ」

「ええ、それはもう」

「ウチの店を見つけるまで、いっぱいプリンを食べたんだねえ」

「はい、もう一生分食べました」

「やっぱり妙だ。そこまでして他人の過去を調べて回るってのは普通じゃない……よし、通報」

婦人の親指が1を二回打つ。

「わああっ、お願い待っててっ」

指を止めて、女店主が脅すように言う。

「じゃあ正直に言いなさい。あんた達は何者で、どういう目的があって秀子さんのことを調べてるの。そもそもあんた達、まだ名乗ってもいないじゃない」

指摘されて初めて気がつく——確かにその通りだ。

鳴滝は丁寧に頭を下げ、

「申し遅れました、私は鳴滝という者で、職業は無職です」

「あたしはC大学の学生で、三輪夏芽って言います」

「メチャクチャ怪しいじゃないの」

ますます不審そうにこちらを睨めつけ、店主がさらに質問を繰り出した。

「あんた達、どういう関係なの」

「同じアパートの住人なんです」

「で、もういっぺん訊くけど、どうして秀子さんのことを調べているの」

「それは……その……」

夏芽が口を濁していると、横から鳴滝がきっぱりと答えた。

「それは秘密です」

「通報」

婦人の指が1、1、0と打ち終える前に、夏芽はとうとう叫んでいた。

「亡くなった秀子さんの部屋で昔の捜査記録が見つかったんです！　それであたし達はっ――」

気がつくと、事件のほぼ一部始終を女店主に話し終えていた。

鳴滝は苦い顔をして黙っている。

仕方がなかった、と夏芽は自分に言い聞かせる。店主の通報を阻止するには、正直に打ち明けるしかなかったのだと。

だが、店主は無情にも言った。

「大体は分かりました。だけどね、とても信じられないところもある」

「え、どこがですか」

店主はスマホの先端で鳴滝を指し示し、

「そっちの爺さんだ。無職の爺さんが、なんで警察の内情を調べられるの。なんで刑事を顎で使えるの。あり得ないでしょ普通」

夏芽は鳴滝の正体についてだけは曖昧にぼかして話さなかったのだ。だが名探偵さながらの眼力を有する店主はその点を見逃さなかった。

「ロマンスグレイのシブいルックスだからって、あたしがそう簡単に引っ掛かるとでも思ったのかい？」

――は？

「ひょっとしてアレかい？　ロマンス詐欺ってやつ？」

「そんなわけないじゃないですか」

夏芽は全力で否定する。

シブい名探偵かと思われた女店主の眼力も、どうやら肝心の視力には大いに問題があるようだ。夏芽からすると、鳴滝の外見はごく普通の、いや、普通以上にのっぺりした老人でしかない。

「往生際が悪いね。早く言わないと――」

スマホにかけられた店主の指がぴくりと動く。

やむなく鳴滝の方を窺うと、彼は不承不承に頷いた。

それを確認し、夏芽は女店主に改めて明かした。

「この人は、元警視総監でいらっしゃいます」

「はあ、なんだって？」

「昔、警視総監だった人なんです」

一瞬呆気に取られたような表情を見せた女店主は、次いで「ぷっ」と分かりやすく噴き出した。

「こんなときに変な冗談はやめてちょうだい。そんな与太話で言い逃れがきくとでも思ってんなら――」

「冗談なんかじゃないんです。本当なんです」

「あのね、そんなの信じろって方が無理だってことくらい、あんただって分かるでしょ」

「では、これをご覧下さい」

夏芽はスマホで鳴滝が警視総監を辞任した際の記事を呼び出し、画面一杯に表示された制服姿の鳴滝の写真を印籠《いんろう》の如く突き出した。

「こちらにおわす御方こそ、正真正銘、鳴滝元警視総監でございます」

変な敬語になってしまったのはどういうわけか。

店主は土下座こそしなかったものの、目を剝いて夏芽のスマホを凝視している。

なんだっけ、このシチュエーション——

どうしても思い出せない既視感に襲われつつ、夏芽は女店主がどうにか信用してくれたらしいことに安堵していた。


その日『喫茶しぶすぎ』は臨時休業ということになり、ドアの閉ざされた店内で、夏芽と鳴滝は女店主特製の洋食をふるまわれた。

ハンバーグ、海老フライ、メンチカツ、ビーフシチュー、ポテトサラダ、オムライス、それにスパゲッティナポリタン。

これまでがプリン漬けの毎日であっただけに、並べられた皿の数々は、もう眼福と言うよりない。

「どうぞ遠慮なく召し上がれ」

渋杉咲江《しぶすぎさきえ》という名の女店主は、先ほどまでとは打って変わった愛想のよさで夏芽達を歓待してくれた。『喫茶しぶすぎ』という店名は、なんのことはない、店主の名字から採られたものであったのだ。

それにしても嵌まりすぎじゃない――

夏芽は心の中で思ったが、そんなどうでもいいコメントを述べる暇もなく、口中にメンチカツを詰め込んでいる。

鳴滝も夢中になってそれらを片端から平らげていた。

「いずれ劣らぬ至福の逸品。いや、失われつつある昭和の文化がかくも全き形で残っていようとは、咲江さん、あなたは人間国宝に匹敵しますぞ」

「まあ、総監はお上手ですこと。こんなの、昔の主婦ならみんな片手間で作れるものばかりですよ」

「その片手間が大事なのです。そこにこそ庶民の暮らしがあるのですから」

鳴滝が本気で言ってるのか、それとも「お上手」で言っているのか、夏芽には知る由もなかったが、咲江の洋食が美味なることは間違いない。

もう一つ確かなことは、咲江から「総監」と呼ばれても、鳴滝はなぜか訂正しようとしないということである。

「食後のデザートはなんにします？　プリンとアップルパイがありますけど」

「アップルパイでっ」

二人同時に叫んでいた。

熱いコーヒーを頂きながら、アップルパイのさっくりとした食感を楽しんでいる二人に、咲江はしみじみと語った。

「もう二十年ほど前になるかしらねえ、秀子さんがここで働いてくれてたのは。明るくて優しい人だったけど、どちらかと言うと人付き合いを避ける方だった」

咲江の話す柳井秀子の人物像は、阿川美智代の話すそれと完全に一致している。

「でも、そのうちだんだんと親しくなって、お互い、いろんな話をするようになり……あたしもまあ、いろいろあった方ですから……あ、そんな大したことじゃありません。ただ亭主が酷い酒飲みだったもんで、酔うともう殴る蹴《け》るの大騒ぎで」

「それって、深刻なDVじゃないですか」

　夏芽が言うと、咲江は笑って、

「昔はそんな言葉なかったから。幸か不幸か、亭主は酒で早くに死んで、あたしは女手一つで子供二人を育てたわけ」

「咲江さん、シングルマザーだったんですね」

「だからそんな言葉、昔はなくて、いや、シングルマザーくらいはあったかな？　でも母子家庭って言われることの方が多かったね。とにかくほんとによくある話だったから。で、子供が二人とも独立して、あたし一人でしばらく気楽にやってたんだけど、やっぱり手が足りなくなってきて、それで住み込みの従業員を募集したの。息子達の部屋が空いてたからね。そしたら、ふらりとやってきたのが秀子さんだった。本当にいい人でねえ、あたしのつまらない愚痴をそれはそれは親身になって聞いてくれた。なんだかんだ言っても一緒に暮らしてるわけだから。そのうち、あの人も、ちょっとずつだけど、自分のことを話すようになって」

　アップルパイを頰張っている鳴滝の目が一瞬鋭い光を放った。

　話が核心に近づいている。

「ええそう、夏芽ちゃんの言ってた通りよ。秀子さんは若い頃警察に勤めてた。会計課だったそうよ。そのとき、森窪っていう刑事さんと付き合うようになって、結婚の約束までしてたんだって。その頃が人生で一番幸せだったって、秀子さん、何度も言ってたわ」

やっぱりそうだったのか——

ついに結ばれることのなかった二人を偲び、夏芽は静かにコーヒーを飲む。

「そんなとき、あの事件が起こった。あたしはあんまりよく覚えてなかったんだけど、警察署で大金が盗まれたって事件。犯人じゃないかって疑われたのが森窪さんだった。彼がそんなことするわけないって、秀子さんは森窪さんを信じていた。あ、あたしは森窪さんにはもちろん会ったこともないけど、秀子さんがあそこまで惚《ほ》れてた男なんだから、きっといい人だったんだと信じてますよ。ともかく、森窪さんは、自分にかけられた疑いを晴らすため、密かに事件を調べ始めたの。秀子さんも彼に協力して、自分の勤める会計課でなんかの帳簿をこっそりコピーしたりしたそうよ。そのときはほんとにどきどきしたって。まるでスパイ映画みたいじゃない？」

阿川ハウスの押入から発見された『出納簿』か——

「コピーした帳簿や、森窪さんが付けていた捜査記録は、秀子さんが預かっていたの。警察の同僚に見つかるとまずいからって。だけど、森窪さんが突然の事故で……秀子さんは最初、殺されたんじゃないかって疑ったそうよ。つらかっただろうし、恐かっただろうし……あの人の気持ちを思うとね、あたし、もう……」

声を詰まらせた咲江に、鳴滝が卓上にあった紙ナプキンをそっと差し出した。

「ありがとうございます。お優しいんですのね」

咲江はそれを取って目許を拭っている。世代の違う夏芽にも、当時の秀子の心情は充分に想像できた。

「結局森窪さんは事故死ってことになった。そしたら、死人に口なしって感じで、たちまち森窪さんが犯人にされちゃったわけ。酷い話よ。ほんと許せない。秀子さんは森窪さんを信じてたから、なんとか真相を暴こうとしてた。でも警察を辞めて一般人になっちゃったんで、どうやって調べればいいか、秀子さん、ウチで働きながら一生懸命考えてたわ。昔の知り合いに相談しようにも、警察時代の同僚は誰も信用できないって泣いてたことだってあるし。こういうとき、警察ってのは身内をかばうことしか考えないから……あら、ごめんなさい、総監」

「いいえ、私にも責任のない話ではありません。むしろそれを感じたからこそ、私は年甲斐もなくこの件を独自に調べようと思い立ったのです」

きっぱりと言う鳴滝を、咲江はどこか熱く潤んだ目で見つめている。

どうやら鳴滝は、特定の年齢層の女性からなぜか大いに〈モテる〉傾向にあるらしい。

「それより咲江さん、今のお話によると、秀子さんは森窪さんの無実を証明しようと活動していた、少なくとも活動しようとしていた。それは間違いありませんね？」

「ええ、間違いありません。だって、泣いて悔しがっていたくらいですもの」

二人の会話を聞いていて、夏芽は鳴滝が確認したことの意味を悟った。

阿川ハウス時代の秀子は、渋杉咲江に接するのと同じように阿川美智代に対して心を開きながら、事件のことなどおくびにも出さなかった。

この違いはなんなのか。

長い時間が過ぎたため、死んだ恋人に着せられた濡れ衣《ぎぬ》を晴らそうという気持ちが薄れてしまったのか。あるいは、それがまったくの不可能であるとして活動を断念してしまったのか。

時の流れが傷ついた記憶や怒りの心、さらには恋人への想いそのものを洗い流すこともあるだろう。

いいや――この場合、それはあり得ない。仮にそうであったとすれば、秀子が当時の資料を亡くなるまで保管していたことの説明がつかないからだ。

「咲江さんのお話に出てくる秀子さんと、晩年の秀子さんとでは、その一点だけが違っている。少なくとも阿川ハウスで暮らしていた頃の秀子さんに、過去の事件について調べていた様子はない。この変化について何か心当たりはありませんかな」

しばし無言で考えていた咲江は、ゆっくりと首を左右に振った。

「いいえ、ありません」

「そもそも秀子さんは、ご自分からこのお店を出ていかれたのでしょうか」

「ええ、そうです。私があの人をクビにする理由なんてありませんもの」

「では、どうして秀子さんはこんな居心地のいいお店を辞めたのでしょう」

「さあ、私には……」

「辞められた頃の様子はどんな感じでしたか」

咲江は再び考え込んだ。

「どんなって……急に元気がなくなって……いいえ、違うわ……憑《つ》きものが落ちたっていうか、なんだかさっぱりしたような顔で……」

「憑きものが落ちた？」

鳴滝が何かを感じ取ったようだ。

「そのあたりをもう少し思い出してみて下さい。何かきっかけのようなことはありませんでしたか」

「きっかけ、ですか」

「はい。このお店を辞めようと秀子さんがお決めになった理由にお心当たりは」

「特にありません。いつもの明るい感じで、『長いことお世話になりました』って」

「理由をお訊きにならなかったのですか」

「もちろん訊きましたよ。そしたら、ごく自然な感じで、『そろそろ気分を変えたいと思って』とかなんとか、そんなことを言ってて……なんてんですかね、放浪癖とでも言いますか、一カ所にはとどまりたくない、あちこちで暮らしてみたいって人はいますから……そりゃあ私は引き留めましたよ、だって寂しくなりますものね。でも、そんなにしつこくは言いませんでした。そのときの秀子さん、なんだか止めても無駄かなっていう感じがして」

「それですよ」

鳴滝が鋭く指摘する。

「その、『止めても無駄かな』とお感じになった理由です。おそらく、秀子さんに何か心境の変化があって、あなたはそれを察しておられた。だからこそ『止めても無駄』だとお思いになったんじゃないでしょうか。その変化の理由は一体何か。私が知りたいのはそれなんです」

「あ……」

咲江は自分で言って自分で驚いている。話している途中で図らずも何かを思い出したり、気がついたりする経験は、夏芽にも大いに覚えがあった。

「そうだわ、確かになんかあったような気がするけど……それがなんだったのかまでは、ちょっと……」

鳴滝は辛抱強く質問を変える。

「秀子さんがこちらのお店で働いておられたのは、いつからいつまででしょうか」

「はっきりとは覚えてないんですけど、ここに来たのは二十年くらい前、いえ、もうちょっと前かな。それから一年と少しくらいの間です。もっと長かったような気がしてたんですけど、こうして考えてみると一年半以上ではなかったですね」

咲江の記憶通りだとすると、秀子さんがこの店に勤め始めたのは、警察を辞めてからそう間もない頃ということになる。

もっともそれは、一年や二年といった時間を短いと捉えるかどうか、主観による部分も大きいだろうが、その後の秀子の人生を思うと、夏芽には短いと言っていいように感じられた。

「こちらを辞めてどこへ行くのか、秀子さんは言い残されましたか」

「それも尋ねましたが、本人は『これから考える』って言うばっかりで。秀子さん、今頃どうしてるかなって、その後は時折思い出すこともありましたが、結局再会する機会もなく……それがこんなに早く亡くなるなんて……まだ六十にもなってなかったんでしょう？」

鳴滝は追加の紙ナプキンを差し出しながら、

「ありがとうございます、咲江さん。あなたのお話を伺って、事件の全貌の半分が見えたような気がします」

半分が見えたって？

夏芽は耳を疑わずにはいられなかった。今の話だけでは、「やはり柳井秀子は森窪の無実を信じ、彼の死を謀殺ではないかと疑っていた」ことと、「何か心境の変化があって秀子がこの店を辞めた」ことぐらいしか分からない。しかも前者は、これまでの推測を裏付けるものでしかなかった。

秀子が『喫茶しぶすぎ』を辞めた理由にしたって、もしかしたら「プリンをつまみ食いして気がとがめた」とか、「お給料がシブすぎた」とか、そんな理由かもしれないではないか。

さらに付け加えるなら、「憑きものが落ち」「さっぱりしたような顔」をしていたことから、「秀子が真犯人に脅されていた」可能性が消えたとも言える。

いや待て――本当にそこまで言い切っていいのだろうか。

何者かがやはり秀子に接触していて、咲江が気づかぬ間に決定的な影響を与えた可能性もあるではないか。

もっと詳しい説明をお願いします、と夏芽が鳴滝を質そうとしたとき。

鳴滝はその身を咲江に寄せるようにして、

「もし何か思い出したら、ぜひご連絡をお願いします。そのときこそ、事件の残り半分が判明するはずですから」

「ええ、必ず」

咲江はコクコクと頷いている。

「私の連絡先をお送りしたいので、よろしければスマホの番号をお願いできませんかな」

意識的にか無意識的にか、鳴滝は囁くように言う。

咲江はというと、光速を超えた速度でスマホを取り出し、自分の番号を告げている。

「……これでよし、と」

スマホを操作し終えた鳴滝は、どこまでも店名にふさわしい、シブい紳士の笑みを見せ、

「改めてお願いしますが、この事件は恥ずかしながら警察に対する信頼を揺るがしかねない重大性を孕《はら》んでいます。私の活動が表に出るだけでもあなたにまで危険が及ぶかもしれません。どうかこのことはくれぐれもご内密に」

昔の外国映画みたいなことを言い出した。

「もちろんですわ」

それにうっとりと応じている咲江は、これまた昔の映画のヒロインさながら。その口調さえ最初と大きく変わっている。

何か言ってやろうとした夏芽は、開きかけた自分の口を閉じることにした。無粋であると遠慮したからではない。極めて肉体的な危機感を覚えたからだ。
これはマズい——調子に乗って食べすぎた——

その日自宅に帰り着いた夏芽は、シャワーを浴びて早々に寝床に入った。

『喫茶しぶすぎ』で食べすぎた腹も、ちょうどいい具合になれている。このところ悩まされていた胸焼けもなく、すっきりとした気分であった。

これが解放感というものなのね——

明日からもうプリンを食べずに済むかと思うと、心がうきうきと弾み、且つ穏やかな安らぎを覚える。はしゃいでいるのか落ち着いているのか、一体どっちなんだと問われると答えにくいが、ともかくそれが現在の偽らざる心境であった。

だが、事件そのものが解決したわけではまったくない。単にプリン地獄道中が終焉《しゅうえん》を迎えたというだけである。

鳴滝は「事件の全貌の半分が見えた」と言っていたが、本当だろうか。

単に、情報を提供してくれた咲江さんに対するサービスだったのかもしれない。

だとすると、モテるわけだよなあ、総監——

何事にも関心の薄そうな、飄々とした風情で生きていながら、思いやりと心遣いを忘れず、やるときはやる。それは鳴滝のような老人に限らず、どんな年代であっても魅力的な男性に共通して言えることではなかろうか。

夏芽は大学で同じ授業を選択している男子の顔ぶれを思い出してみる。中には全学で人気のイケメンもいたが、どう贔屓目に見ても、鳴滝の足許にも及ばない。

もちろん若さから来る活力やエネルギーといったものは大学生達の方が上だ。しかし、それらを軽々と凌駕《りょうが》する鳴滝という人物はやはりただ者ではない。まあ、元警視総監であるという時点でただ者でないのは明らかなのだが。

そうしたことを考えていると、いつの間にかまどろみの淵《ふち》へと落ち込みそうになっていた。

いけない――

夏芽は慌てて目覚まし時計のタイマーをセットする。

明日は午前十時におぼろ池のベンチで〈捜査会議〉の予定なのだ。

それくらいの時間なら、目覚ましを用いずとも自力で起きられそうなものだが、人間とは往々にしてこういうときに寝過ごすものである。また夏芽は、自分のタイミングの悪さにだけは前々から自信があった。

まったく情けない上にどうでもいい話だが、人間とは得てしてそういうものなのだ――と夏芽は繰り返し自分に言い聞かせ、安心して睡魔の誘惑に身を任せた。

翌朝の午前十時、おぼろ池のベンチに、夏芽は鳴滝、剛田と並んで座った。

三人とも年齢だけでなく、座高もまったく異なっているから、傍目《はため》にはさぞ珍妙な取り合わせに映るに違いない。

池を挟んだ反対側の遊歩道には、遅い朝の散歩をしている老人や、ベビーカーを押す主婦の姿などが散見される。ランニング中の少年達は、近所の中学校の生徒だろう。

そうした光景をぼんやりと眺めながら、夏芽達は〈捜査会議〉を開始した。

こんな時間に設定されたのは、剛田の仕事の都合で、署を抜けられるタイミングが他になかったせいである。

剛田は一ヶ月の休暇を取ったと聞いていたが、所轄の事件増加により、一ヶ月を待たずして復帰を余儀なくされたということだった。

まず、夏芽がついに『喫茶しぶすぎ』に行き着き、渋杉咲江の証言を得るに至った過程を剛田に説明した。

「プリンを食べながらの聞き込みか。そりゃずいぶんと楽そうだ」

「剛田さんは簡単に言いますけどね、本当に死ぬ思いだったんですから」

「オレだったらプリンの百個や二百個、一年中食べ続けても平気だね。できれば担当を変わってもらいたかったくらいだ」

「あたしだって最初はそう思ってました。だけど、それがどれほど甘い考えであったことか。プリンだけに」

「よしなさい、お嬢さん。かく言う私も甘く見すぎていたくらいだ。プリンだけに。あれがどれほど恐ろしい苦行であるか、彼には想像もできまい」

鳴滝になだめられ、夏芽は話を本題に戻す。

「とにかく、咲江さんの話から、柳井秀子さんが森窪さんの捜査資料や大井沼署の帳簿を持っていた理由、彼の無実を証明しようとしていたことなどが判明したんです」

次に、剛田が自身の捜査の結果について報告した。

それによると、森窪の死が事故であることに疑いの余地はなく、従って何者かに謀殺された可能性もないという。

「そうか、ご苦労だった」

池の水面を眺めながら鳴滝が言う。

「剛田君、君にはもう一段階捜査を前に進めてもらいたい」

「と申しますと」

「四千万円盗難事件発生当時の大井沼署の幹部が誰だったか、署長以下主だった面々の名前を知りたいのだ」

「つまり、その中に犯人がいると」

鳴滝は重々しく頷いて、

「内部犯行説は当時から最も有力だった。だが私達のこれまでの捜査から、森窪さんが密かに真犯人を突き止めようとしていたことが判明した。そうなるとやはり犯人は森窪さんではあり得ない。つまり、犯罪を実行したばかりか、森窪さんに濡れ衣を着せた者が他にいたことになる。それだけのことをやれるのは、ある程度の地位にあった者であると考えるのが妥当であろう。問題は……」

そこで視線を水面から空へと移し、大空を仰ぐようにして鳴滝が続ける。

「問題は、『しぶすぎ』で働いている間に、秀子さんになんらかの重大な変化があったらしいということだ。もしかしたら秀子さんは犯人の正体を突き止めたのかもしれない。だとすると、その後の秀子さんの変化も説明がつく。しかし、喫茶店の住み込みとして働きつつ、自らに調べる手段が何もないと嘆いていたという秀子さんが、独力で捜査していたとも考えにくい。一体何があったのか。それさえ分かれば……」

そのとき、池を挟んだ対岸から呼びかけてくる声があった。

「鳴滝さんと三輪さんじゃありませんかあーっ」

見ると、遊歩道で榊静香准教授が大きく手を振っていた。

「えっ、榊先生？」

夏芽は立ち上がって手を振り返す。

「先生ーっ」

同じく立ち上がった剛田が声を潜めて訊いてくる。

「誰なんだ、あの美しい女性は」

「あたしのゼミの榊静香准教授です」

「えっ、すると大学の先生？」

「そうですよ」

「へぇえ……」

剛田は大いに感心している様子。大学の准教授が女性であることにそこまで驚くのは、昨今のポリコレ的に問題大アリではないかと思うが、考えるまでもなく剛田にポリティカル・コレクトネスとかフェミニズムとかデリカシーといった概念は無縁であろう。

榊准教授は小走りに遊歩道を回ってきて、すぐに三人の前に到達した。

「こんな所でお目にかかれるなんて、驚きました」

明るく言う准教授に、鳴滝が立ち上がってパナマ帽を取り、

「こちらこそ驚きです。先生はまたどうして――」

「これから女性研究者の会合がありまして、あ、会合といっても公式なものではなく、私的なお喋《しゃべ》りの会みたいなものなんですけど、手みやげに『プリムローズ』のケーキを買いにいこうとしてたところなんです」

「そうか、それでこんな所を歩いてたってわけですね」

夏芽はすっかり腑に落ちた。『プリムローズ』のある商店街の最寄り駅は、「おぼろ池公園前」だ。

そこから『プリムローズ』に行くには、おぼろ池の横を抜けていくのが一番早い。

「よろしかったら皆さんも『プリムローズ』にいらっしゃいませんか。鳴滝さんには『スイート・アイランド』でプリンをご馳走になったままでしたし、ちょうどいい機会ですから、お返しに甘い物でも――」

「結構です！」

一際きっぱり、夏芽は鳴滝と声を合わせて答えていた。

その勢いに、榊准教授は少なからず気圧《けお》されたようだった。

「え……？」

「あ、いえ、あたし達、これから用事がありまして、申しわけありませんが、ご一緒するわけには……」

今度は准教授の方が得心したという顔で、

「そうだったの。それでご親族がここで落ち合ってたってわけね」

「そう、そうなんです」

「じゃあ、こちらにいらっしゃる方は、もしかして三輪さんのお兄様？」

「えっ？」

気がつくと、榊准教授は剛田の方を見上げている。

夏芽が全力で否定しようとしたとき、剛田がいち早く答えていた。

「いやあ、そうなんですよ。そんなに似てますかね」

一ミクロンたりとも似てるわけあるか——夏芽は密かに憤慨する。

「厳密には違います」

鳴滝が遅まきながら否定してくれた。

「彼は私の甥《おい》でしてね、嫁いだ妹の子ですのでまた名字が違っていて、剛田と言うんです」

「剛田鋼太郎です。いつも夏芽がお世話になっています」

とうとう剛田まで親戚にされてしまった。

「榊静香です。はじめまして。ところで剛田さんはずいぶんと立派な体格でいらっしゃいますけど、どんなお仕事をなさっておられるのですか」

「見た通りのヤクザですよ」

鳴滝がシニカルに呟く。

「ご冗談を…………ホントですの？」

先生は半分、いや全部信じているような視線で剛田を見つめる。

「まさか。ボクは警察官ですよ」

何をどう調子に乗ったのか、剛田は自分の正体をばらしている。

「朧署の刑事課で刑事をやっております。組対じゃないですよ、刑事課ですよ」

組対などという警察内部の略語で言っても准教授には伝わらないだろうが、それでも彼女は納得したようだった。

「まあ、刑事さんでしたの。道理でお身体が大きいと思いました」

「いやあ、よく言われるんですよ。刑事にぴったりだって」

これ以上剛田に喋らせておくのはマズいと判断したのか、鳴滝が苦い顔で強引に割って入る。

「そういうわけで、私どもはこの辺で失礼させて頂きます。機会がありましたら、ぜひまた近いうちに――」

「でしたらご一緒に夕食などいかがですか。私、よいお店を知っておりますので」

榊先生の提案に、鳴滝がすぐさま約束をする。

「おお、それは願ってもない。夏芽と二人で必ずご一緒させて頂きます」

「あら、剛田さんはいらっしゃらないんですか」

「この男は仕事柄多忙でしてな。いつなんどき署から呼び出しがあるか分からぬ身ですから、会食等は遠慮するようにしておるのです。いや、実に申しわけない」

「え、そんな、ボクも一緒に――」

「そうですか、刑事さんなら仕方ありませんね」

准教授に先に言われて、剛田はまたも調子よく喋る。

「そうなんですよ、ボクは刑事という仕事に命を懸けておりますから、ご一緒できないんですよ」

「本当に残念ですわ」

そして准教授はこちらに向かい、

「改めてご連絡を差し上げます。では、ご免下さい」

感じのよい会釈を残し、優雅な足取りで去っていった。

「素敵な人だなあ」

その後ろ姿を見送りながら、剛田が熱に浮かされたように呟いた。

「ね、あの人、ボクのこと、なんだか熱い目で見つめてませんでした？」

「それはない」

鳴滝と声を合わせ、夏芽は力一杯断言していた。

鳴滝元総監や夏芽と別れた剛田は、朧署への帰路を辿りつつ、会ったばかりの榊静香准教授の面影を思い浮かべていた。

どう考えても、静香さんは自分に好意を持っている。

やはり、俺がカッコよすぎるのがいけないのか――

いやいや、と剛田は心の中で首を振る。心の中だけではなくて、現実に首を振っていたかもしれない。

いくらなんでもそれは先走りすぎだ。あんな美しく聡明な人が、刑事という過酷な仕事に命を懸ける人間をそう簡単に愛するはずがないではないか。

でもなあ、一度燃え上がった愛の火は簡単に消えないとも言うし――

いつ誰が言ったかも分からない言葉を胸に、心の中で腕を組む。これも実際に体を動かして腕を組んでいる。

いやいやいや、ともうあからさまに口に出しながらバスに乗り込む。先に乗車していた客が全員、なぜか怯えたように後ろの席に移動したのが不思議であった。

自分はあくまでも刑事である。しかも警察組織の存亡に関わる重大事件を追っている最中なのだ。

女性に心惹かれている場合ではない。

これも刑事であるがゆえの宿命か――

ニヒルに呟きつつ目を閉じる。

浮かんでくるのはやはり榊静香の笑顔ばかりであった。

美しすぎる罪は、刑事が手を出せる犯罪すら超えた罪なのだ――

そんなことを考えているうちに、剛田は『朧警察署前』のバス停をはるかに乗り過ごしていた。

ともあれ、休職以前のように仕事の合間のわずかな時間を使い、剛田は鳴滝から拝命した新たな調査に取りかかった。

四千万円盗難事件発生当時の、大井沼署の幹部の名前を調べること。

一見簡単な仕事だが、それは思った以上に困難なものだった。通常の捜査であれば、県警本部の記録を当たればそれこそ瞬時に終わるだろう。しかし誰にも知られることなく調べるとなると、そうした方法は一切使えない。

また、警察内の誰かに、「当時の大井沼署の幹部は誰だっけ」などと迂闊に訊くことも不可である。自分が当時のことを調べていると悟られたが最後、徹底的にそのわけを追及されるだろうし、下手をしたら監察にまで目を付けられかねない。

警察官の不祥事や服務規定違反を取り締まる監察官にマークされるのは、すべての警察官が最も恐れる事態である。それが警察組織の腐敗を暴くような行動であったとしたら、監察はなおさら黙っていない。なぜなら彼らの行動原理は「組織防衛」の一言に尽きるからである。

要するに、警察官でありながら一個人として調べる手段はないに等しいのだ。

そのことに気づき、剛田はいささか大きすぎる頭を抱えた。

どうしよう――何かいい手はないものか――

剛田は考えに考え抜いた。

貧すれば鈍する、ではなくて、窮すれば通ずで、ついに妙手を思いついた剛田は、その足で『C日報』の本社に向かった。

Ｃ日報はＣ県の地方紙で、戦前から地元県民に親しまれている。いい意味でＣ県警との関わりも深い。

受付で社会部の楡岡《にれおか》を呼び出してもらう。楡岡は剛田の地元中学の先輩で、少し前まで警察担当を務めていた。警察担当記者は、普段は県警本部の記者クラブに詰めているのだが、楡岡は激務のため体を壊して入院し、しばらく前に復帰したばかりであった。それで大事を取って当分は本社でデスクワークだと本人から聞いていた。

「よう、しばらくだなあ」

一階に下りてきた楡岡は、病み上がりらしい顔色ながら、剛田に向かって親しげに手を上げた。

「ご無沙汰してます、先輩」

「なんか話があるんだって」

「ええ、ちょっとご相談が」

「じゃ、あっちで話そうか。正面から本社に来るぐらいだから、特に秘密って話でもないんだろ」

「ええ、もちろんですよ。当たり前です。秘密の話だなんて、そんなことあるわけないじゃないですか」

いかにもうさん臭い言い方になってしまったが、楡岡は疑う様子もなく剛田を一階の喫茶室に案内した。

「お体の方はその後どうですか」

まず相手の体調を気遣うと、

「うん、見ての通り、まだまだ本調子とはいかないが、なんとか通勤できるくらいにはなったよ。もっとも、記者クラブに戻れるのはだいぶ先になりそうだけどな」

「とうとうお見舞いに行けずじまいで、申しわけありませんでした」

「いいっていいって、気にするな。刑事が忙しいってのは俺達もよく知ってるからさ。それよりなんだ、相談てのは」

「実はオレ、大井沼署の歴史についてレポート書けって言われてんですよ」

「レポート？　なんだそれ」

「オレにもよく分かんないんですけどね、係長が『おまえはダメだ、報告書も始末書もなっとらん。国語の勉強をやり直せ』って。それでレポートを出すことになったんです。マジっすよ、マジ。オレ今、捜査からマジで外されてますから」

「ははあ、またなんかしでかしたな。普通ならあり得ない話だが、おまえだったらありそうだ」

楡岡は至極大真面目に失礼なことを言う。だがそんなことにこだわっている場合ではない。

「とにかく、そのレポートを早いとこ仕上げないとマジで捜査に戻してもらえないみたいで。もう焦ってやってる最中なんすけど、大井沼署の歴史ったって、歴代幹部の名前すら分かりませんから」

「そんなの、県警本部に行って訊けばすぐに分かるだろ」

「だから、どのツラ下げてそんな恥ずかしいこと訊きに行けるかって話ですよ」

「ああ、確かに。夏休みの自由研究でもあるまいしな」

「それで、せめて二〇〇〇年代の幹部の名前だけでもと思い、楡岡さんに教えて頂こうと」

警察担当記者なら歴代幹部の氏名や異動について把握している。それが剛田の狙いであった。

「でも、なんで大井沼署なんだ？　おまえ確か、朧署じゃなかったっけ」

「係長が言うには、『ウチだと簡単すぎるから、アイウエオ順でやれ』って。それは勘弁して下さいって頼んだら、『じゃあア行の最初だけでいい』と。C県警でア行だと最初が大井沼署で、次が朧署ですから」

「おまえら、真面目にそんなことやってんのか」

楡岡は呆れたように、

「まあ、警察がヒマなのは平和な証拠かもしれんがな」

「平和なんかじゃないすよ。毎日重大事案が発生してるってのに、オレだけ宿題、じゃなくてレポートなんて。もう恥ずかしくって県警の誰にも訊けないんですよ」

「なるほどなあ。話は分かった」

「分かってもらえましたか」

「ああ、よく分かった。おまえには創作の才能がないってことがな」

「はあ？　どういうことですか」

楡岡はにやにやと笑いながら言う。

「どうもこうも、そんなバカ話、誰が信じるもんか。しいて言うなら、おまえがバカなのは確かだから、ギリギリありそうに思えてしまう。つまりおまえのパーソナリティー自体が目くらましのトリックってわけだな」

へええ、と感心しかけた剛田は、

「それって、ずいぶん酷いじゃないですか」

「そうか？　褒めたつもりなんだけど」

「よけい酷いじゃないですか」

「すまんすまん」

愉快そうに笑った楡岡が、一転して声を潜める。

「二〇〇〇年代ってことで狙いをぼかしたつもりだろうが、大井沼署というとやっぱりアレだ。二〇〇一年に署内で大金が消えた事件だ。おまえは何かを嗅《か》ぎつけた。それであの事件について調べてる。当時の幹部の名前を知りたいということは、その中の誰かが真犯人、もしくは真犯人の隠蔽に関わっている公算が大きいんだな。だから県警本部どころか、警察の誰にも訊くことができない。それで俺のところに来た。どうだ、違うか」

剛田は舌を巻いた。警察担当の記者だけあって、楡岡の推理は的確だった。

「先輩、今の話はどうか内密に……」

「心配するな。これはおまえじゃなくても個人の手に負える事件じゃない。俺だってヘタすりゃクビですまないからな」

「えっ、どうして先輩まで」

「地方の新聞と警察は〈仲よし〉だからさ。言わせるなよ、そんなこと」

「それで、教えて頂けるんでしょうか」

「だからおまえは肝心なところが抜けてるって言うんだよ。二〇〇一年なんて俺も知らないぞ。なにしろ就職する前だしな」

「あ」

自分より二学年上である先輩の年齢を考えると理の当然であった。

「『あ』じゃねえよ、まったく」

苦笑しつつも身を乗り出し、楡岡はさらに声を潜める。

「去年退職した俺の先輩に、当時の警察人事の生き字引って言われた人がいる。その人に訊いてみよう」

「ぜひお願いします」

「ただし、タダでは訊けない。退職してもブン屋だ。あの事件を解明する手がかりになるって言えば、きっと協力してくれるだろう。だが、その代わり……」

「真相が判明したら教えろってことですね」

「ああ。それは俺も同じだけどな」

楡岡は剛田の目を覗き込むようにして問う。

「どうだ、その条件が呑めるか」

脂汗を流して考える。

「呑めません」

苦渋の決断であった。

「自分一人の責任で済むならお教えします。しかし、真相がそうでなかった場合、現時点でお教えすると約束することはできません」

楡岡はふうと息を吐いて椅子の背にもたれかかる。

「おまえらしい答えだよ」

「すみません」

「謝ることはない。おまえの立場なら当然だろう。警察ってのはそういうとこだしな」

楡岡の言葉には、警察組織に対する軽侮と諦念《ていねん》があるように剛田は感じた。

「まあいい。ともかく訊くだけは訊いてみよう。安心しろ、事情は言わないしおまえの名前も出さない。でもそうなると、協力してくれるかどうかは向こう次第ってことになる」

「結構です。お願いします」

「じゃあ、分かったら連絡しよう。これは未練で言うんじゃないが、真相が判明して、もし話せる部分があったら一部でいいから教えてくれ。書くなって言うなら書かないと約束してもいい。ただ真相を知りたいだけなんだ。それは俺だけじゃなく、退職した先輩もおんなじだと思う」

「ありがとうございます。感謝します」

剛田は楡岡に向かって深々と頭を下げた。


数日後、剛田のLINEに楡岡からのメッセージが届いた。

そこにはこう記されていた。

「二〇〇一事案発生時　署長・倉石健介《くらいしけんすけ》　副署長・前田宏武《まえだひろたけ》　警務課長・山梨嘉夫《やまなしよしお》　会計課長・大友《おおとも》康夫《やすお》　防犯課長・南聡司《みなみさとし》　地域課長・墨田勝《すみだまさる》　刑事課長・東川敦史《ひがしかわあつし》　交通課長・佐藤平作《さとうへいさく》　警備課長・多賀円三郎《たがえんざぶろう》」


おぼろ池での思わぬ遭遇から四日後。鳴滝と夏芽は榊静香准教授から約束通り夕食に誘われた。もとより二人に異存はない。当日、二人は朧荘から連れ立っていそいそと出かけていった。

指定された場所はC県のターミナル駅の一つであるN駅前に新しくできた大型商業施設……などであろうはずもなく、その脇の道から曲がりくねった路地に入って突き当たりにある古民家のような懐石料理の店だった。

その店構えを見ただけで、夏芽も鳴滝同様、もうにんまりとしてしまう。佇まい一つとっても、他とは異なる情趣を自ずと発しているようだ。

『京心亭《きょうしんてい》』と屋号の染め抜かれた暖簾を潜ると、仲居の出迎えを受け、茶室のような座敷へと案内された。先に下座に着いていた榊准教授が立ち上がって挨拶する。

「本日はお運び頂きありがとうございました」

驚くべきことに和装である。高価な着物であるらしいことは分かったが、それ以上は知識のない夏芽には見当もつかない。

よく見れば、鳴滝も今までで一番上等なスーツを着ている。いつものYシャツ姿が何かの冗談であったかと思えるくらい、一分の隙もない着こなしであった。

考えてみれば鳴滝は、痩せても枯れても――実際に痩せて枯れているのだが――元警視総監である。高級スーツがさまになっていても不思議であろうはずはない。

精一杯のお洒落をしてきたつもりなのに、夏芽は秋らしいブラウン系でまとめたワンピースにカーディガンという自分の服装が急に恥ずかしくなった。決してマナーに外れた恰好ではないはずだが、少なくとも「値段」というその一点で、鳴滝や榊准教授とは比べものにならない。

「いやいや、こちらこそお招き頂き感謝します」

被っていたソフト帽を取って挨拶を返す鳴滝に、榊先生は床の間側の上座を勧める。

「さ、どうぞお座りになって下さい」

「では、失礼して」

えーと、あたしは――

どこに座るべきか一瞬迷う。鳴滝の連れだから上座に並ぶのか、それとも一番年下で目下だから下座に着くべきか。しかし下座にはすでに榊先生が――

「堅苦しく考えなくていいのよ、三輪さん。鳴滝さんのお隣にどうぞ」

夏芽の内心を察したように静香が微笑む。

「あ、はい、すみません」

言われるままに慌てて鳴滝の隣に座った夏芽は、思わず早口になって榊先生に尋ねていた。

「先生、そのお召物は……」

「食事とは場に応じた服装で楽しむものだ。無粋なことをお訊きするんじゃない」

鳴滝にたしなめられてしまった。

だったら先に言ってくれれば、と思ったが、よく考えると店名は聞いていたし、懐石料理であることも分かっていたし、そもそも、これ以上の服を持っていない。

「三輪さんも充分に合格です。成績なら評価A。とても上品にまとまっています」

まるで夏芽の内心を正確に読み取ったかのように、榊先生がさりげなくフォローしてくれる。そういうところもまたこの人らしい。

「ゼミの課題もそれくらいがんばってくれるといいんだけど」

耳に痛いオチまで付けられてしまった。

間もなく食前酒から始まり、先付の松茸と若水菜のひたし、柿なます、八寸の鱒《ます》焼目寿司《ずし》、栗甘煮、イカ紅葉和え、銀杏《ぎんなん》、松の実、芋煎餅《せんべい》、吸物の土瓶蒸しなどが順番に運ばれてきた。

それらをおいしく頂きながら、先日の思わぬ邂逅《かいこう》について話が弾む。

「本当に驚きましたわ。あんなところでお目にかかれるなんて」

「これがご縁というものでしょうな。おかげでこんな素晴らしいお店を教えてもらえた」

「こちらの先代は京都の老舗《しにせ》で修業された方で、二代目も伝統の味を守りつつ、日々工夫を重ねておられますの」

「なるほど、それで京心亭という屋号に」

例によって夏芽は出された料理を頬張るのに夢中で、二人の落ち着いた会話などあまり耳に入ってこなかった。

えっウソ？　松茸？　ホントにこれ、あたしなんかが食べちゃっていいの――このイカも素敵、見た目もいいし、噛み応えが最高――甘い物はもうこりごりだと思ってたけど、栗甘煮は別腹だし――

「そうそう、先日お目にかかった剛田さん、あの方もいらっしゃれればよかったんですけど」

榊先生が突然剛田の話を始めたので、夢見心地で桃源郷に遊んでいた夏芽は、無理やり現実に引き戻された。

「まあ、刑事ですからな。そのうちまた機会があるでしょう」

そんな機会など永久にありはしないという顔で、鳴滝がそっけなく応じる。

しかし榊先生ほどの人が相手の真意を見抜けないのか、嬉しそうに続けた。

「ずいぶん立派なお身体をしておられましたけど、小さい頃はずいぶんわんぱくなお子さんだったんでしょうねえ」

「さあ、どうでしたかなあ。昔のことなんで忘れてしまいましたよ」

いかにも興味のなさそうな鳴滝に、

「スポーツとかやってらしたんですか」

「え、誰が」

「剛田さんですよ」

「ああ、あいつね」

鳴滝はしばし考え込んでから――適当な嘘を考えていたのだろう――言った。

「昔は野球が主流でしたから、小学生の野球チームに……いや、時代はもうサッカーだったかな……とにかくいろいろやってましたよ、いろいろ……そうそう、相撲もやってたんじゃないですかね」

「まあ、お相撲まで」

鳴滝のデタラメに対し、榊先生は素直に反応している。

「うらやましい……きっと活発なお子さんだったんでしょうね」

「手に負えんかったのは確かですが」

「目に浮かぶようですわ。それだけじゃない、明るい元気な声が聞こえてくるようです」

なに、この異様な展開は——？

嫌な予感を覚え、夏芽はかじり付いていた鮎《あゆ》の焼物から口を離す。

声まで聞こえるって、ちょっと普通じゃないんじゃないの——

榊先生はうっとりとした顔で、

「あのお身体を見たとき、確信しましたわ。この人はきっと元気いっぱいに校庭を駆け回っていた子供だったんだろうなあって」

まさか、先生——そんな、いやいやいやいやいや、あり得ないって——

愕然《がくぜん》としつつ、夏芽は鮎の残りを尻尾《しっぽ》まで食べ尽くし、甘鯛《あまだい》の蓮根《れんこん》蒸しに取りかかる。

さすがに鳴滝も異変を察知したらしく、対面に座る榊先生の様子をじっと眺めている。

赤だしと松茸御飯が出て、最後に水物の梨、葡萄《ぶどう》、柘榴《ざくろ》で締めとなった。

驚愕の事態ではあっても、夏芽の鼻は松茸の香りを、舌は松茸の噛み心地を全力でインプットしている。

店を出た三人はN駅前まで歩き、夏芽と鳴滝はタクシー乗り場で榊先生を見送った。

「今夜は本当に楽しい夜でした。また機会がございましたら、ぜひご一緒させて下さいね」

先生はそう言って、終始機嫌よくタクシーに乗って去っていった。

鳴滝と夏芽は、駅の階段に向かって歩く。

「鳴滝さん、ご覧になりましたか、先生のあの顔」

「ああ、見たとも」

「もしかして、先生、剛田さんのこと……」

すると鳴滝は、重々しい表情で頷いた。

「ええーっ、やっぱり？」

衝撃のあまり、脳内で栗甘煮の味がプリンの味に変換される。

「榊先生みたいな知的で社会的地位もあって素敵な女性が、どうしてあんな——」

「そこだよ、お嬢さん」

昼より明るいターミナル駅の前で、鳴滝は夜より暗い顔で呟いた。

「私は今夜、人間というものに隠された秘密の一端を見たような気がします」

はあ？

それって、榊先生の筋肉フェチとか、性癖とかってこと？

「そこのところをもう少し詳しく……あっ、待って下さいよ総監！」

訊き返そうとした夏芽を待たず、鳴滝は常ならぬ早足で駅の階段を上っていった。


数日後、夏芽は大学の学食で紬と一緒にランチを食べた。紬は優雅にデラックスAランチで、夏芽は最も安価にして栄養価が高く、且つ低カロリーのかけ蕎麦である。

たわいないお喋りに興じながら食後の時間を過ごしていたとき、テーブルの上に置いてあったスマホが振動した。電話の着信である。表示を見ると、発信者は鳴滝であった。

「ごめん、ちょっと電話」

紬に断りを入れ、スマホを耳に当てて急ぎ足で学食を出る。

「はい、三輪です」

〈鳴滝です。今どちらにおいでかな〉

「大学の学食です。もう外に出ましたからお電話、大丈夫です」

〈渋杉咲江さん、覚えておられますか〉

「あのシブい人ですか。ええ、覚えてますけど」

プリン行脚の最後の日に訪れた『喫茶しぶすぎ』の店主である渋杉咲江は、そう簡単に忘れられるような人物ではなかった。

〈その咲江さんから連絡がありましてな、何か思い出したらしいのです〉

「えっ、ほんとですか」

〈本当かどうか、これからお話を伺いに行くつもりですが、お嬢さんも行かれますか〉

「ええ、もちろんです」

今日の授業は午前中のみだった。だから学食で紬とのんびり寛いでいたのであった。

鳴滝と合流する手筈を決め、学食へと引き返す。

「ちょっと用ができたからもう帰るね」

食器の載ったトレイを持ち上げながら言うと、紬はなにやらにんまりとした笑みを浮かべ、

「今の電話、彼氏から？」

「えっ？」

あまりに見当違いな憶測であったので、一瞬意味が分からなかった。

「夏芽ったら、あたしにも内緒で一体いつから付き合ってたの？　て言うか、相手はどんな人？　この大学の子？　それとも学外の人？」

「バカなこと言わないでよ。今のはアパートの隣に住んでる人よ」

「そっかー、そういう出会いかー」

紬は勝手に納得している。

「違うって。そんなんじゃないって」

「じゃあなんなのよ。隣の人がわざわざ電話してくるなんて、よっぽど親しくなければあり得ないと思うけど？」

「それは……」

夏芽は詰まった。紬の言う通りである。

「隣の人って、学生なの？　それとも社会人？　あんなおんぼろアパートに住んでるくらいだから、きっと若い人ね」

紬がどんどん畳みかけてくる。

「ねえ、どうなのよ？　言っちゃえ言っちゃえ」

「下の階の人がボヤを出しかけたんだって。それで教えてくれたのよ。だから様子を見にアパートへ帰るってわけ。じゃあね」

我ながら上出来の口実を告げて、夏芽はトレイを下膳口《さげぜん》に返し、学食を出た。紬は午後の授業があるから「一緒にアパートの様子を見に行く」とは言いたくとも言えないはずだ。

危ない危ない——

たとえ相手が紬であっても、鳴滝の正体を明かすわけにはいかない。第一、鳴滝との関係をどう説明したらいいのか、想像するだけでも大変だ。

しかしよく考えると、単なる隣人なら普通、スマホの番号までは知らないであろうことに思い至った。紬には改めてフォローとなるような言いわけを用意しておく必要がある。面倒だがやむを得ない。

これからはもっと気をつけなきゃ——

そう独りごちながらバス停へと向かう夏芽であった。


鳴滝と落ち合って一緒に『喫茶しぶすぎ』を訪れると、咲江は待ちかねたように歓待してくれた。主に鳴滝を。

「それで、思い出したこととは、一体なんですかな」

ふるまわれたクリームソーダのアイスクリームを口に運びつつ、鳴滝が咲江に問う。

「それなんですけどね」

咲江は鳴滝の向かいに腰を下ろし、

「あるとき、二階の茶の間で新聞を読んでた秀子さんが、なんだかしきりにため息をついてるんで、『どうしたの』って訊いたことがあるんです。すると秀子さんは黙って読んでた新聞を見せてくれましてね、細かい内容は忘れましたが、確か、難病で入院している女の子の記事だったように思います。『知ってる人なの？』って訊いても、知らない人だって言うし、もうわけが分からなくて。もちろん例の四千万円の事件とはまったく関係ない記事でした。あったらもっと早くに思い出してますよ。『これがどうかしたの』ってもう一度尋ねたら、やっぱりなんにも答えてくれなくて、ただ笑ってるだけでした」

「笑ってる？」

そこでどうして笑うのだろう——

引っ掛かりを覚えた夏芽が訊き返すと、咲江は大きく頷いて、

「おかしくて笑ってるっていうよりは、なんだか胃のもたれが治ったような、さばさばした笑いでしたね」

以前に咲江自身が言っていた、「憑きものが落ちた」ということだろうか。

だとすれば、秀子の心境の変化はその新聞記事を読んだためということになるが、他ならぬ渋杉咲江が「例の四千万円の事件とはまったく関係ない」と断言している。

「どっちにしても、いつもの秀子さんらしくなかったんで、心に残ってたんだと思います。ずっと忘れてましたけど、そう言えば、と思い当たって、ご連絡したってわけなんです」

熱心に聞き入っていた鳴滝が質問を繰り出す。

「それはいつ頃のことですか」

「たぶん、秀子さんが出て行くひと月ほど前だったと思います。そうそう、思い出しましたよ。記事については それだけで、秀子さんはそれからも普通に暮らしてましたけど、とにかくその日以降、森窪さんや事件のことについて一切何も言わなくなりましたね。以前はあれほどこだわってたのにって、なんだか狐につままれたようでした」

「念のためにお聞きしますが、そのとき秀子さんが読んでいた新聞の実物は……」

咲江は片手の掌をひらひらと左右に振って、

「残ってませんよ、二十年も昔の新聞なんて。物ってのはだんだん増えてくる一方ですから、あるとき思い切って捨てることにしましてね。確かその頃にはもうゴミの分別がうるさくなってたから、資源ゴミの日にまとめて出しましたよ。大昔は古新聞なんて、ちり紙交換に出してたもんなんですけど

ね。そう言えばあのちり紙交換て、どうしてなくなっちゃったんでしょうかねえ」

「ちり紙交換ですか。懐かしいですなあ」

鳴滝は横道に逸れた咲江の話にも律儀に相槌《あいづち》を打ってから、

「せめてどの新聞であったかは分かりませんか」

「分かりますよ。日総新聞です」

咲江は即答した。

「ウチは開店以来ずっと日総ですよ。それ、そこに置いてあるでしょう」

彼女の視線の先を追うと、なるほど、店の出入口のすぐ近くに置かれたマガジンラックから、日総新聞が覗いている。

「あの、こんな話、お役に立ちました？」

心配そうに言う咲江の手を取り、鳴滝は昔の映画スターの如き――それも黄金時代のハリウッドスターだ――気品ある優雅な微笑を見せた。

「大いに役立ちましたよ、咲江さん。よくぞ思い出して下さいました。心からお礼を言わせて下さい」

急にソフトフォーカスのモノクロ映像になったかのような老人達を横目に、夏芽はクリームソーダの残りを飲み干した。

鳴滝が何に思い至ったのか知る由もないが、少なくとも自分がこれからやるべきことは分かっていた。

鳴滝の指示を待つまでもない。二十年前の日総新聞を当たることだ。

その頃剛田は、二〇〇一年の事案発生当時に大井沼署幹部であった面々の現在について調べていた。名前さえ分かれば経歴を調べる方法はいくらでもある。

とは言え四半世紀近くも前のことだから、とっくに定年を迎えた者がほとんどだ。なにしろ各課長は当時すでに四十代から五十代だったのだ。

彼らの多くは、地元の警備会社やパチンコ店、公益法人等に天下りしていた。病気で長らく療養中の者もいる。すでに物故した者さえいた。しかも三人。一般に、警察官は退職後に急逝するケースが多いのだ。それだけ常時ストレスに晒《さら》されている職業であると言えよう。

そんな中で、一際剛田の目を惹いた名前があった。その人ばかりは、いくら人事に疎い剛田でも、調べるまでもなく知っている。

当時大井沼署の署長であった倉石健介。

現在の警察庁次長である。

捜査に予断は禁物だとよく言われる。警察学校でも現場でも、教官や先輩達から何度も言われた。しかし楡岡からのＬＩＮＥでその名を目にしたとき、剛田は大いなる畏怖《いふ》とともに、倉石が本命であるとの直感を抱かずにはいられなかった。

その根拠は――何もない。

しいて言うなら、刑事の勘だ。

本当は勘にもなんらかの理由があるものだが、剛田は「刑事の勘」という言葉を、自分の思い込みを正当化する魔法の呪文《じゅもん》であると理解していた。脳内で上司の二谷係長が「だからおまえはダメなんだよ」と呆れているが、あえて無視する。

存命であるか否かにかかわらず、他の八人の調査も遺漏なく行なう。その方針に変わりはない。

それでも倉石健介の名前は特別だった。当時の大井沼署署長が現在の警察庁次長。警察庁にあって、長官に次ぐナンバーツーである。偶然と言うには倉石はあまりに大物すぎた。

この偶然が怪しい――怪しすぎるのだ――

剛田は根拠なくそう思う。

仮に倉石が四千万円盗難事件となんらかの関係があったとして、自分如きが手を出せる相手ではない。いや、階級が絶対の警察組織において、手を出すどころか、疑いを抱くことすら許されない相手である。

総監、自分は一体どうすればいいのでありましょうか――

剛田は恐怖に打ち震えた。

いいや、次長であろうと、ワルならワルで捜査する、ホシならホシで逮捕する。それが駄目だというのなら、自分はなんのために刑事になったんだ――

どうすればいいのでありましょうかと思ったそばから、鳴滝の指示がＬＩＮＥに届いた。

［倉石健介の生い立ちについて詳細に報告せよ］

またまた無茶な命令であった。

我ながら正気とは思えない蛮勇を振り絞り、剛田は倉石の調査に取りかかった。一つ間違えば、警察官としての自分の将来が木っ端微塵になりかねない行為と言える。

もっとも、直接マル対――警察用語で対象者を指す――に接触するわけではない。鳴滝に命じられた通り、倉石の人生を辿るだけである。それでも危険であることに少しも変わりはなかったが。

鳴滝とともに『喫茶しぶすぎ』に赴いた翌々日、夏芽はＣ大学の図書館で二十年前の日総新聞縮刷版をチェックしていた。

厳密には二〇〇五年を中心にその前後三年間を含む範囲である。面倒だが咲江が秀子の去った年を正確に覚えていない以上、仕方がない。

『喫茶しぶすぎ』で購読していたのが日総新聞であったのは不幸中の幸いだった。大新聞の一つなので、C大学でも当然の如く収蔵している。

剛田からは、調査の成果が随時LINEで報告されていた。二〇〇一年当時の大井沼署幹部の名前が列挙されている。全部で九人だった。当然ながら、夏芽が初めて見る名前ばかりである。しかし鳴滝の返信を見ると、かなり興味を惹かれているようで、珍しく剛田を褒めそやし、さらなる調査を指示している。

もしかしたら、九人の中に真犯人がいるのかもしれない——そう考えた途端、剛田の得意げな顔が浮かんできてこの上なく不愉快な気分になった。

とにかく、自分も剛田に負けずがんばるしかない。夏芽は見落としのないよう丹念に紙面を当たった。

キーワードは「難病で入院している女の子」だ。この縮刷版から該当すると思われる記事を見つけ出す。それこそが柳井秀子さんに大きな影響を与えたと思われる手がかりなのだ。

まずは二〇〇五年から始めて二〇〇八年まで調べたが、それらしい記事は見当たらなかった。「難病の男の子」「難病の妊婦」「難病のネコ」といった記事はいくつかあった。いずれも「女の子」ではないが、とりあえず概要をノートに書き写しておく。図書館内でのスマホの使用は禁じられていた。こっそり使用して万が一見つかったりしたら、図書館規則により図書館は出入禁止になってしまうのだ。

思った以上に大変な仕事であったが、あの地獄のプリン道中を思えば大したことはない。

自販機コーナーに行ってドリンクを買い、一休みする。持参した目薬を差した夏芽は、大きく伸びをしてから図書館に戻り、チェックを再開する。今度は二〇〇四年から二〇〇一年まで遡《さかのぼ》ってみることにした。

「あれ……」

やがてそれらしき記事が目に入った。二〇〇三年の記事だ。

[特発性心筋症の少女　米で心臓移植へ]

これだっ！

目を中華料理の大皿のようにして読む。

[治療は心臓移植に頼るほかなく……両親は高額の費用をとても捻出《ねんしゅつ》できず……しかし全国から集まった寄付により、来週にも渡米の予定で、静香ちゃんも両親もその日を……]

静香ちゃん？　どこかで聞いたような名前である。

首を捻りつつ記事を最初から読み直す。

[十歳の榊静香ちゃんは、厚生労働省が定める指定難病の一つである特発性拡張型心筋症で、長らく入院生活を送っている。これは、心臓を動かしている筋肉が弱くなるという心疾患で……]

榊静香！

驚きのあまり、夏芽は声を上げていた。

「もしかして……榊先生？」

二〇〇三年に十歳。現在先生は三十二歳。年齢も合う。

掲載されている女の子の写真は、粒子こそ粗いものの、先生の面影がはっきりと感じ取れる。ここまで似ていると、同姓同名の別人と考える方が難しい。

間違いない——いや、間違いかもしれないけれど——

「榊先生だ！」

榊静香准教授は少女の頃、心臓の病気を患っていたのだ。

「……えっ、ということは？」

これが咲江の言っていた、秀子の読んでいた記事であるという証拠は何もないのだが……もし仮に、そうだとするならば……

柳井秀子は、少女の頃の榊静香が心臓移植のため渡米するという記事を見て、なんらかの心境の変化をきたしたということになる。

もしかして、柳井秀子と榊静香の間には何か関係があったのだろうか。

知り合いとか、親戚だったとか？

いや、柳井秀子本人ではなく、死んだ森窪刑事の関係者だったとか？

自分一人で考えていても仕方がない。夏芽は図書館を出て、早速ＬＩＮＥで問題の記事について報告した。

鳴滝の既読マークはすぐに付いた。しかし、いくら待っても返信はなかった。

まあいいや——どうせ隣同士だし——

アパートに帰って直接話そうと、夏芽は愛用のリュックサックを背負い直し、大学を後にした。

倉石健介、五十五歳。現警察庁次長。現住所、東京都渋谷区広尾《ひろお》。家族は夫人と大学生の娘が一人。

開成高校から東大法学部へ進学。国家公務員試験Ⅰ種合格、キャリアとして警察庁へ入庁。二〇〇一年当時は三十三歳の警視であり、首都圏にあるC県警の大井沼署に署長として赴任していた。二〇〇二年、本庁に復帰。以後順調に出世コースを歩み、要職を歴任して現在に至る。次期警察庁長官、あるいは次期警視総監の呼び声も高いエリート中のエリートだ。

「えっ、倉石次長にそんなことが」

「そうなんだよ」

痛ましげに呟いたのは、倉石の中学高校時代の同級生である。名前を坂之内《さかのうち》と言い、現在は証券会社の役員を務めている。

そこは新宿にある喫茶店の一室で、剛田は倉石の人物像について『日刊警察』で紹介記事を執筆することになったと偽り、取材と称して坂之内を呼び出したのだ。『日刊警察』は事実上の警察機関紙であり、剛田の創作ではなく発行元の本社は平河町《ひらかわちょう》に実在する。

坂之内からは主に倉石の少年時代について聞き出すつもりであったのだが、友人の贔屓目か、坂之内は倉石の優秀さや人間性を讃《たた》えるばかりであった。いいかげん面談を打ち切ろうと剛田が思い始めた頃、坂之内は倉石について思わぬエピソードを打ち明けてくれた。

「あれは私達にとってもショックな出来事でね、当時は今みたいにネットなんてなかったし」

「そうですよね……」

剛田は声を潜めて頷くしかない。

「ああ、つい話してしまったが、今の話は書かないでくれ。『日刊警察』だったか、倉石も読むんだろう？　昔の話だが、よけいなことを思い出させて、あいつを悲しませたくはないんだ」

「分かりました。そうします」

人としてここは同意するしかない。もともと『日刊警察』に執筆するということ自体が嘘なので、坂之内は心配する必要などないのだが。

「今日はありがとうございました。おかげさまで倉石次長のお人柄がよく理解できました」

「うん、あいつは本当に真面目でいい奴だからね。記事を楽しみにしているよ」

坂之内と別れた剛田は、新宿の裏通りで立ったまま、聞いたばかりの話をＬＩＮＥで報告した。長文の連投になってしまったがやむを得ない。それにしても自分の指は、本当にスマホには向いていない。入力にいつも苦労する。

「これでよし、と」

始末書を書くのに匹敵するくらい苦労して書き上げ、送信を済ませた剛田が、新宿駅に向かって歩き出そうとしたとき――

いきなり左右から腕をつかまれた。目の前にバンが急停止し、ドアが大きく開けられる。

「なんだ、てめえら」

全力で抵抗しようとしたが、右腕をつかんだ男が可聴範囲ぎりぎりの小声で囁いた。

「監察だ。分かってんだろ」

監察――

最も恐れていたものがついに来たのだ。それも予想よりだいぶ早く。

「あの、ボクは刑事としての仕事をですね――」

言いわけする暇さえ与えてくれず、男達は慣れた動作で剛田の巨体を軽々とバンの後部座席に押し込んだ。


買物をして帰ろうと思い立ち、夏芽は最寄りのバス停の一つ手前でバスを降りた。そのすぐ近くに大型スーパーがある。朧荘近くのどの店よりも安価で品揃えがいいため、夏芽は時折「買出し」と称してその店を使っているのだ。

ふと思いついてスマホを見る。剛田からのメッセージが数多く届いていた。しかもそれぞれがやたらと長い。

うわ、メンドくさそう――

後で読もうとスマホをしまいかけたとき、新たなメッセージが届いた。鳴滝からだった。

［朧荘に帰ってはならない。監視されている］

いきなり不穏極まりないことが書かれていた。

［バス停も見張られているはずだ。バスに乗車中ならいつものバス停で降りるな］

えっ、もしかして間一髪だった――？

頭の中が混乱する。

どうすればいいの――あっ、それより鳴滝さんは無事なのかな――

急いで返信しようとしていると、さらに鳴滝からのメッセージが届いた。

それは、今までで最も不可解なものであった。

［新聞記事を探せ。榊静香より前の記事だ］

運転手を含め、剛田を確保した五人の男達は、一言も喋ろうとしなかった。

「あの、どこ行くんですかね？　ボク、そろそろ署に戻らないと叱られちゃうんで」

いろいろ話しかけてみるが、ことごとく黙殺された。

警務部監察官室の室員は公安経験者が多いという。車内の重力が増したかと思えるほど異様に重苦しい沈黙も、監察ならば当然と言えた。

剛田のスマホは、確保された時点で取り上げられている。

右側に座った男が剛田の指をつかみ、スマホに押し当てて指紋認証させた。

「あっ、やめて下さいよ。そんなの、プライバシーの侵害じゃないですか」

男は何も答えずスマホの中身をチェックし始めた。

「ねえ、やめて下さいってば」

「おまえも警察官なんだろう？」

「え？」

「だったら当然、任意の提供に同意するよな？」

「あっハイ」

うっかり同意してしまった。

男は剛田苦心の作である「管内うまいラーメン屋リスト」「うまいトンカツ屋リスト」「餃子《ギョーザ》のうまい中華屋リスト」などを大真面目にチェックしている。

バンはやがて剛田もよく知る建物の地下駐車場へと入っていった。

こいつらは県警じゃなくて警視庁だったのか――

事態がいよいよ容易ならぬものであることを悟ったが、こうなってしまってはもうどうしようもない。

男達は地下駐車場から上階のフロアへ移動し、長い通路の先にある一室へと剛田を連行した。

そこは取調室でも会議室でもない、ましてや応接室などではあり得ない、ただ殺風景な部屋だった。

用途不明のテーブルが一台。その周辺にパイプ椅子が四脚。奥には薄汚れたマットレスと毛布が放置されている。

窓がない上に照明も薄暗く、湿った空気が淀んでいた。呼吸しているだけで肺が瘴気《しょうき》に侵されそうだ。こんな部屋が警視庁の中にあったなんて――

「あの、なんですか、ここ。ボク、なんだかこの部屋、恐いんですけど」

それには答えず、男達は剛田を力ずくでパイプ椅子に座らせた。

テーブルを挟んで剛田と対峙《たいじ》するような恰好で、男の一人が腰を下ろす。他の四人は座ろうともせず、少し離れてテーブルを取り囲むようにして立っている。

対面に座した男が剛田を見据え、

「剛田鋼太郎巡査部長。おまえの目的はなんだ」

低くかすれた声だった。聞いているだけで体温が三度くらい下がりそうな気さえする。剛田の知る限り、こういう声の持ち主はヤクザ、それも年季の入った幹部に多い。

「えっ、目的って言いますと？」

「それを訊いているのはこっちだ」

「ボク、前にメンタルやられましてね、あっ、医者の診断書もありますよ。たまには違った環境で気分転換するのがいいってお医者様から言われまして。それで新宿見物にでもと。C県に比べると、東京ってやっぱ都会ですねえ」

相手は頰の筋肉を動かすことさえしなかった。

「おまえは誰に使われている？」

「誰って？　ああ、ボク、C県の公僕ですから、雇用者は市民の皆様かなあ」

「その調子で続ける気ならそれでもいい。こっちはおまえを外国のスパイとして公安に引き渡すことも考えている。奴らはウチと違って執念深いから、おまえを死ぬまで監視してくれるだろう」

「ちょっと待って下さいよ、どうしていきなりそうなるんですか」

「法執行機関の内部情報について調べるなんて、一番疑わしいパターンじゃないか。スパイ摘発マニュアルの最初のページにも書いてあるぞ。読んでないのか」

「そんなマニュアルがあることすら知りませんでした」

「警察官にしては不勉強だな」

「それにしてもスパイだなんて、テレビや映画の観すぎなんじゃないですか」

「悪いが今は配信の時代でね。テレビも映画も滅多に観ない」

「意外と気持ちが若いんですね」

周りを取り囲む四人が一言も発しないのが不気味である。

「気の毒だが、我々は冗談を言っているわけではない。むしろ早く公安に引き継いでもらいたいくらいなんだよ」

マズい、これはヒジョーにマズい事態だ――

「おまえは倉石次長の身辺を探っていた。なぜだ」

「なぜって……実はボク、倉石次長に憧れてるんです。ボクはノンキャリだから次長になんかなれっこありませんけど、それだけに想いが募るっていうか……倉石さん、マジカッコいいなあって」

喋れば喋るほどリアリティから遠のいていくのを自覚する。

「ところでボク、一体なんの容疑で拘束されてるんですか。日本にはスパイ防止法なんてないはずでしょう。ボクはスパイじゃないですけど。ヤクザと間違えたなんて言わないで下さいよ。事と次第によっちゃ――」

「容疑は窃盗だ」

「はい？」

「おまえは柳井秀子の住居から書類らしきものを持ち出した。令状も取ってある」

「冗談はやめて下さいよ。ボクがそんな真似をするわけが……」

「現場検証で柳井秀子のアパートに同行した上遠野捜査員が、おまえの上着の端から綴込表紙の一部が見えたと証言している。おまえの奇行はいつものことだから、あえて黙っていたそうだ」

そんなことまで知られているのか――それにしても上遠野の野郎、監察なんかによけいなことをべらべら喋りやがって、警察官の風上にも置けねえ奴だ――

今さらながらに監察の能力の高さ、恐ろしさに剛田は慄然とする。

「柳井秀子を起点に、おまえは九九年の大井沼署内現金盗難事件を調べ始めた。仲間の爺さんと女はいち早く行方をくらましたらしい。訓練されたスパイとしか思えない迅速さでな。次長のご友人を誘い出した手口も外国情報機関の手引き書に載っている。言い逃れは利かんぞ」

総監はご無事だ――しかもこいつらは、総監の身許については未だ把握していないらしい――

「爺さんと女？　ああ、パチンコ屋で隣に座ったってだけの間柄ですよ。どういうわけか話が合っちゃって」

「パチンコ屋で接触というのも連中の常套《じょうとう》手段なんだ」

「えっマジで？」

マジでマズいよ――最悪だよ――

「さっきから黙って聞いてれば、言いがかりにもほどがあるんじゃないですかね。弁護士を呼んで下さい。警察官にだって人権はあるはずだ」

開き直ってふんぞり返る。ついでに足も組んでみた。

向かいに座っている男は、何も言わずにスマホを取り出し、ためらわずに発信した。

「……監査官室の佐島《さじま》です。外三《がいさん》の小淵《おぶち》さんお願いします……あ、どうも、佐島です。今『特別接待室』にいるんですけどね、例の男、そっちで引き取ってもらえませんか……いや、最初は普通の事案かなって思ってたんですけど、妙な点が多くてね、こりゃどうもそちらの案件じゃないかって気がしてきまして、念のためご連絡したってわけで……いえいえ、そうして頂ければこっちも助かります……ええ、どう処理しようと全然構いませんので……じゃあ、お待ちしてますんで、よろしく」

電話を切った男に急いで尋ねる。

「あの、外三て、もしかして……」

「外事三課に決まってるだろ」

公安だ――

大学の図書館はまずい。アパートが知られている以上、自分の立ち回り先はすべて把握されていると考えるべきだ――

確かドラマで、誰かがそんなことを言っていた。スマホの小さな画面で観る配信ドラマも、時には役に立つものだ。

アパートに荷物を取りに行くどころか、紬の家やバイト先の甘吟堂に転がり込むというのも駄目だろう。無関係の人に迷惑をかけたりしたらお詫びのしようもない。

夏芽はバスで県立図書館に向かう。鳴滝からの指示を遂行するためだ。

「新聞記事を探せ。榊静香より前の記事だ」

どういう意味だ――

必死に頭を働かせる。言葉通りに受け取ると、自分が見つけた榊先生の記事は、鳴滝が求めていたものではなかったということになる。

つまり、少女時代の榊先生の記事が出ていた二〇〇三年以前の、「難病で入院している女の子の記事」を探せばいいのだ。新聞はやはり日総であると考えるべきだろう。

直前に剛田から送られていた長文のメッセージも丹念に読んだ。そこに記されていた内容を知るに及んで、夏芽にも事件の輪郭がぼんやりと見えてきたように思えた。

『県立図書館前』のバス停で降りた夏芽は、横断歩道を渡った反対側にある図書館に入館した。

今も誰かが自分を見張っているのではないか——びくびくと怯えながら、同時に極力自然なふうを装いながら、そして結局それが一番挙動不審であると自覚しながら、夏芽は図書館で日総新聞の縮刷版をチェックし始めた。

二〇〇二年の記事を半年分くらいチェックした時点で、ふと思いついて二〇〇一年の記事から先にチェックすることにした。大井沼署の四千万円盗難事件が発生した後の日付からだ。

夏芽の勘は当たっていた。

大井沼署の事件からわずか四日後にその記事はあった。

［難病で苦しむ女の子に匿名の寄付］

今は声を上げている余裕もない。夏芽はひたすら紙面を追った。

［特発性心筋症で入院中の斉藤加奈子ちゃん（9）は、ひたすら心臓移植のドナーを待ち続けているが、国内では法的問題もあり、ドナーが見つかる確率は絶望的なまでに低い。残る手段は海外での手術だが、それには最低でも五千万円以上の費用がかかると言われている。そんな加奈子ちゃんのもとへ、匿名で四千万円の現金が届けられた。加奈子ちゃんの両親は自力で不足分の資金を調達し、手術

のためアメリカへ渡航する準備を進めている」

夏芽は確信した。間違いない、これだ。四千万円という金額まで合致する。

図書館での撮影は禁じられているが、今は火急の時である。やむなくスマホでその記事の写真を撮り、夏芽は急いで図書館を出た。

[記事を発見しました]

撮ったばかりの写真を添付し、ＬＩＮＥで報告する。

すぐに鳴滝から指示が届いた。

[玉井花代さんの家で待つ]

朧新田に住む玉井花代とは、以前『幽霊息子の振り込め詐欺事件』——その名称は夏芽が適当につけたものだ——をきっかけに知り合った。鳴滝の推理によって事件は解決し、今日に至っている。

犯人、とは少しばかり言いにくい犯人の川添雄一は、鳴滝の言いつけを守り、立派に働きながら母親代わりの花代に尽くしているという。

「花代さんの家に隠れるなんて、名案にもほどがありますよ」

玉井家の居間で、夏芽は鳴滝に向かって叫んでいた。

「それは褒めているのかね。それとも怒っているのかね」

「褒めてるに決まってるじゃないですか」

「やっぱり怒っているように見えますがねえ」

恬淡とした様子で鳴滝が呟く。花代は買物に出かけているという。

花代は鳴滝に心から感謝している。その鳴滝が「匿《かくま》ってくれ」とやってくれば、一も二にもなく力を貸してくれることは自明であった。

「……でも、鳴滝さんはどうして朧荘が見張られてると分かったんですか」

「私はたまたま煙草を買いに出ておりましてな、戻ってみると朧荘の前に不審なバンが停まっているじゃないか」

「えっ、あそこら辺の道って確か……」

「そう、駐車禁止だ。すぐにピンと来たが、確証がない。そこで警察に通報したわけだ、『違法駐車で迷惑している』と。物陰から様子を見ていると、間もなく自転車に乗った警察官がやってきた。バンの窓を叩いて運転手に横柄な態度で注意していた警察官が、敬礼をせんばかりになって大急ぎで立ち去った。それで確信したというわけです。乗っているのは警察、それも公安か警務の監察で、我が愛しの朧荘を監視しているのだとね」

なるほど、さすがは元警視総監だ――

夏芽はもう感心するばかりである。

「それより、お嬢さんが発見した記事についてだがね」

「あっ、そうでした」

夏芽はスマホで撮影した記事の写真を表示し、自分でも再確認する。

「やはり想像した通りだった……送ってくれた写真の記事を読んで確信しました」

どちらかというと面長の鳴滝が、顎に手を遣って嘆息する。

彼は事件の全容をすでに見抜いていたに違いない。その裏付けとなったのが、剛田による下手な長文の報告なのだ。

「……こうなると、剛田もまた無事ではあるまい」

スマホを取り出し、剛田に発信しようとした鳴滝は、寸前で指を止めた。

「いかん。すでに剛田が確保されているとしたら、こちらの居場所を特定されてしまう」

鳴滝は別の番号を呼び出して発信した。相手はすぐに出たようだった。

「……ああ、私だ、鳴滝だ。元気でやっておるかね……そう驚かんでもいいだろう……まさか、死んどりゃせんよ、この通り生きておる……ところで君に頼みたいことがあるのだ。それも極秘裏に大至急でだ……そうか、やってくれるか。では頼んだよ」

簡潔に依頼して電話を切った。

「今の、警察時代のお知り合いですか」

すると鳴滝はにやりと笑い、

「お嬢さんはなかなか察しがいい」

どうやら夏芽の推察通りであったらしい。

間もなく鳴滝のスマホに折り返しの電話がかかってきた。

「うん、うん、そうか、やっぱりなあ……ご苦労だった、恩に着るよ。この礼はいずれ必ず……そう心配せんでいい、私は気楽にやっておるよ。もっとも、居場所は秘密だがね……君も健康には気をつけてくれたまえ……ああ、この件はくれぐれも内密にな」

電話を終えて夏芽に向き直った鳴滝は、

「やはり剛田はすでに確保されているようだ。それも公安にだ。次長の弱みを握って警察を操ろうとするスパイ事案だと誤解されたらしい。となると、連中は我々の目的については依然把握していないと見ていいだろう」

その話に、夏芽は事態の深刻さを理解した。

「そんな大ごとになってるんですか」

「あくまで誤解だがね」

「誤解にしたって、あたし達がスパイだなんて、勘違いにもほどがあります」

「まあ、それが公安の仕事ですから」

「剛田さんがヤクザに間違われて組対に捕まったってんなら分かりますけど」

「組対とかさらりと口にするところを見ると、お嬢さんもすっかり慣れてきましたねえ」

「え？　あっ、そんなこと全然ないですよ？　あたし、至って普通の人ですから」

慌てて否定するがもう遅い。バツの悪さをごまかそうとしたわけではないが、

「それより、これからどうするつもりなんですか。いつまでもここに隠れているわけにはいきませんし、剛田さんだって放っとくわけにはいかないでしょう」

「そうですなあ……」

鳴滝はいよいよ考え込むように顎を撫でさすり、

「剛田はともかく、花代さんに迷惑ばかりかけてもいられませんからなあ」

ちょうどそこへ、当の花代が買物から帰ってきた。

「ただいま」

夏芽と鳴滝はまるで昔から同居している家族のように、声を合わせて返答する。

「おかえりなさい」

「今夜は冷え込みそうだって天気予報で言ってましたから、夕ご飯はお鍋《なべ》にしようと思って」

花代が手にした買物カゴからは、大根とネギの束が覗いている。

鳴滝は夏芽の方を見て言った。

「今日はもう疲れたから、とにかく明日考えましょう」

「剛田さんは？」

「一晩くらい放っといても死にはせんでしょう」

「やっぱそうですよね」

夏芽の心は、すでに鳴滝と同じく鍋物の方へと大きく傾いていた。


翌朝の午前八時二十七分。夏芽と鳴滝は広尾の高級住宅街にいた。

なにしろ総理経験者を含む政治家や富裕層が多く居住する地域である。隠れるような場所も店もない。ただうろついたり、立っていたりするだけではたちまち通報されてしまう。

そこで散歩する祖父と孫を装い、腰を曲げた鳴滝がカメよりものろい動作で一歩ずつ足を運ぶ。孫に見せかけた夏芽が鳴滝の手を取り、微笑みながら忍耐強く付き添っているという恰好である。

午前八時三十分。黒いレガシーが一軒の家の前で停まった。『倉石』と刻まれた立派な表札が掛っている。

助手席から下りてきた眼光鋭いダークスーツの男が、門の脇にある呼び鈴のボタンを押した。それを待っていたかのように、玄関から長身の男が現われる。何もかも事前に入手した情報の通りである。

門を出た男が迎えの車に向かって歩き出したとき、鳴滝の腰はまっすぐに伸びていた。

「おはよう、倉石君。しばらくだね」

悠然と歩み寄ってくる鳴滝に、倉石健介次長は一瞬怪訝そうな顔をしたが、次いで驚愕の色を面上に濃く表わした。

「あっ……」

ダークスーツの男達が鳴滝と夏芽の前に立ちふさがり、強制的に排除しようとする。別の一人が倉石をかばいながら車へと誘導する。

「次長、早くこちらへ」

「いいんだ、この方は……」

倉石が護衛の手を払いのける。

「この方は大丈夫だ」

「そうは参りません。お急ぎ下さい」

規則かマニュアルの通りなのだろう、男は警護対象である倉石を強引に移動させようとする。

一方夏芽は、腕をつかまれ悲鳴を上げた。鳴滝も羽交い締めにされている。

「やめろっ。その方に無礼な真似をしてはならんっ」

倉石の一喝に、警護の警察官達はわけが分からないといった様子で互いに顔を見合わせた。

「その方は……その方は……」

よろよろと鳴滝へと歩み寄った倉石は、足を止めて直立不動の姿勢を取り、深々と頭を下げた。

「ご無沙汰しております、総監」


霞が関の中央合同庁舎第2号館十九階。警察庁長官官房のあるフロアだという。次長専用の執務室で、夏芽と鳴滝はもう三十分あまりも待たされている。

倉石の送迎車であるレガシーに同乗して移動し、その部屋に通された二人は、応接用のソファに座し、出された煎茶を虚しく啜っているのであった。

「次長になるとこんな広い部屋が使えるんですねえ」

緊張感に耐えられず、夏芽は我ながらどうでもいいことを口にする。

「そうですねえ」

「次長でこれなら、もしかして、総監室はもっと広くて豪勢なんですか」

「さあ、昔のことなんで、もう忘れてしまいましたねえ」

二杯目の茶を啜りながら、鳴滝は泰然自若として仙人、もしくは狸のようにとぼけた風情。

この人はいつもこういうときに、と夏芽は少しばかり癪に障る。

「それにしても、このお茶、かなりいいのを使ってますね」

「そうですねえ。もっとも、淹れ方はまだまだ未熟のようですが」

「このお茶も税金ですよね」

「その通りです」

「警察って、いつもこんな高そうなお茶を使ってんですか」

「幹部だけでしょう。一般の警察官は主に番茶であろうと推察します」

「推察って……」

「単なる私のイメージですから」

「元警視総監じゃなかったんですか」

「だから末端のことまでは知らないんですよ。私は現場に出たこともありませんし。捜査について何も知らないくせに、威張り方とゴマのすり方だけを知ってるのがキャリアというものですよ」

鳴滝の皮肉に、自嘲と厭世観がほの見える。

古巣の警察庁にやってきて、昔の嫌な記憶が甦ったのかもしれない――

そうと気づいて、夏芽は鳴滝の横顔を見た。単なる自嘲だけではない、鳴滝は悲哀に縁取られた追想に沈んでいるかのようだった。

「鳴滝さん……」

何か声をかけようとしたとき、ドアが開いて倉石が入ってきた。

「お待たせしました」

彼の背後には三人の男が続いている。いずれも倉石と同年配で、階級章の付いた制服を着用していた。

三人は鳴滝に向かい、一斉に敬礼する。

対して鳴滝はと言うと、鷹揚に頷いたのみだった。

そして最後に、熊のような大男が、鼠のようにおずおずと入ってきた。

剛田であった。

「剛田さんっ」

夏芽は驚いて腰を浮かしかけた。

「無事だったんですか。て言うより、どうしてここに」

「それは、本職にもよく分からんのです……」

その場にいる警察幹部らしき男達をこれ以上ないくらい意識しているようで、「本職」などという一人称を使っている。

「監察に引っ張られて、公安に引き渡されたと思ったら、いきなりここに連れてこられて……本職は一体どうなってしまうのでありましょうか」

誰に対してかは分からないが、情けない顔で剛田が問う。

知りませんよ——と言いかけたが、さすがに口にはしなかった。

「総監……お元気そうで、本当に……」

倉石と一緒に入ってきた三人の高官の一人が、感無量といった面持ちで呟く。

「君達はいつまでそこに立っておるつもりかね。そのままでは話もできん。いいかげん座ったらどうだ」

鳴滝に促され、倉石達が我に返ったように向かいに腰を下ろす。

「は、失礼します」

「それに私は総監ではない。元総監だ」

「いえ、我々にとって、鳴滝総監は永遠に総監でいらっしゃいます」

別の高官が、まるで剛田のようなことを真顔で言う。

「あの、本職は……」

当の剛田が、おずおずと訊いてきた。

「君はそこらへんに立っとるしかあるまい。その図体で座ったら大切な官給品のソファが壊れかねん」

「はあ……そうします」

どこまでもマイペースを崩さない鳴滝に、剛田は小学生のように従うのみである。

夏芽もちょっとだけかわいそうに思ったが、そんなことより対面に座す男達の方が気になった。

「総監はいつから我々のことを……」

倉石の問いかけを遮り、鳴滝は穏やかな口調で言った。

「全員ではない。特定していたのは倉石君、君だけだ」

「そうでしたか……」

「この面々であったと知り、大いに得心しておるところだ」

鳴滝の言葉に、倉石の横に座った三人が身を縮こまらせた。

「そうそう、ここにいるお嬢さんはね、三輪夏芽さんといって、私に協力してくれておる人だ。君達の方ではとっくに把握しているだろうが、お嬢さんは君達を知らない。私だって、次長の倉石君を別にして、君達の今の役職を知っているわけではない。そこで、まず自己紹介からお願いできんかね」

「これは失礼しました」

倉石が背筋を伸ばし、左隣に座った男を見る。

「では、君から順に」

「ああ」

頷いた男が、鳴滝と夏芽に対して軽く頭を下げ、

「官房長の馬庭《まにわ》達也《たつや》です」

残る二人も次々に名乗った。

「警備局長の伊勢《いせ》祐太朗《ゆうたろう》です」

「生安局長の野々川《ののかわ》光男《みつお》です」

警察庁の役職や序列など、夏芽にとっては古代エジプトの歴代ファラオの名前と同じくらい縁遠いものであったが、それでも、かなり、相当、極めつきに、途轍もなく偉い人達だというのはなんとなく分かった。

倉石がゆっくりと言う。

「二十四年前の大井沼署の事案……忘れようとしても忘れられない、あれは確かに私の……」

「おい待て倉石、あれは俺が――」

口を出そうとした馬庭を押しとどめ、倉石は続ける。

「総監は当時本庁にいらしてC県警とも無関係でした。なのにどうして今になって真相を解明できたのか、私には不思議でなりません」

「解明などしとらんよ。現に馬庭君らの関与は知らなかった」

「それにしても不可解です。どうか教えては頂けませんか」

「いいだろう」

鳴滝は咳払いをして語り始めた。

「端緒はご病気で亡くなられた柳井秀子さんの部屋から、大井沼署四千万円盗難事件の捜査資料と当時の出納簿が見つかったことだった。見つけたのはそこにいる剛田だ。彼はその二つを密かに持ち出し、私のところへやって来た。それくらいは君達もすでに把握しているね」

倉石ら四人が一斉に頷く。

「念のために付け加えておくが、剛田が現場から証拠品を持ち出すという、警察官にあるまじき行動を取ったのは、それが警察組織全体を根底から揺るがしかねないものであると咄嗟に判断したからだ。そのことを覚えておいてやってくれたまえ」

「総監……」

感激のあまり剛田が何か言いかけた。

それを遮るように、鳴滝はわざとらしく声を張り上げて話を続ける。

「ともに大井沼署にあるはずの二つの文書が、どうして一般人の部屋にあったのか。しかも警察とは無関係の職場で働いていた独り暮らしの女性の部屋にだ。まず検討すべきはその二つの文書が本物なのか、あるいはコピーや偽造品の類いなのかだ。その答えは、実物を見ればすぐに分かる。私の部屋からもう押収したかね？」

どこか挑発的に言う鳴滝に対し、生安局長の野々川が答える。

「窃盗の共犯として警視庁の捜査員が捜索しましたが、それらしいものは発見できなかったとの報告を受けております。総監のお住まいとも知らず、お詫びのしようもございません」

「私の住まいだからといって謝ることはない。謝るとすれば、全国民に対してだな。日頃から強権的な捜査を許しておるからこういうことになる」

「お言葉、胸に深く刻みます」

野々川は深くうなだれた。

「現物はコインロッカーに預けてある」

鳴滝はYシャツの胸ポケットからロッカーのキーを取り出し、一同に示した。

「どこのロッカーか、私の行動範囲はごく狭いから、調べるのは簡単だろう。ともかく、今は先を急ごう。まず捜査資料の方だが、読んでみると大井沼署の公式記録ではなく、森窪刑事が個人的に記していたものであることが分かった。次に出納簿だが、これは一目瞭然、本物だ。ただし、大井沼署に今も保管されている方もやはり本物だ」

え、それってどういうこと？　どっちかがコピーってこと？

夏芽は自分の立場を忘れ、もう夢中になって聞き入っている。

「答えは簡単だ。大井沼署にあるのが表の帳簿だとすれば、柳井秀子さんが持っていたのはいわゆる裏帳簿というやつだ」

あっ、と夏芽は声を上げそうになった。

確かにそれは、典型的な警察不祥事の証拠である。

「大井沼署の会計課に勤めていた秀子さんは、この裏帳簿をこっそりコピーできる立場にあった。そうだ。秀子さんは元大井沼署の職員で、森窪刑事の恋人だった。だから森窪さんは捜査資料を秀子さんに預けていた。まあ、このあたりもすでに把握しているだろう」

「おっしゃる通りです」

今度は警備局長の伊勢が肯定する。

「さて、問題はここからだ。四千万円の盗難が内部の犯行であることは誰しも想像しただろう。しかし森窪さんは犯行時刻とされる時間に四千万円が証拠物件保管庫にあったことを偶然確認していた。どう考えても辻褄《つじつま》が合わない。そこで密かに捜査を始めた彼は、あることに気がついた。盗まれたのは押収した犯罪収益金などではなく、大井沼署の裏金だったのだ。誰かが裏金を盗んでから、それを犯罪収益金で補塡した。犯行時刻の矛盾はそのせいで生じたものだ。それを裏付けるのが、秀子さんのコピーした裏帳簿というわけだ」

そこで鳴滝は痛ましげな表情を見せ、

「だが、森窪さんは折悪しく事故で亡くなった。秀子さんは謀殺を疑ったようだが、あれは疑いようもない事故だった。どういうわけか亡くなった森窪さんが窃盗の被疑者とされ、事件は決着した。警察を辞めた秀子さんは、恋人の汚名を晴らそうとしたが、その手段を持たなかった。ただ証拠である二つの帳簿だけはずっと手許に置き続けた。なぜなら、それは愛する森窪刑事が最後に手掛けた事件の記録でもあるからだ」

「私です」

もはや耐えられなくなったように、倉石次長が呻いた。

「全部私がやったんです」

「倉石っ」

馬庭官房長が再び制止しようとするが、倉石は声を震わせながら続けた。

「言わせてくれ、馬庭。私はずっと森窪さんに申しわけないと思って生きてきたんだ。柳井秀子さんという人のことは覚えていない。署内に森窪さんの交際相手がいるという話は聞いていたが、まさかずっとそんなものを持ち続けていたとは……」

悲痛な面持ちで語っていた倉石が、思いついたように顔を上げ、

「すると、柳井秀子さんは私が真犯人であると知っていたと」

「いや、裏金を扱えるのは署内の幹部だから、そのうちの誰かだろうくらいは察していたかもしれないが、それだけだ。知っていたら、なんらかの行動に出たはずだが、我々の調べた限りにおいてそのような痕跡はなかった」

「では、総監はどうして私だと見抜かれたのですか。当時の大井沼署幹部に絞って捜査を進めたとしても、辿り着くのがあまりに速い。証拠だって何もなかったはずですが」

「それをこれから話そうとしとったところだ」

「すみません」

倉石が悄然とうなだれる。

警察庁の次長って、ものすご一く偉い人だよね？　鳴滝さんに叱られるとああなっちゃうのは、剛田さんだけじゃなかったんだ――

夏芽には、鳴滝がまるで小学生を叱る校長先生に見えてきた。

「そのきっかけは、あるご婦人との出会いだった。毅然《きぜん》として聡明で、若くして作法に通じ、何事においても折り目正しい。それでいて常に他者への気配りと謙虚さとを失わない」

榊先生のことかな――

「亡き妻に似た、素晴らしい女性だ」

ええーっ！

夏芽にとって、その日最大の衝撃発言であった。

「その女性は、甘い物が大変にお好きで、問わず語りにこう語った。『幼少期に甘い物を食べられない環境にあったからだ』と。そこから推測できるのは、貧困のため菓子類を購入できなかったか、保護者が栄養学的見地に基づき子供から甘い物を遠ざけたか、もしくは、体質、病気等で禁じられていたか」

榊先生の甘い物好きの話？

夏芽は鳴滝が何を言おうとしているのか分からなくなった。

「あるとき、そこにいる剛田にたまたま遇った彼女は、彼の体格について何度も言及した。『小さい頃はずいぶんわんぱくだったのだろう』、『スポーツをやっていたのか』、『きっと活発な子供だったのだろう』、『目に浮かぶようだ』、『明るい元気な声が聞こえてくるようだ』。さらには『うらやましい』とまで。もちろんそれらは、剛田に対する好意によるものではない」

「えっ、そんなあ」

でれでれとした顔で聞いていた剛田は、最後に容赦なく冷や水を浴びせられ、世にも情けない声を上げた。

鳴滝はまるで気にかける様子もなく、

「それらの発言を総合すると、やはり彼女は幼少期に病気であったことが想像できる。それも長期にわたる入院加療を必要とする病気だ。当時の彼女は、元気に校庭を走り回る子供達に強い憧憬を抱いていたに違いない。無事に成人した今もそんな思いがあるからこそ、人一倍、いや、人の三倍くらい元気で手に負えないガキ大将だったような剛田を『うらやましい』と評したのだ」

なるほど、そうだよね——

夏芽は大いに得心する。そうでなければ、あの榊先生があそこまで剛田を話題にしたがるはずなどないではないか。

「そんなとき、警察を辞職した柳井秀子さんのその後について調べていた我々は、ある人から重大な証言を得た。『難病で入院している女の子』の記事を新聞で見かけた秀子さんは、まるで憑きものが落ちたようにさっぱりとした様子であったという。それまでは真犯人の告発にあれほど執念を燃やしていたにもかかわらず、だ。しかも証言者の女性は、『その記事は大井沼署の事件とはまったく関係ないものだった』とまで言っている。これは一体どういうことか」

そこで一旦言葉を切った鳴滝は、視線を夏芽へと移し、

「手がかりはこのお嬢さんが見つけてくれた。二〇〇三年の記事だ。それは図らずも、先ほどから話している私達の知人女性のことだった。重い心臓病であった彼女は、海外で心臓移植するしか助かる方法がなかったが、全国から集まった寄付により、手術を受けられることになったという。女性の年齢に触れるのはためらわれるが、この際やむを得まい。二〇〇三年に彼女は十歳でしかなかった。事件のあった二〇〇一年には八歳だ。当然犯人ではあり得ないし、新聞記事によると、父親の職業も警察とは接点がない。なんの裏付け捜査もしとらんが、大井沼署の事件とは無関係と考えていいだろう。だが、真に注目すべき点はそこではない。全国から迅速に集まった寄付により、彼女が助かったということだ。今と違って、当時はクラウドファンディングといった概念は一般には知られておらず、寄付を募るにしても間に合わない事例が多かった」

倉石達は、今や息を詰めて鳴滝の話に聞き入っている。

「しかし、記事は最後にこうも伝えている。『数年前、匿名の寄付によって子供が救われた事例があり、そのことが大きく報じられた結果、全国から寄付が集まりやすくなった』と」

榊先生の名前にばかり気を取られ、そこまでは気にも留めていなかった——

夏芽は密かに反省する。

「そこで私はお嬢さんに再度頼んだ。さらに遡ってそうした記事が他にないか調べてほしいと。結果は予想した通りであった。斉藤加奈子ちゃんという九歳の女の子が、匿名の寄付により海外で移植手術を受けられるようになったという記事を見つけてくれた。二〇〇一年。そう、大井沼署の事件があった直後だ。金額は四千万円。何から何まで合致する。これに先立って、剛田からの報告が私のもとへ届けられた。すなわち、当時の大井沼署幹部についての調査報告だ。そこに最後の手がかりがあった」

「えっ、そうなんですか」

剛田本人が驚きの声を上げる。自分では気づいていなかったようだ。

「もっとも、そのせいで監察から目を付けられたわけだがな」

鳴滝は冷めきった煎茶を飲み干して茶碗を置き、

「剛田が報告してきたのは、倉石君、君のご家族の話だ。もっと言うと、君の妹君の話だ。痛ましいことだとお悔やみを申し上げる。しかし、それですべてが明らかになった」

鳴滝の話に気を取られていた夏芽は、対面の倉石に目を遣って愕然とした。

彼は静かに涙をこぼしていたのだ。

「そこからは私に話させて下さい」

ハンカチで涙を拭い、倉石が懇願した。

今度は馬庭も止めようとはしなかった。

「妹は、やはり心臓の病気で、ずっと入院していました。学校で元気に遊び回っているはずのクラスメイト達をうらやみながら、移植のドナーをひたすら待っていたのです。当時私の家は、決して貧しくはありませんでしたが、さほど裕福ではなく、海外で手術を受ける費用なんてとても工面できなかった……あの頃はそれこそクラウドファンディングどころか、インターネットすら知られていませんでしたから……いたずらに時間が過ぎていくのをなすすべもなく……私が中学生のとき、妹はとうとう息を引き取って……あんなに明るかった妹の死顔が、今もこの目に……」

室内は寂として声もない。

ただ倉石の追想が、執務室全体に黄昏にも似たうら寂しい光を投げかけているようだった。

「歳月が過ぎ、警察庁に入庁した私は、C県の大井沼署に署長として赴任しました。ご存じの通り、キャリア官僚にとっては一時的な腰掛けのようなポストです。つつがなくその任を終えようとしていたとき、私は、斉藤加奈子ちゃんのことを知りました。雑誌か何かで見たのだと思います。もちろん、私とはなんのゆかりもない他人です。しかし、心臓の病気で移植手術ができずにいるという。私は宏《ひろ》美《み》を……妹を思い出さずにはいられませんでした……一日でも、いや、一時間でも早く手術しないと加奈子という少女は死んでしまう。妹の宏美のようにです……でも、五千万以上もの大金は、署長であった私にも簡単に用意できるものではありませんでした」

倉石の話が時折途切れるのは、嗚咽をこらえているせいだろうか。

「そんなとき、頭に浮かんだのが大井沼署でストックしていた裏金でした。総額で四千万円。決して表に出すことのできない金であり、警察の宿痾《しゅくあ》とも称すべき悪弊です……私は即座に腹を決めました。衝動的に、と言ってもいい……その金をすべて加奈子ちゃんに匿名で送ったのです。当然自首するつもりでした……今後のことを相談するため、親友の馬庭達にだけは打ち明けました」

「倉石、もういい」

馬庭が再び倉石を制止する。

「しかし、馬庭」

振り向いた倉石に、馬庭は決然と告げた。

「この先は俺が話す」

そして彼は鳴滝と夏芽の方に向き直り、

「私と倉石は警察庁入庁の同期で、当時私はC県警で刑事部捜査二課長を務めておりました。倉石に呼ばれたのは私の他に、ここにいる伊勢と野々川の三人です。伊勢と野々川は倉石の大学時代の後輩で、伊勢は本庁の人事課長補佐、野々川は会計課長補佐でした。我々は倉石から一部始終を打ち明けられ、心底驚きました。そして、自首すると言って聞かない倉石を全員で引き留めました。倉石こそ明日の警察を背負って立つ人間である、今ここで倉石を失えば、警察という組織はいよいよ駄目になってしまう――そんな危機感があったからです。それに裏金の件が表面化すれば、警察のダメージは計り知れない」

「そんなの、勝手じゃないですか」

我知らず夏芽は叫んでいた。

「勝手すぎます。警察の都合がすべてに優先するって、本気で思ってるんですか」

「あなたの言う通りです」

馬庭は否定しなかった。

「私達は、間違ったことをしてしまった。信じてもらえないかもしれませんが、その自覚はありました。しかし、他にどうしようもなかった。警察の将来を憂う気持ちも嘘ではない。そして何より、我々は知っていたんです——倉石がかつて妹さんを喪ったということを」

夏芽は声を失う。

人として、今の自分に何か言えることがあるだろうか。

「私にも言わせて下さい」

生安局長の野々川だった。込み上げる激情を懸命に抑えるように、

「大井沼署に保管されていた犯罪収益金で裏金を補塡しようと提案したのは自分です。裏金がなくなると、長年カラ領収書を作らされていた全署員が黙っていない。大混乱に陥って収拾がつかなくなるばかりか、騒ぎは必ず表に出てしまう。警察にとって考え得る限り最悪の事態です。犯罪収益金なら、内部の不心得者による窃盗という程度で済む。少なくとも、警察が受けるダメージはずっと小さい。森窪さんに罪を着せることを思いついたのも……たまたま事故で亡くなったと聞き、天の助けと……身寄りがないとも聞いていましたから、悪いとは思いつつ、故人に汚名を被ってもらうことにしたのです。森窪さんが盗難事件について調べていたなんて、少しも知りませんでした。本当です。嘘ではありません」

「誰も嘘だとは思っとりゃせんよ。大体そんなとこだろう」

鳴滝が鷹揚に発言する。

「聞いて下さい」

伊勢警備局長だった。

「私は、中学生まで、次長のご実家の近所に住んでおりました。だから、直接知っていたんです、当時の……次長と、妹の宏美ちゃんが、どんなに仲のいい兄妹であったか……宏美ちゃんはいつも潑剌《はつらつ》として、明るくて……道で出会うと、笑顔で私の名前を呼びかけてくれて……それを思い出したから

こそ、私は、次長のお気持ちが……まるで自分のことのように……」

胸が詰まってしまったのか、伊勢はそれ以上、言葉を続けられなかった。

鳴滝は一際深いため息をつき、

「倉石君、要するに君はこの三人の説得に応じ、森窪さんに罪を着せてしまった。そして他に真相を知る者もなく年月が流れたわけだ」

「はい。すべて私の責任です。馬庭達は私を案じるあまり――」

「誰が誰を案じようと、罪に変わりはないだろう。君達の友情には敬意を表するが、この期に及んで情に絡めたかばい合いなどやめたまえ。君達はそれでも警察官か」

鳴滝が初めて強くたしなめた。

「はい、申しわけありません」

四人が同時に頭《こうべ》を垂れる。

夏芽は鳴滝の威厳と貫禄《かんろく》の真価を、まざまざと見たように思った。

「さて、ここでその後の経緯を検証してみよう」

一転して穏やかに言う。変転する鳴滝の話しぶりに、夏芽は翻弄《ほんろう》されるばかりである。

「森窪さんには交際中の恋人がいた……それはもう言ったかな。柳井秀子さんは、警察を辞めた後も、ずっと森窪さんの汚名をそそぎたいと願い、苦しみ続けた。そんなとき、彼女は我々の知人女性の記事を読んだのだ。これは私の想像でしかないのだが、森窪さんはかなり真相に近づいていたのではないかな。彼の捜査記録は絶筆となったため途切れており、断定はできないが、大井沼署関係者らの家族構成が詳細に記されているあたり、そうと見ていいと思う。そして、そのことを秀子さんに話していたか、あるいは秀子さん自身が感じ取っていたとしてもおかしくはない」

どういうこと？　森窪さんが、それにもしかしたら秀子さんも真相に近づいていたって？

それは、夏芽にとっても驚きであった。

「肝心なのは、匿名の寄付者の存在によって、斉藤加奈子ちゃんが無事に手術を受けられただけでなく、これに続く寄付者の増加によって、多くの人の命が救われたということだ。もしかしたらそれは単に、犯罪における模倣犯の逆とも言える人間心理のゆえかもしれん。仮にそうであったとしても、難病に苦しむ人々にとって大きな福音となったことは間違いない。そして、救われた子供の中に、我々の知人女性もいた。彼女は立派に成人しただけでなく、社会に対して恩返しをしようと全力で取り組み、大きな成果を上げているという」

やっぱり榊先生のことだ――

「もとは犯罪であったかもしれんが、その行為は、後々大きく花開いた。言わば善根だよ」

「総監……」

感極まった倉石の呟きに、鳴滝は照れたように横を向き、

「私としたことが、よけいな話までしてしまった。ともかく、秀子さんは我々の知人女性に関する記事を読み、斉藤加奈子ちゃんを救った匿名の寄付者の行為が、巡り巡ってこの結果をもたらしたと気づいたのだ。その瞬間、彼女はすべてを赦《ゆる》そうという心境に至ったのだろう」

そうだったのか――

夏芽は今こそ事件の全容を理解していた。

少年の頃に死に別れた妹を思い出し、警察の裏金を寄付せずにはいられなかった倉石次長。

自首するつもりであった彼を懸命に押しとどめ、翻意させた馬庭達。

捜査中に非業の死を遂げ、犯人の汚名を着せられた森窪さん。

彼の無念を晴らしたいと願い続けた柳井さん。

でも柳井さんは、倉石の行為が結果的に多くの人達を救っていたことに思い至り、すべてを自分の胸の内に収める決心をした――

救われた大勢の患者達の中に、幼い頃の榊静香准教授が含まれていようとは。そして彼女との出会いが、鳴滝の推理のきっかけになろうとは。

「知りませんでした……」

それは倉石の呟きであった。

「あのとき自分のしでかした罪が、そんな結果につながっていたなんて、想像したこともありませんでした」

「そうだろうね」

鳴滝はいかにもそっけなかった。

「風が吹けば桶屋《おけや》が儲《もう》かるなんて言うがね、風は桶屋を儲けさせようと思って吹いているわけじゃないからな。犯罪者は自らの犯罪の結果について考えることがあったとしても、波及効果までは考えんだろう」

気のせいか、鳴滝は「犯罪者」という言葉を強く発音したようだった。

「そうです。私は犯罪者です。窃盗という罪を犯した。それだけじゃない。部下であった森窪さんに罪を着せてしまった。とんでもない卑怯者だ」

「いえ、それは私の――」

口を挟もうとした野々川を、倉石は鋭く制する。

「すべて私が決断したことだ。責任は私にある。私はずるい。一旦は自首すると決めておきながら、結局そうしなかった。そればかりか、のうのうと警察に居続けて……恥知らずにもほどがある」

「そうだ。たとえ難病患者への寄付が増えたとしても、君と君の友人達が犯した罪が消えるわけではないからな」

何もかも鳴滝の言う通りだ。

それにしても――と夏芽は思う。

口調といい、態度といい、今日の鳴滝はいつもより厳しくはないだろうか。

「おっしゃる通りです」

すでに覚悟を決めているのか、倉石は神妙にうなだれる。

「総監の推理がなければ、私はこの先も未練がましく今の地位にしがみついていたことでしょう」

「倉石っ」「次長っ」「倉石さんっ」

馬庭、そして野々川と伊勢が一斉に声を上げる。

倉石は彼らに向き直り、

「もういい。もう終わったんだ。我々は自分達の罪を償いながらこれからの人生を生きるとしよう。君達を巻き込んでしまったことはお詫びする」

頭を下げる倉石に対し、馬庭達は何も言えずに黙っている。

「実を言うとね、ずるいのは君達だけではないんだよ」

不意に鳴滝が、いつもの飄々とした口調で言った。

「私もまた相当ずるい。先ほどの私の推理だが、あれはとても推理なんて言えたシロモノじゃない。私が話した部分においては、難病患者への寄付と、大井沼署の盗難事件とはなんの関係もない。つまり、論理の飛躍があるわけだ。証拠だってありはしない。もっとも、私なりの確信はあったがね。そこで倉石君、君に話の続きを引き取ってもらえるよう誘導した。君の性格と人間性からして、妹さんの思い出が根底にあるあの事件のことを、ずっと引きずっているに違いないと踏んだのだ。結果は思った通りであった」

「え、つまり鳴滝さんは倉石さんを引っ掛けたってことですか」

思わず訊き返してしまった夏芽に対し、答えたのは鳴滝ではなく、倉石であった。

「それは違います。総監は私を引っ掛けたのではない。私を信頼して下さったのです。それだけではない。自白の機会まで与えてくれたのです」

そして倉石は鳴滝に向き直り、再度深々と頭を下げた。

「感謝致します、総監」

夏芽は自らの未熟さを恥じるばかりであった。

「倉石健介。初めて君に会ったのは、私が総括審議官を務めておったときであったか。君はすでに本庁で将来を嘱望される身であった。君だけではない。馬庭君、伊勢君、野々川君。いずれも警察庁には珍しい正義感の持ち主だった。この、正義感の持ち主が本庁では珍しいというところが、なんとも情けない限りだがね。ともかく、君達のことは警察庁における絶滅危惧種として印象に残っておったし、君達もまた、なぜか私なんぞを慕ってくれた。うん、やはり君達は変わっておったのだろうねえ」

イイ話になりそうでならない。この〈鳴滝話法〉もしくは〈鳴滝節〉を、夏芽は今日ほど真剣に歯がゆく感じたことはない。

だがそんな鳴滝の話を、倉石達は至極真面目に聞いている。

「総監が辞任なさったとき、私は警察の将来を悲観したものです」

そう呻いた伊勢が、鳴滝に詰め寄るように、

「なぜですか、なぜあのとき辞任されたのですか。あの唾棄《だき》すべき収賄事件に、総監はまるで関与しておられなかったというのに」

横に立つ剛田が、「そうだそうだ」と言わんばかりの顔で頷いている。

「そういうときに責任を取るのがトップの仕事ではないのかね」

あっさりと返され、伊勢は言葉に詰まる。

「いや、この際だ。私も正直に自白すると、警察みたいな魑魅魍魎《ちみもうりょう》の蠢《うごめ》く世界から逃げ出すいい機会だと思ったわけだ。あんなところからは一刻も早く足を洗いたかったからな」

夏芽は首を傾げる――「足を洗う」とは、普通は警察側ではなく、犯罪者側のためにある表現ではなかったか。

「薄々は分かっておりましたが、それはあまりに無責任では……少なくとも、我々がショックを受けたのは事実です」

ためらいつつも呆れたように言う伊勢に対し、剛田が「そうだそうだ」と、とうとう口に出して言ってしまった。

「私からも言わせて下さい」

野々川がこれまた真剣な顔で、

「私達にとって最後の希望であった鳴滝さんが、あろうことか呆気なく総監の責務を投げ出された。あのときの絶望は、とても忘れられません」

変なとばっちりが、今度は鳴滝自身に降りかかってきたようだ。

しかしそれくらいで怯むような鳴滝ではなかった。

「実に重畳。私の辞任により、君達はそれぞれの責任を改めて自覚したことだろう。こうなったら自分達で警察を正していかねばならないとね」

野々川はまさに虚を衝かれたようだった。

「なに、警察を辞めてもその程度の情報は嫌でも耳に入ってくるよ。君達が奮起して綱紀粛正に日夜精励しておるとな」

まったく以て老獪《ろうかい》としか言いようのない話の持って行き方だ。

「第一、私なんぞがあのまま警察にいたとしても、大した仕事はできなかっただろう。それよりは、後進に座を譲って新陳代謝を促した方が組織にとって有益だと考えた。一〇〇パーセント功を奏したとは言えないが、風通しは多少よくなったと思う。あの頃はロクでもない連中が居座っていてどうしようもなかった。汚職事件のほとぼりが冷めた頃、連中は一斉に天下ったり、政治家に転身したりした。連中、今頃この世の春を満喫しとるのかもしれんが、警察にとってはいい厄介払いができたわけだ。鬼の居ぬ間のなんとやらで、連中の影響力を排除するいい機会でもあったろう。君達が志していたはずの仕事もずっとやりやすくなったのではないかね」

「総監……」

感に堪えぬように野々川が涙をにじませる。それだけ気を張りつめて生きてきたのだろう。

そこで鳴滝は姿勢を正し、

「窃盗罪の公訴時効は犯罪行為を終えてから七年だ。とっくに時効は成立しておる。森窪さんに罪を着せたのは許し難いが、書類送検であって告訴したわけではないから虚偽告訴罪にも当たらない。また本人が死亡しているため名誉毀損《きそん》で告訴されることもない。従って、君達が法的に裁かれることはないというわけだ」

なんだか釈然としない思いで夏芽は鳴滝を見る。

本人もそれを意識しているようで、

「まだ何かあったなあ……そうだ、警察の裏金を隠蔽したことだ。だがこればっかりは個人の力ではどうにもできんだろう。裏金なんてない方がいいに決まっておるのだが、人間社会において組織を円滑に機能させるためには、まだまだそういうものが必要なのかもしれん」

本当にそうなのだろうか。

夏芽には判断のしようもないが、そのことは大きく胸に残った。社会学を学ぶ者として、今後の課題を見出したような思いであった。

「そういうことだ、倉石君」

「しかし総監、私は――」

顔を上げた倉石に、鳴滝が諄々《じゅんじゅん》と語り聞かせる。

「繰り返すが君達の罪は消えない。だが罪を償うことはできる。警察を真の警察たらしめるべく、これまで以上に精励することだ。できれば裏金などといった旧態依然とした悪弊を根絶してほしい。一朝一夕にはできんだろうが、少なくともそのための努力を続けることはできる。それに……そうだ、病気や事故で苦しんでいる人達に対し、もっと積極的に手を差し伸べること。それが君達にできる最大の贖罪《しょくざい》だ。どうかね、やってみるかね」

「はっ、総監がお許し下さるのであれば、誠心誠意、取り組むことを誓います」

四人は直立不動の姿勢となって敬礼する。

剛田まで反射的に敬礼しているのは、いかにも剛田らしくて納得するしかない。

「私が許すかどうかの問題ではない。諸君がこれから国民にどう接していくかという話だ」

「失礼致しました。警察官として、国民の生活と安全を……病気や事故で苦しんでいる人達を……守り抜くことを誓います……必ずです」

倉石が鼻声になっているのは、亡き妹の面影を脳裏に描いているせいか。

「それともう一つ」

駄目押しのように鳴滝が四人を見回して、

「私は総監ではない。元総監だ」

警視総監にふさわしい威厳を示した鳴滝が、その一言ですでにいつもの〈となりの鳴滝さん〉に戻っている。実に鮮やか、且つ飄々とした処し方であった。

これでよかったのだろう――

夏芽は今までのことを思い返していた。

森窪さんが亡くなって罪を着せられ、柳井さんは苦しんだ。

四千万円を盗んだ真犯人は、妹さんの死を忘れられなかった倉石だった。

しかし、倉石による〈匿名の寄付〉が斉藤加奈子という女の子を救い、さらには全国的な寄付者の増加をもたらした。

そのおかげで、榊静香も一命を取り留め、長じて社会学者となり、人々に大きく貢献している。

――世界が悲惨であること、それは真実ではありますが、真実が一つとは限りません。ニヒリズムに陥るのは簡単です。でもそんな態度が、社会をより悪いものにしているのではないでしょうか。

――社会には希望があるんです。そしてそれは、人の生きる力になっているんです。だから私は社会学を、人間社会に本質的な希望を見出すための学問であると捉えています。

かつて耳にした榊先生の言葉の数々が甦る。『プリムローズ』でケーキを食べながらなにげなく聞いていたのだが、先生の言葉の一つ一つが、人の善意によって死の淵から生還したという過酷な経験を反映したものだったのだ。

――あの先生は、社会の本質は希望であると断じた。単なるオプティミズムなどではあり得ない。

――そうと断言できる勇気だ。よほど肚の据わったお人でないとああは言えんよ。

そしてそのことを早くから看破していた鳴滝もさすがであるとしか言いようはない。

柳井秀子さんは、最終的に真犯人を赦していた。

だから私達も、これでいいですよね――

心の中で、夏芽はそっと呟く。

会ったことさえない、顔さえ知らない柳井さん、そして森窪さんに対して。

＊

かくして、〈警察組織の存亡〉が懸かった――誰がそう言い出したんだっけ？――スケールだけはやたらと大きそうな事件は終わった。

それも人知れず、こっそりと。

剛田はお咎《とが》めなしということで朧署に復帰し、「おまえは早く組対に行け」と言われながら相変わらずの日々を送っている。

鳴滝は『喫茶しぶすぎ』のシブすぎる店主相手に、事情を適度にぼかしつつ説明するのに苦労したらしい。渋杉咲江さんは相当なやり手で、陶芸展や盆栽展でのデートの約束をさせられたという。これには鳴滝の方が渋い顔をしていたが、いずれにしても夏芽にとっては心の底からどうでもいいことだった。

困ったのは夏芽自身である。

すなわち、「自ら課題を見つけレポートにまとめること」というアレだ。

結局事件はなかったことになったので、レポートには書けない。書けばせっかく丸く収めた鳴滝の配慮を台無しにしてしまう。

また、榊准教授自身の過去が間接的に関わっているわけで、そんなレポートをまさか本人に提出することなど考えられない。

いずれにしても、とにかく書けない。あれだけの苦労をしたにもかかわらずだ。ことに地獄のプリンの日々。思い出すだけでもぞっとする……と呟きながら、気がついてみるとコンビニで『産地直送・牧場のぜいたくミルクプリン』をカゴに入れていたりするから、習慣というか、嗜好《しこう》というものは恐ろしい。

そういうわけで、夏芽は大いに困ってしまった。

それでも机の前で七転八倒した挙句、夏芽はなんとかレポートをでっち上げた。

題して、「ある警察官僚の晩年」。

鳴滝をモデルに、彼の日常生活や独特な価値観、そして彼を慕う現役警察官との交流を描き、且つまた時折発生する、ごくささやかな波乱を通して、地域社会との関わりを掘り下げたのである。

紬のマンションで最後の一行を打ち終え、夏芽は「よし」と呟いた。

その途端、ローテーブルの向かいで自分の課題に取り組んでいた紬が言った。

「夏芽」

突然だったのでびっくりして顔を上げる。

「なに？」

「そのレポート、そんなにうまく書けたの」

「え、特にうまく書けたってわけでもないけど、そう酷くはないんじゃないかなあ」

「そうなんだ」

澄ました顔で自分のレポート作成を続けている紬に、

「なんでまたそんなこと訊くのよ」

「夏芽が満足そうに『よし』とか言ってるから」

聞こえてたのか――うわ、恥ずかしい――

「あたしなんて、書いても書いても終わらないってのに。大体さあ、課題が多すぎると思わない、ウチの大学」

「まあねえ……」

「もっとこう、自由に学べる時間とかが欲しいわけよ。例えば、レポートは年二回までにするとかさあ」

「ほんとだよねー」

「ところであんた、レポートのテーマ、何にしたんだっけ？」

紬が覗き込むような気配を見せたので、夏芽は慌ててノートパソコンを閉じて立ち上がった。

「『社会学の基礎と応用』だって言ったじゃない」

「そうだっけ？」

「そうだよ。ちゃんと言ったって」

ごまかしつつ、そそくさと辞去する。

「じゃ、あたしはもう帰るから。今日はありがとねー」

「うん、今度来るときは差し入れお願い」

「それなら任して。なんかリクエストある？」

「そうね、プリンとか食べたいな」

「げっ」

「なに、その『げっ』て」

「あ、いや、なんでもない、ホントなんでもないって……じゃあねー」

危ない危ない——

冷や汗を拭いながら紬の部屋を出た。


「あなたのレポート、大変興味深く読ませてもらいました」

研究室で、榊准教授は緊張して座っている夏芽に告げた。

「ありがとうございます」

慇懃《いんぎん》に礼を述べる夏芽を一瞥し、榊先生はさらりと告げる。

「ところで、ここに書かれている人物、鳴滝さんでしょう」

「えっ、いや、鳴滝さん、いや、伯父さんは警察とかじゃなくて、そんな偉い官僚でもなくて、ごく普通の会社員で……」

すっかり狼狽した夏芽に構わず、

「『警察の中央管理システムと地域社会』。数年前に私が発表した論文です。読んでない？」

「すみません、知りませんでした……」

「執筆に際して、可能な限り警察官僚に聞き取り調査を行なったの。それで警察官僚に共通するクセとか、匂いとか、そういったものに触れたわけ」

「はあ」

「鳴滝さんはそうした匂いからこの上なく離れた人なので、すぐには分からなかったけど、何度かお会いするうちに気づいたの」

「あの、それって、具体的にどういうものなんでしょう」

「そうねえ……」

榊先生は束の間考えてから、

「うまく言語化できればいいんだけど、現段階では空気としか言えないわね。もっとも、〈偉ぶった空気〉を分かりやすく発散している人も多いけどね。鳴滝さんはそういった人とはまったく違っています」

「その点は同感です」

「そう、そうやって墓穴を掘るのがあなたの弱点よ、三輪さん。あなたは今、鳴滝さんが警察官僚であると認めたわけです」

しまったああーっ！

後悔してももう遅い。

「もっとも、あなたが墓穴を掘らなくてもすでに確認できていました。［鳴滝　警察］で検索するだけで、辞任会見の記事がたくさん出てきたわ。鳴滝さん、警視総監だったんですね。私ったら、そんな偉い人とは露知らず、失礼な口を――」

「いえ、そんなこと、鳴滝さんはまったく気にしてないと思います。むしろ、偉いとか言われるのを一番嫌う人ですから」

「そうね。鳴滝さんはそういう人よね」

意外にも榊先生はあっさりと納得している。まるでこちらの発言を想定していたかの如く。

「さて、ここに記されている匿名の人物が鳴滝さんだとすると、いろいろ興味深い点が見えてくる。まず第一に、鳴滝さんが三輪さんのご親戚というのはその場で思いついた嘘。剛田さんももちろん他人」

「すみません、咄嗟にそんな嘘ついちゃって……」

「それはいいの。次に剛田さんが刑事というのはおそらく本当。あの人は自然に嘘のつける人じゃない。その場の雰囲気でつい調子よく喋っちゃったんでしょうね」

夏芽には、榊先生が鳴滝に勝るとも劣らぬ名探偵であるように思えてきた。

「そして、最も興味深い点。元警視総監の鳴滝さん、現役の捜査員である剛田さん、そして一般の学生である三輪さん。実に面白い取り合わせだと言うよりありません。この三人が、おぼろ池のほとりに集まって一体何を話していたのか」

うっ、それは――

まるで自分が尋問されている犯人のような気分になってきた。

「翻ってこのレポート、それにあなたがこれまで提出したレポートを再読すると、いろいろ符合する点が見えてきました。つまり、それらの事件はあなた達が実際に体験し、解決したものであること。しかもそれを主導したのが、鳴滝元警視総監であること。驚きましたね。元警視総監が市井に身を隠し、密かに捜査を行なっていたなんて」

「話せば長くなるんですけど……決して意図してのことではなく……成り行きといいますか、場の空気と言いますか、その、あたしにもうまく説明できないカンジで……」

「いいんですよ。大体想像できますから。それに、あなたが立派な社会研究を行ない、その成果をレポートにまとめたという事実に変わりはありません」

榊先生は穏やかに微笑んで、

「そうそう、今回のレポートにあるエピソードの一つ、［病気で苦しむ人達のために警察ができること］。だいぶ脚色されているようですが、これはモデルになる実例があったんじゃありませんか」

来た――最も恐れていた質問だ――

「それは……その……なんて言いますか……個人情報、そう、個人のプライバシーに関わることでもありますので、いくら先生でも、そうはっきりとはお答えできないと言いますか……」

もごもごと答えながら視線を上げると、榊先生はどこか意地悪そうに笑っていた。

何もかもお見通しなのだ、この人は――

「分かりました。いいでしょう。このレポートは充分に及第点。これであなたは無事に単位を取得できました」

「ほんとですか。ありがとうございます」

助かった――

胸を撫で下ろしていると、

「ところで三輪さん」

「なんでしょう」

「前回お約束した皆さんとの会食、ぜひまた開催したいと思いますので、鳴滝さんにどういうお料理がご希望か、伺っておいて下さい」

「はあ、それは構いませんけど……なんでもオーケーだと思いますよ、たぶん」

「そう、よかった。あ、それと、もしお時間があればで結構なんですけど、剛田さんもご一緒して下さると嬉しいわ」

「えっ？」

思わず変な声を漏らしてしまった。

もしかして、榊先生は本当に剛田さんのことが好きだったとか、そういうどんでん返し？

およそ人間が思いつく限り、これほど最悪のどんでん返しがあるだろうか。

そしてこの事件の結末に、まさかソレが待っていようとは。

「あの、もしかして先生は……」

失礼を顧みず、また人として訊くべきではないと理解しつつ、夏芽は訊かずにはいられなかった。

「……え、私が剛田さんを？」

すると先生は、とてもおかしそうに笑い始めた。

よかった——最悪の事態は避けられた——

「ごめんなさい、笑ったりなんかして」

「いえいえ、謝ることなんか全然ないですよ、全然」

「私は小さい頃ずっと入院していて、走り回ったりして遊べなかったものだから、剛田さんみたいな元気いっぱいの人を見ると、いいなあって思ってしまうの。子供の頃のことって、いつまで経っても忘れられないものなのね」

何もかも鳴滝の推理した通りであった。

「だから私、剛田さんのこと、嫌ってるわけじゃないですよ。むしろ好きなくらい。それで来て下さると嬉しいなと思って」

「えっ」

夏芽は再度仰天した。

真のショックは一度安心した後にやってくる――ハリウッド映画でよくある手だ。

「こう言っちゃなんですけど……いえ、決して悪口じゃないんですけど、剛田さんて、先生や鳴滝さんの会食にはあんまり向かない人だと思いますよ」

「それ、どういうこと？」

「実は、前にイタリアンレストランで会食したときのことなんですけど……」

夏芽は、剛田がエスプレッソカップの持ち手に小指を突っ込んで抜けなくなった事例について率直に打ち明けた。

すると先生は、文字通りお腹を抱え、大笑いした。笑いすぎて、苦しんでいるようにさえ見える。

「ごめんなさい、でもあんまり面白くて……」

おかしさのあまり、目尻に溜まった涙を拭きながら先生が謝る。それでもなお笑っているところが正直だ。

「大丈夫ですか、先生」

「ええ大丈夫……でも、エスプレッソの、カップに……」

また噴き出してしまう。よほどツボに入ったのであろう。

「ごめんなさい、こんなに笑ったのは久しぶり……いえ、生まれて初めてじゃないかしら」

「それは……何より、ですけど……」

「今の話を聞いて、私、剛田さんのことがちょっと好きになりました」

「マジで？」

「ええ。だから剛田さんにはぜひともいらして頂きたいわ。よろしくお願いね、三輪さん」

真のショック、最悪のどんでん返しがやっぱり来た――

第四話　朧荘最後の日

榊先生との会食は、晩秋の金曜日、肌寒い夜に行なわれた。

意外なことに、榊先生が選んだのはN駅前の商業施設内にある四川《しせん》料理の店だった。しかしあちこちに支店や系列店があるような店ではない。入口は他のテナントに比べて狭く、商業施設のレストラン街にありながら、わざと目立たなくしているような印象があった。

夏芽はピッチの細いボーダーのカットソーにツイードジャケットを合わせたスタイルで出席した。自分としては精一杯の装いである。鳴滝は前回の会食時とは異なる高級スーツを一分の隙もなく着こなしている。

剛田はいつものスーツだが、胸板が厚いので前のボタンが今にも弾け飛びそうだ。お洒落のつもりなのだろうか、髪をテカテカにして後ろへ撫でつけているため、普段より三割増しでヤクザに見える。

主役の榊先生はというと、黒いキャミソールワンピースだ。その上にゆったりとしたジャケットをボタンを留めずに羽織っているため、ワンピースのラインが強調され、エレガントな雰囲気を漂わせている。

個室で円卓を囲んだ一同の前に、紅大豆寒天寄せ、鯛のオレンジ陳皮煮、車麩《くるまぶ》の香料煮、蜂の巣の麻辣和《マーラーあ》えといった冷菜の盛り合わせが運ばれてきて、会食は始まった。

飲み物は鳴滝と榊先生が紹興酒、剛田がビール。夏芽はウーロン茶を注文した。もっとも、榊先生はそう飲む方ではないとのことで、鳴滝の付き合い程度に杯を口に運んでいる。

そもそも四川はとても湿度の高い地域であり、食欲を増進し発汗を促進する唐辛子と山椒が多く使われるようになったという。ゆえに四川料理の真髄はその辛さにあると言っていい。

榊先生が選んだだけあって、冷菜からしてすでに他店とは一線を画している。いずれも自らの役割を心得ているかの如く、出しゃばりすぎない上品な奥ゆかしさに満ちた味わいであった。中でも蜂巣の麻辣和えは、四川料理らしい辛さでありながら、ほんのりとした甘みを備えていた。鯛のオレンジ陳皮煮も四川料理を代表する品目で、それだけで主役を張れるほどの逸品であるにもかかわらず、慎ましやかに冷菜の皿でその務めを果たしている。

このところ試験勉強に追われるばかりであった夏芽は、口中に広がる四川の味に、決して大げさではなく〈生きる喜び〉といったものを感じていた。

剛田なぞに至っては、冷菜を食べ尽くすのにトータルで二十秒、いや十五秒もかかっていない。会食の場にふさわしからぬその様子に、夏芽は呆れ、鳴滝は知らん顔で、榊先生はにこやかな笑みを浮かべている。

話題はもちろん、O署の現金盗難事件だ。夏芽は提出したレポートに具体的なことを一切書かなかったばかりではなく、事件の輪郭そのものも曖昧にぼかしたつもりだったのだが、榊先生の洞察力の前では通用しなかった。そのことは、鳴滝達にもすでに報告している。

しかも会食が始まった途端、剛田が「大井沼署」と具体名を口にしてしまい、「O署」と名前を伏せた意味さえなくなってしまった。もっとも、榊准教授は過去の報道記事から大井沼署の事件であろうと早々に当たりをつけていたらしく、今や名実ともに事件の経緯と結果とを知る〈関係者〉になった次第である。

蟹《かに》味噌入りスープ燕《つばめ》の巣添えに続き、鮑《あわび》と帆立貝柱のネギ風味蒸しが並べられた後、榊先生が剛田に話を振った。

「ところで、剛田さんはどうして刑事さんになろうとお思いになったんですか」

自分の前に置かれた料理をそのつど秒単位で平らげていた剛田は、榊先生に話しかけられ嬉々《きき》として答えた。

「ボクは子供の頃からテレビの刑事ものが好きでして、それで凶悪な犯罪者と戦う刑事になりたいと思ったんです」

ある意味剛田らしい回答であったが、夏芽は貝柱を噛み締めてその旨味《うまみ》を堪能しつつ、心の中で「それはやっぱり刑事課じゃなくて組対だろう」と思ったりした。

「では、小さい頃の夢を実現したというわけですか」

「そうなんですよ」

目を輝かせている先生に、剛田はもう得意になっている。

先生のキラキラの意味はそんなんじゃない——夏芽は横からそう言ってやりたかったが、鮑を咀嚼するのに忙しく、それどころではなかった。鳴滝も、何を言っても無意味とばかりに二種の貝柱に取り組んでいる。

「しかし、刑事になるまで、思えば苦難の道のりでした」

もっともらしい顔で言う剛田に、榊先生が興味を示す。

「専門的な見地からも、それはぜひお伺いしたいですわ。例えばどんな苦労がおありになったんでしょう」

「そうですねえ……」

剛田はいよいよもっともらしく、

「話せば長い物語なのですが、他でもない先生のお頼みですので、順番にお話ししますとね、高校の二年にもなると、進学か就職かを選ばなきゃなりません。ボクはもう刑事になるって決めてたんですけど、どういうわけか進路指導の先生に反対されました。『おまえ、悪いもんでも食ったんじゃないか』って。『絶対に向いてないから、ソレとはできるだけ離れた職を選べ』とも言ってましたね。今思えば失礼な話ですよね」

すごく常識的でいい先生だなあ、と貝柱を呑み込んで夏芽は思った。

「それでもボクの中で燃え上がる正義の炎は消せるもんじゃありません。ちょうどF署で、高校二年生を対象とした警察官就職説明会をやってたんです。それで、ボクはちゃんと事前予約した上で、F署の説明会に行ったんです。そしたら、署の玄関で刑事さんらしい人が待ってるじゃないですか。『待ってたぞ、よく来てくれたなあ。俺はF署の荒岩《あらいわ》だ。安心しろ。俺がちゃんと面倒みてやるからな』って、こう、ボクの肩に手を回して。ボクはもう感激しちゃいましてねえ。やっぱりボクは警察で求められてる人材なんだ、こうして刑事さんがわざわざボクを待っててくれたんだ、ひょっとして、ボクはシード枠かなんかかな、とも思いました」

そこへ鶏肉《とり》と秋栗の炒《いた》めが来た。

シード枠がどうとかいう話は、夏芽の右耳から左耳へと、深山の清流の如くスムーズに流れ去っていく。

「刑事さんはそのままボクを二階の部屋へ案内してくれて、椅子を勧めて下さいました。机は一つきりで、他には誰もいません。やっぱりシード枠なんだなって思いました。そしたら別の刑事さんがドアを閉めて、ボクの横に立ちました。凄い目で睨んでくるので、ははあ、これはきっと将来のライバルを検分しに来たに違いないなと。そのとき向かいに座った荒岩さんが、『……で、黒原組《くろはら》の西田《にしだ》を殺《や》ったのはおまえなんだな』って。『誰ですか、それ』って言ったら、それまでとは別人のように怒り出して。『てめえ、この期に及んで見苦しい真似すんじゃねえ』とか言うんですよ。『あの、なんの話でしょうか』って訊いても、『とぼけんじゃねえ、舐《な》めてんのかこの野郎』とか言うばっかりで、全然聞いてくれないんです」

長々続く話の最初の方で、剛田の肉料理は彼の胃袋へと消えている。

続けて金華《きんか》ハム入り冬瓜《とうがん》とずわい蟹の煮込みが運ばれてきた。

「さすがになんだか変だなって思って、『あの、これ、就職説明会じゃないんですか』って訊いたら、ますます怒り出して、『てめえ、船石《ふないし》組のチンピラのクセしやがって、何が就職説明会だ。てめえはとっくに船石組に就職してんだろうがよ』って。そのときドアが開いて、制服のお巡りさんが入ってきて言うじゃありませんか。『荒岩さん、船石組から自首しにきたって人が、今受付に』とかなんとか。荒岩さんと若い刑事は『ええーっ』とボクの方を見て、『おまえは一体何者だーっ』なんて」

「えっ、それって、まさか」

一心に聞き入っていたらしい榊先生が箸を止める。

「お嬢さん、この冬瓜とずわい蟹もまた絶品ですな」

二人の会話にまるで構わず、鳴滝が同意を求めてきた。

「ええ、あたしもちょうどそう思ってたところです」

剛田はこちらをじろりと見て話を続ける。

「そうなんです。たまたま説明会と同じ日に、ヤクザの鉄砲玉が自首してくるって話がついてたらしくて、そのヤクザと間違えられたんです」

まあ、ありそうな話だなあと思いつつ、夏芽はずわい蟹を堪能する。

「待って下さい、すると剛田さんは、就職説明会に来た生徒さんなのに、自首しに来たヤクザと間違えられたってことですか」

「失礼ですよね。こんなに真面目なボクをつかまえて」

その途端、榊先生はナプキンで口を押さえ、猛烈に笑い出した。身を折って苦しそうにしているので、全員が腰を浮かせ、

「大丈夫ですか、先生」

「別室にお連れした方がよいのでは」

呼び鈴に手を伸ばしかけた鳴滝を、先生が押しとどめ、

「大丈夫です……どうか、ご心配……なく……」

それでも笑いをこらえられないようだ。

鳴滝は横目で剛田を睨み、

「まったく、君がつまらん話をするから——」

「いえ、とても興味深いお話でしたわ」

ハンカチで涙を拭いながら先生が座り直す。

「それでも剛田さんは初志貫徹して刑事さんになったんですよね」

「ええ」

「素晴らしいですね。それで、その荒岩さんとおっしゃる刑事さんは」

「今も県警の組対にいますよ。別の署ですけどね。お見かけしたら『あのときはお世話になりました』って挨拶するんですけど、そのたびに嫌な顔してサッと逃げてくんですよ。変わった人ですね」

先生がまたも激しい勢いで笑い出した。

だから剛田さんは会食には向かないって言ったのに——

心でぼやきながら夏芽は点心の重慶焼売《じゅうけいシューマイ》を口に入れる。

おいしい——ジューシーでありながら弾力のあるもちもちとした感触に、さっぱりとした生姜《しょうが》の清々《すがすが》しい香りが広がって——

点心を運んできた女性従業員は、大笑いしている先生から意図的に視線を逸らしているようだ。

「剛田さんのお話は社会学的にとても興味深いものです」

榊先生の発言に、夏芽は重慶焼売を噴き出しそうになった。鳴滝はというと、喉に詰まらせかけたのか、ゴホゴホと苦しそうな咳をしている。

「失礼ですが先生、剛田さんの話のどこが社会学なんですか」

夏芽の質問に対し、榊先生は大真面目な表情で、

「そうですね、『社会的偏見と公的機関における排除システムの実例』とでも申せましょうか。私の見るところ、剛田さんはそうした体験をたくさんしておられるようです」

「そりゃそうだろうとは思いますけど……」

夏芽は曖昧に頷いた。

「剛田さん、お暇なときで結構ですので、よろしかったらこれからもお話を聞かせて下さいませんか」

「えっ、ホントですか」

「ええ、私の研究にもっともっと協力して頂きたいのです」

「はいっ、喜んで協力させて頂きます」

先生の性格からして、純粋に研究のことを考えているのだろうが、剛田の舞い上がり方を見ると、どう勘違いしているのは明らかだ。

ともあれ、双方、大幅に思惑のずれたまま合意に至ったようである。

鳴滝はもうあからさまに頭を抱えている。

女性従業員がまったくの無表情で事務的に訊いてきた。

「デザートの前に、鮭とイクラの炒飯《チャーハン》か、四川焼きそばを選べますが、どちらになさいますか」


一同が支払いを済ませて店を出たとき、ちょうど入店しようとしていたカップルと出くわした。

「あれ、鳴滝さんじゃないですか」

「おや、鴨志田《かもしだ》さん」

その男は夏芽もよく知っていた。朧荘のオーナーの息子にして管理人の鴨志田明彦《あきひこ》だ。

尋ねたことはないが、歳は三十前後だろうか。本業が別にあるらしく、ごくたまに朧荘に現われては、掃除や修繕などを大雑把にやっている。朧荘はなにしろ古い物件なので、管理会社の類いは入れていないのだ。

連れている女性は知らない。年齢は鴨志田と同じか少し上くらいで、かなり派手めのメイクをしている。鴨志田は不良学生がそのまま大人になったような人物で、夏芽の苦手なタイプであった。

「こんばんは」

夏芽も挨拶すると、鴨志田は珍しそうに、

「あ、三輪さんも一緒だったの。じゃあそちらの皆さんは……」

「まあ、朧荘の親睦《しんぼく》会みたいなものですな。もっとも住人は私と三輪さんだけで、こちらにいらっしやるのは三輪さんの大学の先生で榊さん、その後ろにいるのは私の知人で剛田と言います」

紹介された榊先生と剛田が同時に挨拶する。

「はじめまして、榊です」「剛田っす」

「どうもはじめまして、僕は朧荘の管理人で鴨志田って言います。あ、そうそう、ちょうどよかった。こんな所でなんですが、親父もいいかげんトシなんで、あのアパート、取り壊して土地ごと売っちまおうと思ってんですよ」

重大なことをサラッと言う。

「すぐにでも売ってほしいっていう業者が来てましてね。そこの駅前にある『千鳥《ちどり》不動産』です。だから近いうちに退去をお願いします」

「ちょっと待って下さい」

茫然自失の鳴滝より先に、夏芽は鴨志田に抗議していた。

「そういうのって、確か六ヶ月前に通告する契約になってると思うんですけど」

「ええ、その通りです。なので、相場の立ち退き料にかなり上乗せしてお支払いするつもりです。引っ越し料もこちらで持ちますし、転居先として千鳥不動産がきれいなマンションを用意するって言ってくれてます。特別サービスで家賃もだいぶお安くしてくれるそうです」

「ほんとですか」

夏芽の心がぐらりと揺れる。

「はい。ご希望でしたら、朧荘の跡地に建設予定の新築マンションにも優先的に入居できるよう手配するって、千鳥不動産が約束してくれてます」

「えっ、新築マンションに入れるんですか。でも、高いんじゃないですか」

「ご心配なく。この場合もお家賃は抑えめで」

「それは困る」

悲痛な声を上げたのは鳴滝だった。

「私は苦労してあの物件を探し出したのです。今さらマンションなんぞに入りたくない」

傍から見ると、頑迷な老人のわがままにしか聞こえないあたりがもの悲しい。

「そう言われましてもねえ。朧荘は基本二年契約で、鳴滝さんの契約期間は確かあと半年でしたよね。通告書はすぐにでもお届けします」

榊准教授も気の毒そうに、

「鴨志田さんのお話からすると、貸主側としての誠意は充分に尽くされているように思いますが」

「しかし私は、どうしても……」

普段は冷静な鳴滝が、初めて見せるうろたえぶりであった。

「どうしても立ち退きを拒否されるのであれば、こちらとしては訴訟ということになりますが」

「それも困る。絶対に困る」

鳴滝は誰にも知られない平穏な生活を求めて朧荘に入居したのである。裁判沙汰になったりしたら本末転倒もいいところだ。

「どうも分かりませんねえ。ここまでの好条件なんて、普通はないと思うんですけど」

鴨志田も困惑しているようだ。

そりゃそうだろう。鳴滝のこだわりを完全に理解できる人間の方がどうかしている。

「おい貴様、こちらにおわすのを一体どなたと思ってんだ、ああ？」

本人にそのつもりはないのだろうが、威嚇的に身を乗り出した剛田を、夏芽が慌てて押し戻す。

「剛田さん、話がややこしくなるからちょっと黙ってて下さい」

鳴滝の正体は絶対に秘密である。それに夏芽の心は、すでに新しいマンションへ向かって羽ばたいていた。

鴨志田は剛田の迫力に怯えたように後ずさり、

「鳴滝さん、反社の人と関係があったんですか。だったら正当な立ち退き事由になりますね」

「てめえコラ、誰が反社だ、ええオイ」

「もうっ、剛田さんは引っ込んでてっ」

「アキちゃん、早く入ろうよ。アタシ、もうお腹減っちゃった」

鴨志田の連れの女がうんざりしたように文句を言う。

「では、確かにお伝えしましたからね」

急いで入店しようとした鴨志田が、ふと思いついたように足を止めた。

そして榊先生に向かい、

「あの、榊さんとおっしゃいましたよね。どこかでお会いしたこと、ありませんか」

「えっ、私とですか」

「はい」

「さあ、私には覚えはございませんが」

夏芽は困惑している先生に助け船を出すつもりで、

「榊先生は著名人ですから、テレビや雑誌とかでご覧になったんじゃないですか」

「いえ、自慢じゃないですけど、僕は大学の先生とか興味ありませんし……そんなんじゃなくて、もっと身近で、いえ、ネットなんかでもなく……確かに見覚えが……」

「申しわけありませんが、こちらに心当たりはございません」

「もうっ、アキちゃんたらっ」

連れの女に手を引っ張られ、鴨志田は背後を何度か振り返りつつも店内に消えた。

残された一同は、しばし呆然とその場に立ち尽くしていたが、「ああ……」と呻いて鳴滝がよろめいた。

「大丈夫ですか、鳴滝さんっ」「しっかりして下さいっ」

夏芽と榊先生が慌てて抱き留めるが、鳴滝は「大丈夫です……」とまったく大丈夫でなさそうな顔色で応じるばかりである。

「とにかく、早く朧荘へ」

剛田が鳴滝を担ぎ、一同は朧荘へと移動することになった。

鳴滝の年齢が年齢なので、タクシーを使うことにしたが、本来ならば四人乗れるはずなのに、剛田がいると三人しか乗れない。夏芽は鳴滝と同じ朧荘だし、剛田がいないと階段を担いで上れないので、やむなくその場でお開きということにして、榊先生は鳴滝を案じつつも電車に乗って帰っていった。

朧荘の二階。鳴滝の部屋に上がり込み、夏芽は押入から布団を出して床を延べた。剛田がその上に鳴滝を横たえる。

「心配ないと言っておるだろう。私はそこまで老いぼれてはおらん」

減らず口を叩きながら鳴滝はすぐに半身を起こしたが、その声はやはり弱々しい。

朧荘取り壊しの話がよほどショックであったようだ。

「それにしても困ったことになった……」

そう繰り返す鳴滝に、

「あたしは立ち退き賛成ですけどね。だって、きれいな部屋に好条件で引っ越せるなら、どう考えたって反対する理由なんてないじゃないですか」

「お嬢さんには分からんのだ、古きものを愛する心が……」

「古きものって、骨董《こっとう》品とか、文化的に意義のあるものなら分かりますけど、朧荘はどう考えたって違うと思います。ここは〈古きもの〉じゃなくて、単に〈ボロいもの〉ですよ」

「やむを得ぬ。決裂だな」

「そうですね」

売り言葉に買い言葉。夏芽は鳴滝と睨み合う。

長い付き合い——よく考えると一年も経っていない——だが、これまでだ。

コンビ決裂——コンビを組んだ覚えもないが——のときがついにやってきたのか。

「二人とも、少し冷静になったらどうですか」

剛田がやけに常識的なことを言う。彼にそんなことを忠告される日が来ようとは思ってもみなかった。

会食時、榊先生に言われた言葉を曲解して、一時的に人格が穏やかになっているのだろう。

夏芽はなんだか無性に腹立たしくて、

「そういう剛田さんは、一体どっちの味方なんですか」

「総監に決まってるだろう」

訊くまでもなかった。我ながら愚問であったと後悔する。やはり頭に相当血が上っていたようだ。

「分かりました。ひとまず冷静に考えましょう」

夏芽はその場に正座して、

「鳴滝さんは立ち退き反対派、あたしは賛成派、まったく無関係でなんの発言権もない剛田さんは反対派というか総監派、ということでよろしいでしょうか」

何か言いかけた剛田を無視して鳴滝が頷く。

「そうですな」

「ここであたし達が言い争っていても仕方ありません。これはあたし達だけじゃなく、朧荘の住人全員の問題ではないでしょうか」

「異論はありません」

「そもそも、このボロアパートにはどんな奴が何人住んでるんだ」

総監派でありながら、「ボロアパート」と無神経に言っているあたりがあまりにも剛田らしい。

「ええと、あたしの把握している限りでは……空き部屋を除くと、一階に四人、二階に一人。あたし達を入れると、全部で七人ですね」

「たったの七人？　それじゃ維持してるだけで赤字だろう。さっさと潰した方がいいんじゃないか」

思わず本音を漏らした剛田が、鳴滝に睨まれて首をすくめる。

「ともかく、明日からアパートの皆さんの意見を訊いてみることにしようじゃありませんか」

それなりに建設的な意見で締めくくり、夏芽は隣の自室へと引き上げた。

疲れた体をベッドに投げ出し息を吐く。なんだかいろいろありすぎた一夜であった。

四川料理はこの上なく美味であったが。


翌日、夏芽は善後策について相談するため鳴滝の部屋を訪れた。

善後策というのは正確ではない。夏芽にとっては、鳴滝の〈説得〉である。しかし憔悴《しょうすい》しきった鳴滝の様子を見ると、強引に立ち退きを勧めるのはどうにも憚られた。

「そもそも、朧荘のオーナーは鴨志田さんのお父さんなわけですよね」

「ああ、鴨志田明治郎《めいじろう》という人だ」

布団に横たわったままの恰好で、鳴滝が弱々しく答える。

その名前には覚えがあった。入居時に交わす書類に記されていた名だ。

「もしかしたら、明治郎さんは何も知らなくて、息子さんが勝手に売却話を進めているだけかもしれませんね。よく聞くじゃないですか、そういう話」

「それだっ」

ふと言ってみたところ、鳴滝が勢いよく起き上がった。

「落ち着いて下さい、まだそうと決まったわけじゃ……」

そのとき、玄関のドアがノックされた。鳴滝を見ると、「出てくれんかね」といかにも面倒くさそうな投げやりな口調で呟いている。

「はい?」

人の部屋だが、夏芽が代わりにドアを開けると、そこに立っていたのはまさに今話題にしていた鴨志田明彦であった。

「あれ、ここ、鳴滝さんのお部屋じゃなかったでしたっけ?」

「そうです。昨夜のアレで、鳴滝さん、すっかり具合が悪くなっちゃって、それで様子を見に来てたんです」

妙な誤解をされても困るので、咄嗟にそんなことを口にした。

「そうですか。それはお大事になさって下さい」

心配そうに言ってはいるが、鴨志田は手にした紙袋の中から大判の封筒を二通取り出し、事務的な手付きで夏芽に手渡す。

「これ、昨日言いました退去のお願いの書類です。今、全戸に直接お配りしてるとこなんですよ。ちょうどよかった、三輪さんの分もお渡ししときますね」

「昨日の今日なんて、鴨志田さんて、意外とマメなんですね」

封筒を受け取りながら、うっかり失礼なことを言ってしまった。

しかし鴨志田はまるで気にするふうもなく、

「こういうのって、法令をちゃんと守っておくに越したことはないじゃないですか。うっかり手違いとかミスとかがあったりしたら、後で面倒なことになりかねませんからね」

言うことがいちいちもっともだ。

「それじゃ、僕はこれで。封筒の中身はよく読んどいて下さいね」

「あっ、ちょっと待って下さい」

あっさり引き上げようとした鴨志田を慌てて引き留める。

「ちょっとお伺いしたいんですけど」

「なんでしょう」

振り返った鴨志田に、

「このアパートのオーナーは、鴨志田さんのお父さんですよね？　確認なんですけど、取り壊しの件は――」

「ああ、それね」

鴨志田は、そんな問いなど予期していたと言わんばかりに、

「当然父も承知してますよ。常識的に言って、僕が勝手に処分するわけにはいきませんからね」

「そりゃそうですよね」

立ち退き賛成派である夏芽は、ほっと胸を撫で下ろす。これが息子の独断であったりしたら、せっかくの新築マンションもうたかたの夢となりかねないところであった。

「父はどういうわけか生まれ故郷が嫌いらしくて、朧荘の取り壊しに最初に賛成したのはむしろ父の方なんですよ」

「失礼ですが、お父上は今どちらにおいでかな」

夏芽の背後から鳴滝が問う。

「父はずっと東京ですよ。それも町田《まちだ》の方ですから、もう長いことこっちには帰ってません。アパートと土地の売却に関して、もしお疑いでしたら、直接父に訊いて頂いても構いませんよ。連絡先はその書類に書いてありますから」

「あの、今ちょっと混乱したんですけど、鴨志田家って、ご実家はどっちなんですか。東京なのか、それとも……」

夏芽の質問に、鴨志田は思いのほか柔和に破顔して、

「それは疑問に思われるのも当然ですよね。実家は代々こっち、つまりC県のI市なんですよ。代々、といってもそんな由緒のある家系でも豪邸でもなくて、ただの古い一軒家ですけどね。父は東京の会社に就職したんで、僕らは東京暮らしが長かったんです。その間、実家には祖父母が住んでました。七、八年くらい前に二人とも亡くなりまして」

「すみません……」

「いえいえ、どうかお気になさらず。僕自身はC県の大学に入ったもんだから、実家から通っていて、そのまま今もそこに住んでるってわけです。それで、父から朧荘の管理を任されましてね」

「質問ばかりで申しわけないが、ここの管理だけで生活はできんでしょう。よほどの資産家でいらっしゃるのか、それとも……」

「資産家だったらよかったんですけどね」

鴨志田は苦笑交じりに教えてくれた。

「本業はフリーのデザイナーですよ。ウェブ広告をメインに制作してるんですが、一時期に比べて近頃は仕事が減る一方です。実家暮らしで家賃が不要だからなんとか続けられてますけどね。時間が自由になるんで、朧荘の管理もやってるってわけです。それなりにいい運動にもなりますし」

なるほど、こうして訊いてみれば鴨志田の話に不審な点は一切ない。人柄も思ったよりは悪くなさそうだ。

夏芽はすっかり安心してしまった。

「じゃ、これで失礼します……何か分からないことがありましたらいつでも連絡して下さい」

そう言って鴨志田は帰っていった。

夏芽はその場で早速封筒を開けてみる。

中にはオーナー名義の挨拶状、退去要請とそれに関連する書類一式が入っていた。昨夜鴨志田から聞いた、転居に伴う好条件もちゃんと盛り込まれている。

同封されていた新築マンションの完成予想図を一目見た夏芽は、思わず「ステキ……」と呟いてしまった。

一方鳴滝はと言うと、青菜に塩といった風情で再び布団に横たわってしまった。

「しっかりして下さいよ、鳴滝さん」

夏芽は懸命に励ましている……つもりだが、我ながら心がこもっていない。

「昨夜決めたじゃありませんか、これは朧荘全体の問題だから、他の住人の意見も聞こうって」

「おお、そうでしたな……」

のろのろと立ち上がった鳴滝とともに、夏芽はサンダルを履いてドアの外に出る。今日は土曜日だから住人達が在宅している可能性は高い。

まずは二階の部屋から訪ねてみた。

階段に一番近い部屋に住んでいるのは、派遣社員をしているという三十代の独身男性だ。ドアの横の表札には「坪原《つぼはら》」とある。

夏芽がドアをノックする。

「はい？」

ややあってから顔を出したジャージ姿の坪原に、

「あ、突然すみません、七号室の三輪です。実は、朧荘の立ち退きの件につきまして……」

「ああ、それ、私もさっき聞いたばっかりです。管理人の方から封筒を渡されて」

鴨志田は書類を全戸に配っていると言っていたから、話は早い。

「それで、坪原さんのご意見を伺いたくてお邪魔したんです」

「そんなの、個人情報っていうか、あなた方にお教えする必要はないんじゃないですか」

不審そうな目で坪原は夏芽と鳴滝を交互に見る。

「実は、こちらの鳴滝さんは立ち退き反対派で、あたしは賛成派なんです。そこで、皆さんのご意見を聞いてみようってことになって……」

「えっ、それって、場合によっては反対運動をやろうとかってことですか」

夏芽は「いいえ、そこまでは……」と言いかけたが、鳴滝がすかさず答えていた。

「その通りです」

「それは困る。そんなの、賛成に決まってるじゃないですか」

坪原は慌てて自分の意見を表明した。

「封筒の中身、見ました？」

「はい」

「あんないい条件で新しい物件に移れるんですよ。願ったり叶ったりじゃないですか。そう思いませんか」

「思います」

反射的に思いっきり力を込めて返答していた。

「じゃあ同意見ですね。がんばって下さい」

別に〈賛成運動〉をやろうというわけでもないのだが、坪原はそう言って勢いよくドアを閉めた。

次に一階へと下りる。最初は階段を下りてすぐの部屋だ。武内という夫婦者で、夫の方は滅多に見かけないが、夫人の方は大抵在宅している。朧荘の住人について、訊いてもいない夏芽にいろいろ教えてくれたのはこの武内夫人だ。

「もちろん賛成ですよ。今日までこんな古いアパートに我慢して住んでた甲斐があったってもんじゃないですか。真面目に暮らしてるとたまにはいいことがあったりするもんですねえ」

五十過ぎだという小太りの武内夫人は、もう有頂天といった塩梅だった。

反対に、鳴滝はいよいよ生気を失って足がよろめいてさえいる。

一階の二軒目は、大野という二十代半ばくらいの青年だった。隣町のコンビニでアルバイトをしているらしい。これも武内夫人から仕入れた情報である。

「うーん、そうっすねえ……」

非番で在宅していたという彼は、どうにもはっきりしない態度で、なかなか明確な返答をよこさなかった。

「立ち退いてもいいし……でもメンドくさいし……どっちでもいいかなあ」

「まあ、それで決まるわけじゃありませんから、とにかく言ってみてくれませんか」

夏芽はいらだちを隠してそう急《せ》かしてしまったくらいである。横に立つ鳴滝は、合格発表を見にきた受験生のように息を詰めて待っている。

「やっぱメンドくさいから、俺、いいです」

手足がひょろ長く、蒼《あお》白い顔をした大野は、煮え切らない口調で言った。

「えっと、それって、つまりどっちなんですか」

「だから、いいってことっすよ」

「立ち退いてもいいってこと？」

「立ち退いてもいいけど、賛成か反対かって訊かれたら、反対ってことっす。いいっすか、これで」

目の前でドアが音を立てて閉ざされる。

鳴滝がにんまりと顔を綻《ほころ》ばせた。

「これで三対二ですな」

「まだ賛成派が優勢じゃないですか」

二人は最後の部屋――一階の一番右端に位置する部屋に向かった。

ドアの郵便受けには宅配のピザやフィットネスクラブのチラシがあふれている。しかも、鴨志田が残していったらしいあの封筒の端まで覗いていた。

長谷部《はせべ》という部屋の主は、いつも不在で滅多に帰ってこないという。それもまた武内夫人の情報である。しかし、さすがの武内夫人も、長谷部が何をしている人物かまでは知らなかった。

夏芽は何度かノックしてみたが、案の定返答はなかった。やはり不在であるらしい。

「考えてみれば、あたし、この長谷部さんて人の顔も見たことないです」

「私もです」

そう言って、鳴滝は面長の顎を撫で回す。

「誰も見たことのない謎の住人ですか。いや、武内夫人は顔だけは知っているようだが、朧荘の謎がまた一つ増えましたな」

「謎が増えたって、他にもあるんですか、謎」

「いいえ。なんとなく言ってみただけです」

どうも昨夜から鳴滝は頭のねじが二、三本外れたようになっている。それだけショックが大きかったのであろう。

「とにかく、現状では賛成派が多数ということで」

夏芽が主張すると、鳴滝は大真面目に反論する。

「いや、謎の人の意見が判明しない限り、なんとも言えません」

ああだこうだと言い合ったが、

「これはどうも、我々の頭が疲労しているせいではありませんか」

「奇遇ですね。あたしも今そう考えていたところです」

「これは、頭脳に糖分を補給すべきではないでしょうか。しかもできる限り早急に」

「同感です」

二人は足並みを揃えて商店街へと向かい、折から〈パフェ祭り〉を開催中の洋菓子店『プリムローズ』へ入るや否や、目玉メニューの一つである〈プティシュークリームとフランス紅茶のパフェ〉を揃って注文した。

中層に香り高いロイヤルミルクティーのアイス、深層に濃厚なミルクアイスが入っていて、最上層のホイップクリームの上に可憐《かれん》なシュークリームが載っている。

色、形、盛り付け、そして容器。いずれも夏芽と鳴滝を唸らせる出来。

一般に、パフェとはなかなか食べにくいデザートであるが、鳴滝はスプーンを拳法《けんぽう》か何かの達人の如くに操って美麗に口へと運んでいる。その境地には到底及ばないが、夏芽は言わば無手勝流。見栄えを捨て、速度に重点を置いたスプーンさばきで、鳴滝とほぼ同時に食べ終えた。

至福の時間に限って、何故《なにゆえ》にかくも早く過ぎ去るのか。それこそは生涯かけて追い求めねばならぬ謎であろうと心の底から夏芽は思う。

ともあれ夏芽は、たとえ一時的なものにせよ、鳴滝との連帯を取り戻したのであった。


その二日後の夜のことである。

ベッドに寝転んで夏芽は家具量販店のサイトを眺めていた。新居となる新しいマンションにふさわしい家具を選んでいたのだ。我ながら気が早いとは思ったが、新築物件での新生活は、それほど蠱惑《こわく》に満ちた夢であった。

あ、このコーヒーテーブル、かわいい——しかも安いし、いいじゃないコレ——

そんな夢想に耽っていたとき、いきなりドアが乱打された。

「三輪さん、いらっしゃいますか、三輪さん、僕です、管理人の鴨志田です、開けて下さい三輪さんっ」

管理人の鴨志田明彦であった。

あまりに突然だったので、驚いた夏芽は思わず大声で訊き返した。

「なんなんですか、こんな時間に」

「お見せしたいものがあって来たんです。お願いです、ちょっと話を聞いてもらえませんか」

「なんです、見せたいものって」

ドアを少しだけ開けて隙間から問うと、外の通路に立つ鴨志田の顔は、夜目にも青ざめて見えた。

「あなたと鳴滝さんに見て頂きたいんです。これから一緒に、お隣へ来てもらえませんか」

「はあ？」

何がなんだかさっぱり分からないが、鳴滝の部屋へ行くと言うなら危険はないだろうと判断した。

「分かりました、ちょっと待って下さい」

用心のためカーディガンのポケットに小学生の頃から使っている小型のハサミを入れ、鴨志田とともに鳴滝の部屋に向かう。

「なんだね、騒々しい」

二人の大声は筒抜けであったらしく、ノックするまでもなく鳴滝の方からドアを開けてくれた。

「夜分にほんとすみません。ちょっとこれを見て下さい」

夏芽と一緒に上がり込んだ鴨志田は、持っていた紙袋から一枚の大きな写真を取り出した。

かなり古いものと思われるモノクロ写真で、埃焼けであろう、四隅には茶色い染みもできている。

「なんだ、ここの写真じゃないですか。これがどうかしたんですか」

それは他でもない、朧荘の写真であった。

全体は今とほとんど変わらないが、真新しくすっきりとして見える。両隣には現在のような住宅はなく、雑木林になっていた。

その朧荘を背にして、十数名の男女が立っている。中には小さな子供も何人か写っていた。何かの記念写真であるらしく、全員がカメラに向かって微笑んでいる。

「これ、僕が小さい頃、実家にずっと飾られてたんですよ。それで覚えてたんです。祖父母がしまい込んでいたのを苦労して探して、やっと物置で見つけたんです」

「なるほど、いかにも昭和らしい写真ですな」

「はい、朧荘の落成記念に撮った写真だって聞いた覚えがあります」

「すると、約五十年前ですか」

「そうなりますね。写っている人達は、朧荘の最初の入居者だとも聞きました」

「それで、この写真が一体どうしたって言うんですか」

視線を上げて夏芽が問うと、

「ここです、ここ。この人をよく見て下さい」

じれったそうに鴨志田が指で示す箇所を、夏芽は鳴滝ともども顔を近づけて仔細《しさい》に見る。

「あっ！」

二人同時に驚愕の声を上げていた。

鴨志田が示した箇所——写真の中央に写っているのは、まぎれもなく榊静香准教授であった。

「この前、榊さんに偶然お会いしたとき、僕、『どこかでお会いしてませんか』とか言ってたじゃないですか。それがずっと気になってて、ようやく気がついたんです。〈会った〉んじゃなくて、〈見てた〉んだって」

「しかし君、この写真は……」

「そうです、五十年前の写真です。なのにあの人が写ってるなんて、そんなこと、あり得ますか。しかも今よりずっと若い」

「ほんとだっ」

榊准教授は三十二歳のはずだ。なのに写真の中の女性は、どう見ても二十歳そこそこだ。

榊先生は今も若く美しいが、さすがに二十歳には見えない。

「他人の空似じゃないのかね」

「でも、これはいくらなんでも似すぎですよ」

怯えきった様子で鴨志田が言う。とても冗談を言っているとは思えない。

「やだっ、恐いっ」

震えつつも、夏芽はどうしたことか写真から目が離せなかった。

古いモノクロ写真の中に立つ榊先生は、いかにも昭和らしい白のブラウスに濃い色のスカートを着て、カメラを妖艶《ようえん》な目で見つめている。

「待て、この女性は……」

眼鏡を掛け直して写真を見つめていた鳴滝が、不意にいぶかしげな声を上げる。

「論理的に榊先生であるはずはないが、私はこの人をどこかで見たことがある……」

「本当ですか、鳴滝さんっ」「どこで見たんですか、総監っ」

鴨志田と夏芽は同時に叫んでいた。

夏芽はうっかり「総監」と呼んでしまったが、幸い鴨志田は気づかなかったようだ。

「いや、それが……どこであったか……嘘ではない、確かにどこかで……」

鳴滝はしきりと首を捻るばかりである。

元警視総監で、頭の切れも抜群であったはずの鳴滝は、一体どこで誰を見たというのだろうか。

事態はいよいよ奇怪な様相を呈し始めた。

朧荘の謎が本当に増えちゃった——総監があんなこと言うからだ——

不吉は口にすべからず。そんな古い格言を思い出す。

もはや朧荘の取り壊しとか立ち退きとか、そうしたことの一切が頭からきれいに吹き飛んでしまった。

どういうことなの、一体——

正体不明の恐怖に襲われた夏芽は、しかし写真から目を背けようとしても、どうしても背けることができなかった。

まるで、写真の中で微笑む美女に魅入られたが如く。

三輪夏芽は大学生である。従って大学の授業には可能な限り出席しなければならない。

反面、授業のない日は自由なので、バイトに励もうがカレシ（いない）と青春を謳歌《おうか》しようが、何をしても構わない。この場合、自習をすれば？　とかの選択肢もあり得るが、とりあえず置いておくことにする。

しかし現状は、元警視総監という、希少にもほどがある経歴を持つ独居老人と、不可解な事件を調査すべく連れ立って聞き込みに回ったり、プリンを食べ歩いたりしている毎日である。

事件の調査なのに何故プリンの食べ歩きなのか。説明し出すと長くなる（と言うか夏芽自身にも説明できる自信はない）ので残念ながら省くことにする。

これまでも数々の事件に遭遇してきたが、今回は極めつきに恐い謎であった。一刻も早く解決してすっきりしたい。この場合の解決とは、過去の因縁がどうとか、隠された憎悪とかを意味しない。そういうのは断固として拒否したい。と夏芽本人が希望しても、事件の真相とはまったく無関係なのでこれまた置くことにする。要するに、少しでも早く合理的に解決してすっきりしたいのだ。コワいから。

にもかかわらず、こういうときに限って授業があったりする。いや、むしろ好都合であると言うべきか。とにかく夏芽は、朝早くから支度を調えて部屋を出た。

錆びついたアパートの階段を下りきったとき、ふと思いついて一階右端の部屋の前まで行ってみた。昨日とまったく変わりなく、ドアのポストにはチラシの束が突っ込まれ、鴨志田の封筒が覗いたままである。念のためノックしてみたが、返事はない。

長谷部という部屋の主は、未だ帰宅していないのだ。

一体どういう人なんだろう――

武内夫人の情報では、性別は男性らしいが、それ以外はまったく不明である。

職業は。年齢は。経歴は。今まで何も考えていなかったのに、そうしたことまで気になってくる。

そうだ、昨日鴨志田さんに訊けばよかったんだ――

今頃思いついたがもう遅い。そもそも、あの騒ぎの中で〈謎の住人〉のことなどすっかり頭から消し飛んでいた。

いけない、こんなことしてたら遅刻する――

夏芽は慌ててバス停目指して走り出した。

授業の後、人影もまばらになった教室で、夏芽は鴨志田から借りてきた例の写真を親友の紬に見せた。もちろん折れたり汚れたりしないようクリアファイルに入れ、厚紙で挟んで補強している。

「うわっ、榊先生じゃないの、この人」

紬もやはり驚いたように声を上げる。

「これって、写ってる人の服装やヘアスタイルからしてどう見ても昭和だよね？　こんな古い写真に、どうして榊先生が写ってんの？　ねえ、コレって一体どういうこと？」

「それが分からないからコワいんじゃないの」

「もしかしたら……」

紬が急に声を低める。

「榊先生って、吸血鬼かなんかじゃないの？　昭和どころか、明治時代から生きてたりして……」

「やめてよ、もうっ」

「ごめんごめん」

本気で怒ると、紬は慌てて謝ったが、

「でもさ、吸血鬼って鏡に映らないっていうから、そもそも写真にも写らないんじゃないの」

「知らないっての、そんな変な知識」

「あっ、でも、単に歳を取らない魔女とか妖怪とか――」

「本当に怒るからね」

「だって、夏芽も夏芽よ」

「そんなコワい写真、どうして持ち歩いたりしてんのよ。祟《たた》られたりしたらどうすんの」

「え、なんであたし？」

「だからやめてって！」

夏芽は気持ち悪そうに写真をリュックサックにしまい、

「写ってるのが自分なのかどうか、榊先生に直接見てもらおうと思って、それで管理人の鴨志田さんに頼んで貸してもらったの」

「あ、なるほどね」

「本人であるはずはないんだけど、もしかしたら親戚かもしれないじゃない」

そう言うと、紬は納得したようだった。

「そっか、普通はそう考えるよね」

「鴨志田さんも喜んで貸してくれて。ぜひ確かめてきてほしいって」

「でもさ、だったら何もそんなコワいの持ち歩かなくても、スマホで撮ればいいだけじゃない」

「あたしも最初はそうしようと思ったんだけど……スマホで撮るとさ、部分的に拡大とかできるじゃない」

「当たり前よ」

「それで拡大してみたらさ、何かよくないものが見えちゃったりする可能性もあるわけじゃない」

「まあ、よくある話よね」

「やめてったら！」

自分で振って自分で怒りつつ話を続ける。

「もしそうなったら、あたし、マジで再起不能だから。このスマホ、もう絶対に使えなくなるから。

ソレを考えると写真を持ち歩いた方がまだマシかなって」

紬は呆れたように言う。

「だったら、拡大しなきゃいいだけでしょう」

「そんなの、どういう弾みでやっちゃうか分かんないでしょ。榊先生が『ちょっとここ、なんか変ね、もう少しだけ大きくしてみて』とか、普通に言いそうでしょ。それにこの場合、紙の古さも大事かなって思って」

夏芽としては心の底から本気である。

「なので、これから榊先生の研究室に行くとこ」

「そっかー、じゃあがんばってね」

「えーっ、一緒についてきてくれるんじゃないの」

「ごめんね、あたしは次も授業だから。単位に関わる大事なヤツなんで、どうしても欠席するわけにはいかないの」

「そんなあ、あたし、てっきり……」

「そうそう、『ドリアン・グレイの肖像』って小説があってね、夏芽、知ってる？　いつまでも歳を取らない男の話で……」

「いいよ、もうっ」

夏芽は逃げるように教室から駆け出した。

折よく研究室に在室していた榊先生は、夏芽の差し出した写真をしげしげと見つめ、

「何コレ、私じゃない」

いつも冷静な先生らしくない声を上げた。

「えっ、本当に先生なんですか」

驚いて訊き返すと、

「バカなこと言わないで。それくらいそっくりだってことよ」

「やっぱ、ご自分でもそう思われます？」

「ええ、こんな古い写真じゃなくて、髪や服が違ってたら、自分でも分からないくらい」

「あの、もしかして先生には、『鴨志田』って名字のご親戚とかいらっしゃいませんか。その写真を持ってた人は、代々I市だって言ってましたけど」

「それがねえ、まったく心当たりがないの」

榊先生は本心から困惑しているようだった。

「親戚とかだったらまだ分かるんだけど、私は他県の出身だし、C県に親族がいるなんて話、聞いたこともないわ。鴨志田さんてお名前自体、先日お目にかかったときが初耳だし。でも、私が知らないだけかもしれないから、今夜にでも両親に電話して訊いてみるわね」

「お願いします」

すがる思いで頭を下げる夏芽の前で、榊先生は再度写真に目を遣って、

「それにしても似てるわね……なんだか恐いくらい」

身を震わせるようにして、確かにそう呟いた。

夕暮れ時の道をとぼとぼと朧荘へと向かっていると、夏芽はなんだかあのアパートに帰ること自体が恐いような気さえしてきた。

周囲は黄昏の光に包まれて、今にも〈よくないもの〉が現われそうな雰囲気だ。しかも背中のリュックサックにはあの写真があるときている。

お祓《はら》いとかした方がいいんじゃないかな――

前方に慣れ親しんだはずの朧荘の輪郭が見えてきた。だが今は、逢魔《おうま》が時の朱《あか》い夕陽に縁取られ、不吉な廃墟のようにさえ見える。

風が一段と冷たさを増した。今夜は今年一番の冷え込みになりそうだと誰かが言っていた。

階段を上ろうとしたとき、夏芽は一階右端の部屋の前に、何か黒い影のようなものが佇んでいるのに気がついた。

あれは――

人間の輪郭ではなかった。上半身が異様に丸く、ごてごてとした突起が突き出している。

〈それ〉は、ただじっとドアの前に佇んで、朧荘全体を見上げるようにしていた。

なに――なんなの――

全身が硬く強張って、身動きもできなくなった。

早く――早く逃げないと――

だが、どうしても体が動かない。

そのとき、黒い影がゆっくりと向きを変える。こちらに気づいたようだ。

そして、一歩、また一歩と、全身を震わせながら少しずつ近寄ってくる。

誰か――誰か助けて――

悲鳴を上げようとしたが、喉からはかすれたような息が漏れただけだった。

もうダメだ――

「はじめまして。あの、朧荘の新しい住人の方ですか」

えっ――？

まばたきをしてから、よくよく目を見開く。

夕暮れの淡い光でさっきは分からなかったが、相手は顔中髭だらけの熊のような男だった。少なくともお化けの類いではない、れっきとした人間だ。

「私は一階のあの部屋に住んでる者で、長谷部宗満《むねみつ》って言います」

「あなたが……長谷部、さん……ですか？」

長谷部は人懐こい笑みを見せ、

「はい。仕事でずっと部屋を空けてるものですから、久々にここへ帰ってきて、感無量でつい見上げてたんです。驚かせちゃったようで、どうもすみません」

「あ、あたし、去年二階に入居した三輪夏芽って言います。C大学に通ってます」

慌てて自己紹介する。

「学生さんですか。私は滅多に帰らないんですけど、このアパートに新しい住人が入るのは珍しいですね」

「あの、お仕事って、一体どういう……」

おそるおそる尋ねてみると、長谷部は少し照れたような口調で、

「写真家です。フリーのカメラマンとも言いますね。あっちこっちを旅しては、失われゆく日本の風景を撮って歩いてます」

なるほど、そういう事情だったのか――

言われてみれば、背中に大きなザックを担いでいる。上半身が丸く大きく見えたのはそのせいだ。

突起物に見えたシルエットは、ザックに収まりきらない撮影機材のようだった。

「それじゃ、今後ともどうかよろしく。もっとも、私はすぐにまた撮影旅行に出かけちゃいますけど」

「あっ、ちょ、ちょっと待って下さい」

夏芽の頭の中で、いろんな情報が目まぐるしく結びつく。

写真家――失われゆく風景――朧荘の住人――

「なんでしょう？」

怪訝そうな顔で振り向いた長谷部に、夏芽は例の写真を取り出して渡す。

「お疲れのところ、ほんとすみません。ちょっとこれを見てもらえませんか」

「へえ、朧荘じゃないですか。しかも完成して間もない頃のようだ。こんな写真があったなんて全然知りませんでしたよ。いい写真だなあ。完全に私の守備範囲ですよ」

喜色も露《あら》わに写真に見入っていた長谷部は、

「失礼ですけど、この写真をどうしてあなたが」

夏芽は中央に写っている女性を指差して、これまでの経緯を大まかに説明した。鳴滝についても話したが、元警視総監という経歴には当然触れない。

興味深そうに聞いていた長谷部が、なにやら考え込みながら言う。

「分かりました。見たところ、この写真に不審な点はないようですが、なんらかの加工が施されていないかどうか調べてみましょう。私の部屋にそれなりの機材やアプリがありますから、よろしかったらどうぞ」

「え、今からですか」

「ええ、旅から帰ったばかりで少々埃っぽいかもしれませんが」

さすがに初対面の男性の部屋に上がり込むのは不用心すぎる。だが、せっかくの申し出を断るほど、夏芽の好奇心は小さくなかった。

「じゃ、ちょっと待ってもらえませんか。今お話しした関係者を呼んできますんで」

「鳴滝さんですね。分かりました。じゃあ、私は部屋でお待ちしてます」

「ありがとうございます！」

夏芽は急いで階段を駆け上がり、自分の部屋ではなく鳴滝の部屋に駆け込んだ。

「総監、大変です！　一階の〈謎の住人〉が出現しましたっ」

「なに、本当か」

淡茶の袷《あわせ》という室内用の和装で寛いでいた鳴滝は、予期に違わず驚いた様子で、お世辞にも流暢《りゅうちょう》とは言えぬ夏芽の説明を聞いている。

説明しながら夏芽は、スマホに「長谷部宗満　写真家」と入力して検索してみた。すると、今しがた会ったばかりの男のプロフィール写真とともに、『遠く失われた風景を求めて』『昭和の街角に佇む』『路地の幻影』といったタイトルの写真集が数多く出てきた。いずれもノスタルジーあふれる昭和の風景を撮った写真集で、いかにも権威のありそうな賞をいくつも受賞している。年齢は三十七歳であるとも記されていた。

「長谷部さんて、かなり有名な人みたいですね……なんだかニッチなジャンルですけど」

すっかり感心した夏芽が検索結果を鳴滝に見せると、

「なるほど、それで自分自身も朧荘のような物件に住み続けているというわけか」

鳴滝は大いに得心したようである。

「意外に私と趣味の合いそうな人物ですな」

「そんなこと言ってる場合じゃないですよ、総監」

「おお、そうでしたな」

すぐさま二人して長谷部の部屋へと向かった。

「ごめん下さい、三輪です」

ドアの外から夏芽が呼び掛けると、中から返事があった。

「開いてますからどうぞお入り下さい」

「失礼しまーす」

長期間留守にしていただけあって、確かに中は埃がうっすらと積もっていたが、生活臭のある生ゴミ等はなく、意外に片づいていた。なんなら、夏芽の部屋よりよほどきれいであると言ってもいい。

長谷部はというと、奥に据えられた仕事用らしきデスクに向かい、パソコンや周辺機器を操作していた。

「どうもはじめまして、二階の鳴滝と申します」

「あ、これはどうもご丁寧に、長谷部です。はじめまして、どうかよろしくお願いします」

振り返った長谷部が応じる。なにしろ〈謎の住人〉であったから、どんな変人かと思いきや、鳴滝よりもよほど常識人のようである。

「早速で申しわけありませんが、ご覧下さい」

長谷部はパソコンのディスプレイを示し、

「印画紙の紙質や状態からして、当時品であることは間違いないと思います。念のため、最新バージョンのアプリをダウンロードしてざっとチェックしてみましたが、ヴィンテージ加工、ダメージ加工、ピグメント加工などが施された形跡はありません」

なんのことやら、言葉の意味はサッパリだったが、とにかくその写真がフェイクではなく本物であるらしいことは理解できた。

「つまり、ここに榊先生が写っている理由は謎のままというわけですか」

鳴滝が落胆したように言うと、

「それなんですがね……」

長谷部はディスプレイに表示された写真をじっと見つめ、

「この女性、私も確かにどこかで見たことがあるような気がします」

意外なことを口にした。

「えっ、長谷部さんも榊先生に会ったことがあるんですか」

夏芽が思わず訊き返すと、

「まさか。榊静香という名前さえ知りませんでしたよ。もちろんテレビやネットで見たわけでもありません」

「じゃあ、一体どこで」

それまで理知的であった長谷部が、混乱したように頭を抱える。

「それが、どうもよく思い出せないんですよ」

鳴滝さんの言い方とおんなじだ——

新たなる謎。夏芽はまたしても体の芯から込み上げる恐怖を覚えずにはいられなかった。

埃の舞う室内に、冷気を伴った沈黙が覆い被さる。

写真の女は、人の記憶を常におぼろとかき乱し、曖昧模糊《もこ》とした幻影であり続ける。そんな呪いを放っているとでもいうのだろうか。

不意に、長谷部が顔を上げた。

「ちょっと待って下さい……顔認識アプリを使ってみます。業務用じゃありませんから精度はそこまで高くないと思いますけど」

顔認識アプリ——その手があったか、と夏芽は自らの不明を恥じる。

長谷部がアプリを起《た》ち上げ、キーを操作する。しばらく読み込みの間があって、ディスプレイいっぱいによく似た顔がいくつも並んだ。中には夏芽が目にする機会の多い、榊先生のプロフィール写真も混じっている。

「出ましたね。一致率は大体四〇パーセントです。まあ、この程度が限界でしょう」

「ほほう、今は民生用でもここまでできるのですね」

鳴滝の漏らした一言に、長谷部が明敏に反応する。

「鳴滝さん、以前はどこかの省庁かメーカーにお勤めだったんですか。例えば、警察とか、カメラのメーカーとか」

「いやいや、そんな大層なもんじゃありません。民生用という言葉を使ってみたかっただけですよ。これは要らぬ恥をかいてしまいましたな」

ぬけぬけと言い繕っている。夏芽の方が冷や汗をかいてしまった。

その間にも長谷部は次々と画面をスクロールしていく。

「これかな……」

長谷部の指が止まり、一つの画像が拡大された。

確かにそれは、問題の女、あるいは榊先生に最もよく似ていた。が、よくよく見ると、どこかが違う。

立ち上がった長谷部は、背後の書棚から一冊の本を取り出した。

「これは私の友人が作った本なんですけど、昔のEP盤、つまりシングルレコードのジャケットを集めたものでして……ああ、これです」

長谷部の広げたページの右側には、『南川亜里砂《みなみかわありさ》』という名前とともに、あの女性の写真が掲載されていた。

正確には、あの女性の写ったシングル盤のジャケットである。

曲名は『天使に恋して』。

「そうだ、南川亜里砂だっ」

頓狂とも言える声を上げたのは鳴滝であった。

「道理で見覚えがあるはずだ。そうか、そういうことだったのか」

なにやら一人で納得している。

どういうことかよく分からず、夏芽はすばやくスマホで検索する。

［南川亜里砂。一九五二年生まれ。七〇年代に活躍したアイドル歌手の一人。当時全盛を極めたアイドルブームに乗って『天使に恋して』でデビュー。一躍人気者となるが、その後はヒットに恵まれず、私生活の不運も重なりひっそりとフェードアウト、消息不明となる。今では知る人ぞ知るといった存在］

そうか、今で言うマイナー系や地下アイドルみたいな存在なのか——道理でみんなうっすらとしか覚えてないはずだ——

南川亜里砂の他の写真もあれこれ検索してみた。数はそれほど多くない。ビッグスターと呼ばれ、芸能史に名を残すような存在ではなかったからだろう。

検索に引っ掛かったどの写真を見ても、榊先生に似ていると言えば似ているし、そうでもないと言えばそうでもない。

鴨志田家に残されたあの一枚が、たまたま、もの凄く榊先生に似ていた、ある意味〈奇跡の一枚〉であったということだ。

しかし、依然として謎は残る。

「ああ、そうだったのか……」

感慨深げにしきりと呟いている鳴滝に向かい、

「鳴滝さん、もしかして、この人のファンだったんですか」

「とんでもない。私がそんなミーハーに見えるかね」

そうですよね……と納得しかけ、

「じゃあどうして南川亜里砂を知ってたんですか。分かるように説明して下さい」

「つまりだな、妻が若い頃、よく周りの者から『南川亜里砂に似てる』と言われておったんだ。ま、半分はお世辞だろうがな。それで私も、南川亜里砂を知っておったというわけだ」

思い出した――

鳴滝は確かに以前、「榊先生は亡き妻の若い頃によく似ている」という意味のことを言っていた。

「横からすみません、ちょっと整理させて下さい」

再度デスクに向かった長谷部がキーを叩く。

ディスプレイには正方形の枠が三つ横に並び、左端の枠に榊先生の写真、真ん中の枠に南川亜里砂の写真が配置されている。

「右端の枠には鳴滝さんの奥様のお若い頃の写真が入ります。当然ながらここにはありませんので、空欄となっています。つまり、［榊静香］ニアリーイコール［南川亜里砂］ニアリーイコール［鳴滝夫人］という図式ですね」

なるほど、横に並べてみるとよく分かる。

「これでようやくすっきりしましたよ」

鳴滝は長年の肩凝りが完治でもしたかのような笑みを浮かべている。

「待って下さい」

長谷部がシリアスな顔で言う。

「南川亜里砂はその後消息不明になっています。この写真は、年代から考えてもかなり若い頃のはずですが、問題は、当時スターであったはずの彼女がどうしてここに写っているかです」

「この近くにライブかコンサートでやってきて、ファンの人と記念写真を撮ったとか？」

「その可能性はなきにしもあらずですが、服装からすると、そうとは考えにくいですね。他の人達も人数が少なすぎるし、コンサートに来た客には見えない」

夏芽の考察を、長谷部はあっさりと否定した。

「そうだ、この写真、朧荘の最初の住人の記念写真だったそうですから、南川亜里砂さんもここに住んでたんじゃないですか」

「考えられるとすればその線でしょうが、芸能人なら東京に部屋を借りそうなもんですし、いかんせん確証が……」

夏芽はもう泣きたくなってきた。

長谷部さん、お願いだからこれ以上、変な謎を増やさないで——

そのとき、鳴滝が毅然とした声で言った。

「長谷部さん」

びっくりしたあまり、長谷部と同時に夏芽まで跳び上がりそうになった。

「そんなことより、私からあなたにぜひとも訊いておきたいことがある」

「なんでしょう」

「あなたは朧荘の取り壊しについてどう考えているのですか」

「えっ、なんですか、それ」

長谷部がこれまでで最大の衝撃を受けたように訊き返す。

「あなたは何も聞いてないのかね」

「ええ。私はこの部屋に帰ってきたばっかりで、まだ着替えてもいないくらいですから」

鳴滝が無言で夏芽を睨む。

「えっ、だって、そんなことまで説明してる余裕なくて」

「しょうがありませんな」

ため息を漏らし、鳴滝は朧荘立ち退きの件について最初から説明した。

「……なんですって」

途中で長谷部は玄関ドアまで飛んでいき、鴨志田の置いていった封筒を取り出した。そして震える手で中の書類を摘まみ出し、急ぎ視線を走らせている。

「つまり長谷部さん、あなたは立ち退き賛成派か、反対派か、私はそれを尋ねておるのです」

「そんなの、決まってるでしょう」

憤然として長谷部は答える。

「私は昭和の残り香を求めて全国を旅しているような人間ですよ。私にとって、商店街を抜け、おぼろ池のほとりを進んだ先に佇む、この朧荘はまさに理想の住まいなんです。取り壊しなんて絶対に反対です」

鳴滝がにんまりとしてこちらを見る。

いろんな意味で頭が痛い――

夏芽は盛大に嘆息し、天井を仰いだ。自分の部屋より染みの少ない、かなりきれいな天井だった。

〈解決〉は向こうからやって来た。

しかもなんの前触れもなく。

〈謎の住人〉長谷部の帰還からわずか二日後、夏芽の部屋のドアがノックされた。

その日は休講だったので、珍しく自室で課題に取り組んでいた夏芽は、誰だろうといぶかしく思いながらドアの内側から返事をした。

「はい、どなたですか」

「管理人の鴨志田です。ちょっとよろしいでしょうか」

途端に夏芽は、あの写真にまつわる奇怪な謎を思い出し、嫌な予感に囚われた。

「あ、はい、今開けます」

おそるおそるドアを開けると、外にいたのは鴨志田だけではなかった。全身が白っぽい老人が彼の背後に立っている。

えっ、なんか背後霊的な？〈よくないもの〉が憑いてきた？

声を失って立ち尽くす夏芽に構わず、鴨志田が言う。

「突然ですみません。紹介します。こっちは僕の父です」

「はじめまして。鴨志田明治郎と申します」

老人が丁寧に挨拶する。

白髪で白いイタリアンスタンドカラーのセミロングコートを着ているから、白っぽく見えたのも当然と言えば当然である。ワインニットのアウターに黒いスリムチノパンというコーディネートで、よく見ると恐いどころかなかなかのお洒落だ。

「はじめまして、三輪夏芽です」

挨拶を返してから、

「鴨志田さんのお父さんということは、つまり、このアパートのオーナーさんですか」

「そうです。入居して頂き、ありがとうございます。いつもは東京におりますもので、ご挨拶が遅れましたことをお詫び申し上げます」

「いえ、そんな……」

そのとき鴨志田がもどかしげに、

「例の写真の件なんですけどね、父に電話して訊いてみたんですよ」

そうか、明治郎氏はご存命なんだから、最初からこの人に尋ねればよかったんだ——

どうして誰も気づかなかったのかと夏芽が声に出す暇もなく、鴨志田明彦がまくし立てる。

「そしたら父は、直接皆さんに会ってお話ししたいと言い出しまして、今朝早くこっちに着いたというわけです。それで三輪さん、例の写真は……」

「あっ、すみません、すぐにお返しします」

鴨志田から借りたまま、まだ返していなかったのだ。

慌ててリュックサックを開けるが入っていない。

まさか、消えた？　と一瞬超常現象的な方向に頭が傾きかけたが、よく考えると昨夜リュックサックから出して押入の奥にしまったのであった。コワいから。

しかしこの場で押入を開けると、位置的に中の様子が丸見えになってしまう。

夏芽が躊躇しているのを見て、鴨志田は大方を察したようだった。

「じゃあ、僕達は鳴滝さんの部屋に行ってますから」

「分かりました、私も写真を持ってすぐに伺います」

ドアが閉められた。

夏芽はほっと息をつき、押入から写真をクリアファイルごと取り出して、鳴滝の部屋へと急ぐ。

そこには写真家の長谷部もいて、一隅に座していた。先に声をかけられていたのであろう。

「あ、どうも」

お互いにぺこりと一礼する。鳴滝の部屋が集会場として選ばれた恰好である。

長谷部が南川亜里砂と榊静香准教授、それに鳴滝夫人が似たタイプの容貌であったと解明したことは、鳴滝が鴨志田に電話で知らせたと聞いていた。

一同が見守る中、夏芽は明治郎にあの写真を渡す。

「早速ですが、これ、お預かりしていた写真です」

「おお……」

受け取った明治郎は、懐かしそうに写真をためつすがめつしている。

「確かにあの写真だ……親父はちゃんと保存していたのか……」

その様子を、夏芽は鳴滝、長谷部、鴨志田明彦と一緒に無言で見つめる。明治郎の言う〈親父〉とは、明彦の祖父のことだろう。

一同の視線に気づいた明治郎は、写真を置いて、静かに語り始めた。

「朧荘は私の父、鴨志田源太郎《げんたろう》が半世紀も前に建てたアパートです。完成当時は風呂付きのアパートなんてこのあたりではとても珍しく、若い人に人気で入居希望者が引きもきりませんでした。子連れの若い夫婦も多く、あの頃は本当に活気があってにぎやかだった。楽しげに走り回る子供達の声が、町中の至るところで聞こえたものです……」

しみじみとしたその口調に、夏芽もまた知らないはずの過去へと思いを馳せる。

「この写真は、父源太郎が最初の入居者を撮影したものに間違いありません。その中に、タレント志望の女の子がいました。そう、真ん中に写っている女性です。C県でも田舎の方の人で、朧荘からC市へ歌やダンスのレッスンに通っていました。その人が後に南川亜里砂の芸名でデビューしたのです」

そうか、これはデビュー前だったのか――

言われてみれば単純極まりない話であった。現役アイドルではなく、無名のタレント志望者なら、朧荘に住んでいても不思議ではない。

「父はこの写真が大層気に入って、I市の家にずっと飾っておりました。でも私は若い頃、この写真を見るのがこの上なく苦痛だったのです」

え――？

明治郎は、なんだか意外なことを言い始めた。

「C大生であった私は、アパート落成と同時に父から管理業務を命じられ、管理人として入居しました。ここはC大への通学にはとても便利なので、C大生の入居者も多かった。三輪さん、あなたもC

大でしたよね」

「はい、そうです」

すると明治郎は自分の大先輩ということになるのか。

「大学に通う傍ら、私はアルバイト代わりにアパートの管理人を務めていました。毎日がとても楽しかったことを覚えています。なぜなら、私は南川亜里砂……もっともその頃は本名でしたが、彼女に密かな想いを寄せていたからです」

「えっ、ちょっ……親父？」

驚愕と困惑の入り混じったような声を上げたのは息子の鴨志田明彦だった。

親のそんな話を他人の前で聞かされるのは、子として絶対に避けたいシチュエーションであろう。

「お恥ずかしい話ですが、まあ聞いて下さい。その人を前にすると、告白どころか、挨拶さえまともにできないような気の弱い学生だった私の想いなど叶うはずもなく、朧荘を去った彼女は間もなく南川亜里砂として念願のデビューを果たし、一躍時の人となりました……ほら、ここにいるのがその頃の私です」

明治郎の指差すところをみると、並んだ人々の背後に隠れるように、首だけ申しわけなさそうに覗かせている学帽の青年がごく小さく写っていた。

言われてみれば、確かに明治郎の面影がある。

「ほんとだ、全然気がつかなかった！」

明彦がまたも仰天したように言う。

子供の頃から見ていながら、いくらなんでもそれは無頓着、無神経にすぎるだろうと思ったが、親の若い頃の顔なんて、子供には想像の埒外《らちがい》にあるものなのかもしれないと夏芽は思い直した。

「しかし浮き沈みの激しい芸能界で、彼女は時代とともに消えてしまった。だから私は、その写真を見るのが嫌だった。実らなかった恋の記憶だけではありません。彼女のその後の運命が、悲しくてならなかったのです」

「その人に一体何があったって言うんだよ?」

息子だけに、明彦は遠慮なく訊く。

「調べれば分かることだから、別に秘密ではないのだが……」

自分で言うのはつらいのだろう、明治郎は助けを求めるように周囲を見た。

「私でよろしければ説明しましょう」

そう買って出たのは長谷部であった。

「『天使に恋して』でデビューした南川亜里砂は、その後ヒット曲に恵まれなかったばかりか、今もよくある事務所トラブルに見舞われたんです。最初に所属した大手事務所は彼女を騙してタダ同然でこき使った。そこへ移籍を持ちかけてきた事務所があって、彼女はその誘いに乗ってしまった。本当によくある話です。彼女は大手事務所の圧力でテレビから抹殺された。当時のアイドルはテレビに出て初めてアイドルと認知される。テレビという媒体を奪われたことは、彼女にとって死を意味していた。それだけじゃない。大手事務所と癒着していた芸能誌や新聞は、彼女の男性トラブルをでっち上げたのです。言わば見せしめにされたんですね。ひたむきに夢を追っていた彼女には、とても耐えられるものではなかったでしょう」

「長谷部さん、よく知ってますね」

夏芽が思わず感嘆の声を上げると、長谷部は恥ずかしそうに頭をかいて、

「全部友人の受け売りです」

そしてＥＰ盤のジャケット写真を集めた例の本を取り上げた。わざわざ自室から持参したらしい。

「この写真集の著者ですよ。彼が教えてくれました」

「それ、拝見していいですか」

明治郎の要望に、長谷部はすぐに本を差し出す。

「ええ、どうぞ」

明治郎が手に取ると、一昨日の開き癖がついていたせいか、ちょうど南川亜里砂のページが開かれた。

「おお……」

低く呻いて、明治郎はそのページに見入っている。

「あの人だ……今頃になって、また目にする日が来ようとは……」

涙声で明治郎は呟いた。

「彼女の思い出が残る朧荘やＣ県から遠ざかりたくて、私は東京の会社に就職し、実家には戻らぬようにしていたのです」

鴨志田明彦は「父は生まれ故郷を嫌っている」とか言っていたが、そういうわけであったのか――

夏芽はすべてのピースが嵌まっていく感触を覚えていた。

「全然知らなかったよ！」

本気で驚いているらしい鴨志田明彦に、明治郎は照れたように、

「こんな話、息子にできるか、馬鹿」

夏芽からすれば、「そりゃそうでしょうね」と思うしかない。

「ご事情はよく分かりました」

鳴滝が感慨深げに漏らす。

「当時も今も、私は芸能人などに興味はないが、七〇年代のアイドルブームはよく覚えておりますよ。テレビでは四六時中、歌番組をやっておりましたからな。今のように配信やらなんやらのない時代でチャンネルの数も少なく、日本中の人々が同じ番組を見て、同じ曲を聴いていた。芸能界の在り方一つ取っても、当時のすべてがよかったなどとは到底言えませんが、なんと申しますか……希望、そう、明日は今日よりもっとよくなるという、希望のようなものがありました」

「おっしゃる通りですよ、鳴滝さん。私なんぞ、レコード屋の新譜情報を食い入るように眺めておったものです」

「おお、レコード屋！　私はもっぱら洋楽のジャズで、学生の頃は輸入レコードを扱っている店を回ったりしたものです」

「それはなかなか結構なご趣味ですな。しかしあれだけあったレコード屋も、今ではすべてなくなってしまいました。それどころか、商店街も寂れる一方で……」

「このあたりの商店街はよそに比べればまだ栄えている方だと思いますが、あの頃はレコード屋がなくなるなんて、想像もできませんでしたなあ」

「いやあ、まったくです」

明治郎と鳴滝は歳が近いせいか、なかなか話が弾んでいるようだ。

そのとき、スマホの着信音がした。ワンフレーズであったが、鳴滝と明治郎が同時に叫んだ。

「『学生街の喫茶店』だっ」

夏芽はなんとなく聞き覚えがあったものの、曲名までは知らなかった。

それは長谷部のスマホであった。

「ちょっと失礼します」

全員に断ってから、スマホに応答した長谷部は、「おう、俺だ」と話しながら外へ出ていった。

「いやあ、久々に耳にしましたねえ、あの曲」

と明治郎が言えば、鳴滝も、

「私は至って無粋な質《たち》で、フォークソングも詳しくはないのですが、あれは名曲ですな」

「ガラケーの時代は着メロにいろいろあったようですが、今はあんまり聞きませんなあ。スマホは年寄りには使いにくいですし」

「それにしてもあの長谷部という人物、若いにもかかわらず、なかなか見所があるじゃないですか」

「どういうわけか、朧荘にはそういう変な人が集まってくるようでねえ」

鳴滝と明治郎が盛り上がっているのはいいが、よく考えると、夏芽は自分までその「変な人」にカテゴライズされたような気がして、なんだか複雑な気分である。

「すみません、お待たせしました」

やがて通話を終えた長谷部がスマホをしまいながら戻ってきた。

「もしかしたら南川亜里砂さんご本人と連絡がつくかもしれません」

さらりと衝撃的なことを言う。

「彼女は……元気でいるのですか」

動揺を隠せない明治郎に、

「まだはっきりとしたことは分かりません。私の友人、つまりこの本の著者の師匠は河出俊平《かわでしゅんぺい》っていう有名なカメラマンでしてね。六〇年代から七〇年代にかけて、レコードのジャケット写真を数多く手がけたことで知られています」

長谷部は先ほどの写真集を指差して、

「その本に収録されているジャケット写真も、半分近くが河出先生の作品ですね。ただし、南川亜里砂の『天使に恋して』は違うそうですけど。先生は面倒見のいい人格者として知られ、大勢の歌手やタレントの相談にも乗ったりして、とても慕われていました。それでグラビアやジャケット写真の依頼が多かったようです。友人の話では、先生は八十をとっくに過ぎておられますが今もお元気で、南川亜里砂とも交流があったということです。皆さんさえよろしければ、南川さんと連絡が取れないか、先生にお願いしてみてもいいということでしたが……」

一同の視線は再び明治郎へと向けられる。

「ぜひお願いします」

束の間考え込んでいた明治郎が、深々と頭を下げた。


南川亜里砂本人と、本当に連絡がつくのだろうか。芸能界では長らく「消息不明」とされていたそうだし、期待できないのではないか。年齢からして、すでに亡くなっていたとしてもおかしくはない。

夏芽達は落ち着かない気分で長谷部の――厳密には長谷部の友人からの――連絡を待った。

よく考えると、夏芽が南川亜里砂に会わねばならない理由など何もないのだが、ここまで来れば乗りかかった船というか、持ち前の好奇心がうずいて、もう皆と一緒にお目にかかりたいと願うばかりである。

それに、事の次第を聞いた榊先生も大いに興味をそそられたらしく、「私もぜひお会いしたい」と言い出した。それはそうだろう、〈奇跡の一枚〉とは言え、自分と瓜二つと思われた往年のアイドルが気にならないはずはない。

長谷部はというと、次の撮影旅行の方が気になるらしく、旅の準備に余念がない。しかし写真集の出版についての打ち合わせがあって、まだしばらくは朧荘にいなければならないということであった。

そして、ついに。

「南川亜里砂と連絡が取れました」

長谷部が鳴滝と夏芽、そして東京に帰らず鳴滝の部屋に入り浸っている明治郎に勢い込んで報告した。

「四国の方で音楽の教室を開いていたそうです。今は隠居して、お孫さんの相手をしたりしながら元気に暮らしておられるそうですよ」

まずはよかったと、夏芽は胸を撫で下ろす。

「朧荘の写真の話を河出先生がお伝えしたところ、朧荘にぜひもう一度行ってみたいとおっしゃっているそうですが……いかがなさいますか」

長谷部の質問に、明治郎が即座に応じる。

「大歓迎です」

明治郎の話によると、当時南川亜里砂が入居していた部屋は、二階の空き部屋の一つであった。

夏芽は鴨志田親子を手伝って、南川亜里砂を迎えるべく、部屋の掃除を行なった。

そこに南川亜里砂が再び入居するというわけではないが、いずれにしても休憩場所くらいは必要であろうという配慮である。

そして、当日になった。

空は青く晴れ渡り、初冬にしては暖かい日であった。まるで町全体が、歓迎の意を表しているかのような清々しさだ。

朧荘の前には、鴨志田親子をはじめ、榊先生、長谷部、それにもちろん夏芽も集まって、あれこれと雑談しながら南川亜里砂の到着を待った。どういうわけか剛田までいるが、さすがに帰れとも言えない。

南川さんは、河出俊平先生と一緒に来られるということであった。

やがて、朧荘に続く道の向こうから、二つの人影が現われた。

夏芽も他の面々も大いに驚いた。てっきり車で来るものと思い込んでいたからである。

二人とも白髪の老人である。小柄な男性が河出先生、すらりとした女性が南川さんだろう。

素敵——

こちらへと向かってしめやかに歩む南川亜里砂の姿に、夏芽は思わず嘆声を漏らした。

カシミヤのコートの濃紺に銀髪が映え、年齢を感じさせぬ美しさだった。

過去は知らない。だが今の彼女には、不幸の翳《かげ》など微塵もなかった。

南川亜里砂が、足を止めた。

そして顔を上げ、感極まった面持ちで空を見る。

いや、空ではない。

夏芽達の背後に立つ朧荘を見ているのだ。

その目には、驚嘆と郷愁とが色鮮やかに浮かんでいる。

先に行きかけた河出が、同様に足を止めて朧荘を見上げる。皺《しわ》だらけの彼の顔が、柔和な笑みに綻んだ。

「ようこそ、朧荘へ」

一歩進み出た明治郎が、明るい声で呼びかける。

「いや、お帰りなさいと言うべきでしょうか」

我に返ったように彼を見た南川亜里砂は、大きく目を見開いて、

「明治郎さん……」

「よく私がお分かりになりましたね」

「忘れるものですか……だって、ここは……」

南川さんが声を詰まらせる。

「私の夢の……出発点だったのだから……それが、何もかも、昔のままで……」

それ以上何も言えなくなったのか、涙をこらえている南川さんの背中を優しく叩き、同行してきた河出俊平老が一同に向かって挨拶する。

「はじめまして。カメラマンの河出俊平と申します」

夏芽も他の面々も慌てて頭を下げる。

「よくお越し下さいました、河出先生。長谷部宗満と申します」

「おお、君が長谷部君か。噂は聞いているよ。日本写真家連盟賞おめでとう。もう二年も前だが、あれはいい写真だった」

その言葉に長谷部は驚き、また感激したようだった。

「ありがとうございます。あの作品をご覧下さっていたとは……」

「当然だろう。わしはレコードジャケットやグラビアの仕事が多かったから畑違いのように思われとるかもしれんが、有望な若手には常に目を配っておる」

「恐縮です」

「何を写した写真であろうと、そこには撮った者の人間性が自ずと現われるものだ。一線からは退いたが、現像液を産湯代わりに使ったこのわしだ。まだまだ耄碌《もうろく》してはおらん」

豪快に笑った河出先生が、榊先生に目を留め、驚いたように発する。

「あなたが榊先生ですね」

「はい、C大社会学部の榊静香と申します。現代文化史を考察する上で重要な位置を占めておられる河出先生にお目にかかれて光栄です」

「わしはそんな大層なもんじゃありませんよ……五十年前にここを撮ったという写真のPDFを先に拝見しておりましたが、それにしても若い頃の亜里砂にそっくりですな」

「いえ、そんな。人間性の重みがまったく違います。こうしてお目にかかって、はっきりと分かりました」

そんなことを、嫌みではなく堂々と信念を持って言えるのが榊先生だ。

河出先生も南川さんも、等しく感銘を受けたようだった。

「聞いたかい、亜里砂」

「ええ、こんな人が朧荘の人達のお知り合いだなんて、私まで嬉しくなってしまいますわ」

こういうときであっても空気を読まない大男が、デリカシーのかけらさえない大声を上げた。

「いやあ、そっくりですよ。本当の母子、いや、姉妹みたいだ」

夏芽は慌てて剛田の口をふさごうとしたが、もう遅い。

鳴滝が「後で職員室、いや取調室に来い」とでも言いたげな目で剛田を睨みつける。

しかし南川さんも榊先生も、まるで気にしてはいないようだ。

「お会いできて嬉しいですわ、榊先生」

「こちらこそ、南川さん」

「でもあなた、本当に昔の私に……」

そう言いかけた南川さんは、

「あらいけない、こんなおばあちゃんに似てるなんて、なんだかごめんなさいね」

「いえ、そんなことはありません。南川さんはとてもおきれいでいらっしゃるので、嬉しい限りです」

二人とも感激の面持ちで対面している。

南川亜里砂を間近に見た鳴滝は、

「確かに似ておる……亡き妻が迷って出たようだ……盆などとっくに過ぎたというのに……あいつはいつも時間にルーズだったからなあ……」

ある意味、剛田以上に失礼なことを言っている。

事前に許可を得ていた長谷部は、用意していたカメラで二人の写真をさまざまな角度から撮影していた。

「そうだ、長谷部君、ここで全員の記念写真を撮ったらどうかね。五十年前のように」

河出の提案に、長谷部としても否やはない。

「ああ、いいですね……皆さん、ちょっとそこに並んで下さい……そう、南川さんを中心に……鴨志田さん、できれば他の住人の方も呼んできて下さい……あ、大家さんの方じゃなくて息子さんの方……」

皆があたふたと走り回り、ようやく朧荘の前に夏芽、鳴滝、武内夫妻、坪原、大野ら朧荘の住人をはじめ、オーナーの鴨志田親子、それに榊先生や剛田までが勢揃いした。

「いいですね、じゃあいきますよー」

『いきますよー』じゃない。長谷部君、君はここで何をしとるんだね？」

河出が長谷部のカメラを取り上げる。

「君も朧荘の住人なんだろう？　だったら早く並びたまえ」

「はあ、でも……？」

「ここはわしが撮るから大丈夫だ」

「えっ、河出先生が！」

「今どきのカメラであっても充分に使えるわ。それとも、君はわしの腕が信用できんとでも言うのかね」

「とんでもない！　先生に撮って頂けるなんて」

「じゃあ早く行かんか」

「はいっ」

長谷部が興奮に顔を真っ赤にして列に加わる。

そして巨匠河出俊平は、

「よーし、長谷部君は全員のバミリお願い……イイねえ、ピーカンだからちょうど順光だわ……気持ちハレ切りしたいけど、ま、この際だし……ちょっと、二列目の人はセッシュウ台使って……え、ないの？　じゃあなんか代わりになるようなのに乗っかって……あと、そこのバケツはワラッといて……まずはドンヨリで行ってみようか……はい、目線こっち、悪いけどニコパチでお願いね……おっ、イイよイイよー、もサイコーじゃん」

いきなり専門用語、業界用語を交えた細かい指示を出しながら、悠然とシャッターを何度も切った。

それから一同は『南川亜里砂さん歓迎会・by朧荘住人有志』へと移行した。

記念の集合写真を撮る際に全住人が引っ張り出されているから、「住人有志」が完全に「住人一同」になってしまったが、もちろん問題はない。

会場は南川さんがかつて暮らしていたあの部屋である。歓迎会とは言え、飾り付けらしいものは夏芽の手書きによる『おかえりなさい　南川亜里砂さん』の垂れ幕くらいだが、会場の狭さを考慮すると致し方なかった。

「さあ、どうぞ」

明治郎に促され、南川さんは狭い玄関で靴を脱ぎ、おそるおそる上がり込む。

「わあ……」

室内を見回して、心を弾ませているようだった。

「何もかも……本当にあの頃のまま……」

日焼けした畳の上を歩き回り、

「ここに本棚を置いていたの……詩集やぬいぐるみなんかを並べたりして……ここには小さくてかわいいベッド……ああ、お風呂場はあっちだったわ……若かったのね、お風呂の中で歌っていると、レッスンの疲れが全部吹っ飛んで……」

当時の暮らしを思い起こしているのだろう、少女のように頬を輝かせてそうした記憶を誰にともなく語っている。

そして奥の窓辺に歩み寄った南川さんは、皺だらけでありながらも細く美しい指でそっと撫でるようにガラスに触れ、

「外の風景もあんまり変わってない……木が少なくなって、家が増えたけど、おぼろ池に続く道が今もはっきりと見えて……」

南川さんはそこで声を詰まらせた。あふれ出た記憶に、胸がいっぱいになってしまったのだろう。それまでわいわいと好き勝手なことを喋っていた夏芽達は、彼女の様子に気づき、なんとなく黙ってしまった。

少なくとも知られている限りにおいて、アイドル歌手としての彼女の人生は、とてもつらいものであったという。それでもここには、小さな胸に抱えきれぬほどの夢を抱き、希望に向かって努力していた頃の思い出が残っていた。

「明治郎さん」

振り返った南川さんの瞳は、それと分かるほどに潤んでいた。

「今日まで朧荘を維持して下さってありがとうございました」

「いえ、そんな……」

どぎまぎしている明治郎に、

「これからも、朧荘をずっとずっと、いつまでも大切にして下さいね」

夏芽は「あっ」と思った。

写真の謎については長谷部から河出先生を通して連絡が行っているが、そもそもの発端となった「朧荘取り壊し」の件については、誰も南川さんに知らせていなかったのだ。

しかし明治郎は、そんな計画など忘れ果てたかの如く、

「分かりました。この命が尽きるまで、いや私が死んでも、息子が立派に守ってくれます……なあ、明彦」

る。

「もちろんですよ、父さん」

鴨志田親子は二人して力強く頷いている。

この親子、意外にチョーシがいいのかも——

夏芽は少々呆れたが、南川亜里砂という人の涙を見たら、誰であってもそう答えるだろうと納得する。

さようなら、あたしの新築マンションライフ——

自分のささやかな夢に別れを告げるが、心の中は不思議と気持ちのよい清々しさで満たされていた。

鳴滝の方を見ると、彼はこちらに向かい、人生の滋味を知る者の深く重々しい表情で以て頷いた。

そうですよね、鳴滝さん——これでよかったんですよね——

しかし夏芽は、鳴滝の顔に一瞬浮かんだ「やったぜ！」的な表情を見逃さなかった。

それから現住人一同と、初代住人である南川さんとの自由な語らいが始まった。

決して明るかったとは言えないはずの過去を感じさせない南川さんの天真爛漫な魅力に、現住人一同はすっかり魅了されてしまった。大野に至っては、最初はなにやらぶつくさこぼしていたのに、途中から自分のスマホでしきりと写真を撮り始め、河出先生から「邪魔だバカ者！」と叱られたりしている。

そうした騒ぎの最中、

「あのー、鴨志田さんはこちらにいらっしゃいますか」

玄関の方から、不意に場違いな声が聞こえてきた。

「千鳥不動産の鳥山《とりやま》ですが、オーナー様がいらっしゃると伺いまして、例の件のご挨拶に参りました」

千鳥不動産――?

どこかで聞いたような、と考えて、夏芽はすぐに思い出した。

朧荘を土地ごと買い取ろうとしているN駅前の不動産屋だ。

「あっ、今行きます」

顔色を変えた明治郎と明彦が飛んでいき、

「ここは取り込み中なんで、ちょっと外でお話ししましょう」

明彦がスーツ姿の鳥山を押し戻すようにして外に出る。明治郎は南川さんに向かい、

「すみません、野暮用がありまして、すぐに戻りますから」

そう言い残して出ていった。

「どうかお気遣いなく、ごゆっくり」

南川さんは微笑んでそう応じたが、夏芽は気になって明治郎達の後を追った。

三人はアパートの前で話している。

「ずいぶんにぎやかな集まりでしたが、今日は立ち退きのお別れ会かなんかやってたんですか」

いぶかしげな鳥山に、明治郎が申しわけなさそうに言う。

「実は……朧荘売却の件ですが、あれはなかったことにして下さい」

「えっ、そんな、今になって」

鳥山は明彦の方を見て、

「話が違うじゃありませんか。どういうことか、理由を説明して下さい」

「説明すると長いって言うか、まあ、とにかくそういうことで」

「そういうことでって、そんなんじゃ納得できませんよ」

「そう言われたって、まだ契約を交わしたわけでもありませんし……」

「だからと言って、あなた方ねえ、こっちは社内で稟議《りんぎ》も通してるんで、今さらナシになりましたなんて報告できませんよ。それなりの理由を説明して頂かないと。子供の使いじゃないんですから」

鳥山は簡単に引き下がりそうにない。案の定、アパートの前で口論になった。

どうしよう――

夏芽が鳴滝を呼びに行こうとしたとき、あの野太い声がした。

「おう、何やってんだ」

スラックスのポケットに両手を突っ込んだ剛田の巨体がのっそりと現われる。

「揉《も》めてんなら俺が話を聞いてやろうじゃねえか」

「あっ、ソッチの関係でしたかっ」

顔色を変えた鳥山はたちまち直立不動の姿勢になって、

「よく分かりましたっ。ウチはすぐに手を引かせて頂きます。すんませんしたっ」

逃げるように帰っていった。

「なんだありゃ」

首を捻っている剛田に、夏芽は「さあ、なんでしょうねえ」としか言えなかった。

あの人は剛田さんを見て、反社絡みの物件だと思ったんですよ、そりゃ誰だってそう思いますよねえ――とは、いくらなんでも言えないではないか。

「剛田さんて、役に立つときはメチャクチャ役に立ちますよね」

そう言うのが精一杯だった。

「当たり前だ。キミもやっとボクの実力を理解してくれたのかね」

完全に誤解したまま、剛田は不気味に、且つ爽やかに笑った。

鴨志田親子や朧荘の住人達との歓談を心ゆくまで愉《たの》しんだ南川さんは、河出先生とともに名残惜しそうに帰っていった。皆との再会を固く約して。

南川亜里砂と河出俊平、その他関係者の許可を得て、長谷部はその日撮影した数々の写真をＳＮＳにアップした。もっとも、鳴滝たっての願いで、彼が写っているショットはトリミングして画面に入らないようにしている。

写真家だけあって、長谷部は公開の仕方にも工夫を凝らし、新旧朧荘の記念写真を並べたり、榊先生と南川亜里砂さんのツーショットにそれぞれのプロフィール写真を添えたりした。

［えっ、なんで五十年前と今の写真の真ん中におんなじ人がいるの？　全然歳とってないし］

［誰これ、右側はテレビにときどき出てる学者の榊静香さんでしょ。左側は榊さんのお母さん？］

［スゴイ、似てる！　しかも二人ともキレイ！］

［血のつながりはないみたい。でも不思議すぎるしステキすぎる］

［えっ、この人、南川亜里砂なの？　生きてたんだ！］

［南川亜里砂って知らなかったけど、昔は有名だったみたいだね］

［ウソ、これで七十すぎ？　とても信じられない！］

［実に懐かしい。南川亜里砂は我が青春のマドンナだった。ご息災で何よりです］

［この写真、撮影は河出俊平ってなってるけどマジ？　ホントだったら歴史的事件じゃないか］

［すげえっ！　五十年前のアイドルをレジェンドカメラマン河出俊平が撮り下ろし！　生きててよかった！］

長谷部のＳＮＳに掲載された写真は、少しずつ評判になって、やがて大きな話題となった。

それがきっかけで、往年のアイドル南川亜里砂に再び脚光が当たり、過去の音源がインターネットで配信され新しいファンを獲得したばかりか、新曲をレコーディングするまでになった。

テレビの音楽番組でも特集され、往時のヒット曲『天使に恋して』に続けて新曲を披露する銀髪の南川亜里砂は、幾多の苦難を乗り越えた人だけが持ち得る懐深い魅力と輝きとにあふれ、その衰えぬ歌声で多くの視聴者を魅了した。

*

季節は巡り、春となった。

夏芽も無事三年生に進級が決まり、甘吟堂に加え春休みのバイトを新規で入れようかと思案していた矢先、朧荘のオーナーである鴨志田明治郎から『朧荘お花見の会』開催の相談を受けた。

話を聞いてみると、相当にわりのいいバイト料を出してくれるということで、一も二もなく引き受けた。

鴨志田親子を手伝って、あれこれと手配に追われているうちに、いよいよ当日となった。

会場はおぼろ池の遊歩道から脇に入った先にある小広場で、夏芽もその存在すら知らなかったくらい、人の来ない場所である。明治郎の小学生時代からの幼馴染みでもある町内会長が市役所に掛け合って使用を許可してもらったという。

定刻よりも早めに鳴滝とともに会場を訪れた夏芽は、繚乱《りょうらん》と桜の舞う光景に今さらながら目を瞠った。

おぼろ池沿いの桜並木は、朧荘に越してきたときからきれいだなと思っていたが、少しだけ道を逸れたところにこんな別世界ともまごう場所があろうとは、これまで知る由もなかった。

実は一昨日にも下見に来ているのだが、そのときは八分咲き、いや七分咲きで、ここ数日の悪天候もあってさほどの驚きはなかった。しかし今日は、昨日までのどんよりとした空が嘘のように青く晴れ渡り、もう絶好の花見日和。

「これはまさに桃源郷と言うべきか」

その美しさには鳴滝もつくづく感じ入ったようである。

「いやあ、ようこそ。今日は存分に楽しんでって下さいね」

主催者の明治郎と息子の明彦が客達を出迎える。

あちらこちらに敷かれたゴザやレジャーシートの上に、甘吟堂の本店と支店から和菓子の重箱が届けられる。

「甘吟堂名物、つぶ餡の豆大福お待ちどお」

重箱を運んできたのは店主の雛本泰次だ。

「ご苦労さまです」

夏芽が挨拶すると、

「夏芽ちゃん、三年生になってもバイト頼むよ」

雛本泰次が笑いながら話しかけてくる。

「はい、よろしくお願いします」

三年生かあ――

雛本の言葉に、夏芽は改めて思わずにはいられない。

この町に——朧荘にいられるのもあと二年なんだなあ——

我知らずそんな感慨に耽っていると、

「ほい、つぶ餡もいいけどこっちのこし餡の草団子もお忘れなく」

甘吟堂支店の雛本太一郎が舎弟、ではなかった、店員の康平と一緒に重箱を運んでくる。

バイトだった康平は店員に昇格し、今では太一郎の片腕として立派に働いているらしい。

本店と支店、どちらも繁盛しているのは夏芽としても実に嬉しいことだった。

また鴨志田親子の手配した酒や食べ物などが次々に届けられ、夏芽は彼らと手分けしてそれぞれのシートに配置して回った。

「やってるね、夏芽」

明るく声をかけてきたのは親友の紬だ。

「あたしも手伝うから、なんでも言って」

「いいよ、紬はあたしが呼んだお客さんなんだから」

「なに言ってんの、お花見ってのは、みんなでやるから楽しいんでしょ……あ、これ、あたしが運びます」

そう言って、紬は近くに積まれていたビールのケースを運び始めた。

そうか、みんなでやるから楽しいんだ——

このときばかりは、紬にとても大事なことを教えられたような気がして、夏芽はビールとコップを並べている親友の姿に見入ってしまった。

「もうっ夏芽、あんたがさぼっててどうすんの」

「あっ、ごめんごめん」

紬に叱られ、慌てて夏芽も体を動かす。

「紬」

「なによ」

「ありがとうね」

「え、なにが？」

「ううん、なんでもないよ」

満開の桜に囲まれ、夏芽はなんだかとても幸せな気分で準備を進めた。

やがて朧荘の住人達が三々五々と集まってきた。

二階の坪原、一階の武内夫妻に大野青年。残念ながら長谷部はまたふらりと撮影旅行に出かけてしまい、不在であった。なんでも、今度は北海道の室蘭《むろらん》のあたりを回るそうだ。

坪原も武内夫妻も当初は立ち退き賛成派であったのだが、「家賃値下げ断行」を宣言した明治郎に説得されて今では朧荘の存続になんの異論もなく、花見にも機嫌よく参加してくれた。それどころか、華やかな場を大いに愉しんでいる様子。

そして特別に招かれた玉井花代と川添雄一。鳴滝によってともに救われた二人である。事情を知らない人が見ると、仲睦《むつ》まじい母子にしか見えないだろう。川添はその後、生花店の仕事も順調で、近々昇進の予定であるという。花見の席でそのことを嬉しそうに語る花代さんは、それこそ本当の母親以外の何者でもなかった。

さらには『喫茶しぶすぎ』の経営者、渋杉咲江までいる。相変わらずハードボイルドな渋すぎる佇まいだが、桜の舞い散る中でその所作がいちいち美しく決まって見えるのはどういうことか。

もちろん呼んでもいない剛田も来ている。彼が来た理由は言うまでもなく、榊静香准教授である。

榊先生は雛本兄弟に勧められるまま、豆大福と草団子とを交互に食べ、感動のあまり歌まで詠んでしまった。

花細《はなぐわ》し桜舞い散る池の端《は》に粒立ち思う我の来《こ》し方

「お見事！」

鳴滝が膝を叩いて解説する。

「『花細し』が『桜』の前に置かれる枕詞《まくらことば》であるのは言うまでもないが、つぶ餡とこし餡、あちらを立てればこちらが立たず、しかるに自らの来し方行く末に掛けて双方の美味なるを歌に詠み込む。思いやりの心なくしては詠むこと能《あた》わず。まこと並々ならぬ才と称すべきであろう」

剛田は言うまでもなく夏芽にもさっぱり理解できないが、榊先生は恥じらうように俯いて、

「畏《おそ》れ多いことでございます」

なんだかそこだけ空気が違う――と言うより時代すら超越しているかのようだ。

やがて、別の方から拍手が沸き起こった。

振りさけ見れば、いや、振り向けば、本日最大のゲストである南川亜里砂と河出俊平先生が到着したところであった。

「お久しぶりです、南川さん」

榊先生も拍手しながら出迎える。

「またお会いできて嬉しいわ、榊先生」

にっこり笑って南川亜里砂が先生を抱き締める。

「おっ、早速イイねイイねー」

今日は機材持参の河出先生が、即座にカメラを向けている。

「うわースゲー、亜里砂さーん！」

大野もまたスマホを向けて撮影し始めた。

何を隠そう、どう考えても花見になど来そうにない大野が来たのは、以前の歓迎会以来、南川亜里砂の熱狂的ファンになっていたからである。

「コラ、勝手に静香さんを撮るんじゃねえっ」

剛田が獰猛《どうもう》に威嚇する。しかもいつの間にか「榊先生」が「静香さん」になっている。

「えっ、でも俺、亜里砂さんを撮ってるだけですけど？　静香さんなんてどうでもいいんすけど？」

「貴様っ、どうでもいいとはどういうことだっ。二、三日クサいメシ食ってみるか、ああ？」

いちいち騒々しい剛田に構わず、咲江が鳴滝にアプローチを開始する。

「総監、どうぞ一杯召し上がれ」

咲江の差し出すコップ酒を受け取り、一口飲んだ鳴滝は、

「桜の中で飲む酒は格別です。特にあなたの注いで下さった酒は最高級のワインにも匹敵する」

「まあ……」

咲江が頰を桜色ならぬバラ色に染めたとき、通りがかった武内夫人が言った。

「それ、商店街の『山田屋酒店』から格安で仕入れたお酒ですよ。瓶に埃が積もってたからすぐに分かりました」

聞きたくもなかった情報を教えてくれる。

「どうしたんですか、南川さんっ」

心配そうな明治郎の声が聞こえてきた。

夏芽も鳴滝も咲江も、全員が声の方を見る。

南川さんが指先で涙を拭っていた。

どうしたの——南川さんが泣いている——

夏芽は思わず駆け寄ろうとした。が、その肩を後ろからつかまれた。振り向くと、鳴滝が無言で首を左右に振っている。

どういうこと——？

再び南川さんの方へと視線を戻す。

「私ね……あんまり嬉しくて……こんなに幸せでいいのかなって……そう思ったら、つい……」

柔らかな風が吹き、喜びにむせび泣く南川亜里砂を花びらが優しく包んでいく。

同じく花吹雪の中に消え入りながら、鳴滝元警視総監が呟いた。

「人生も、そしてどんな物語も、終わりよければすべてよしというわけだ……それにね……」

どういうわけか、風はそんなに強くないのに、桜の吹雪が激しさを増した。花の嵐に目と耳をふさがれ、夏芽は鳴滝の言葉を聞き逃した。

えっ、総監——今なんて言ったんですか——

ついには鳴滝の姿さえ見失う。

総監——総監——

鮮やかで、それでいて儚《はかな》くて、幻のような花びらが舞い踊る。

そして何もかもが、薄桃色の中に溶け去った。

月村了衛（つきむら　りょうえ）
1963年、大阪府生まれ。早稲田大学第一文学部文芸学科卒。2010年『機龍警察』で小説家デビュー。12年『機龍警察　自爆条項』で日本SF大賞、13年『機龍警察　暗黒市場』で吉川英治文学新人賞、15年『コルトM1851残月』で大藪春彦賞、『土漠の花』で日本推理作家協会賞、19年『欺す衆生』で山田風太郎賞を受賞。23年『香港警察東京分室』で第169回直木賞候補、24年『虚の伽藍』で第172回直木賞候補。

本書は高知新聞、秋田魁新報、神戸新聞、熊本日日新聞、北國新聞、中国新聞、信濃毎日新聞の各紙に2023年1月から2024年6月まで順次掲載されたものを、加筆修正のうえ書籍化したものです。

おぼろ迷宮《めいきゅう》

2025年３月１日　初版発行

著者／月村《つきむら》了《りよう》衛《え》

発行者／山下直久

発行／株式会社KADOKAWA
〒102-8177　東京都千代田区富士見2-13-3
電話　0570-002-301（ナビダイヤル）

印刷所／旭印刷株式会社

製本所／本間製本株式会社

●お問い合わせ
https://www.kadokawa.co.jp/（「お問い合わせ」へお進みください）
※内容によっては、お答えできない場合があります。
※サポートは日本国内のみとさせていただきます。
※Japanese text only

定価はカバーに表示してあります。

ISBN 978-4-04-115837-1　C0093